講談社文庫

うつし絵

大岡裁き再吟味

辻堂 魁

講談社

目次

『うつし絵　大岡裁き再吟味』――おもな登場人物

古風十一《さきかぜじゅういち》　鷹匠《たかじょう》の古風家十一男。鷹の餌《えさ》を探し歩く餌差《えさし》。長身痩軀《そうく》、才槌頭《さいづちあたま》の若衆《わかしゅ》。鷹狩りの折り、大岡越前守忠相《おおおかえちぜんのかみただすけ》の目にとまり、御用を務めることに。

金五郎《きんごろう》　牛込肴町《うしごめさかなまち》の裏店《うらだな》に住む元読売屋。大岡物を書いてきた。十一の相棒。

お槙《まき》　神田《かんだ》の町芸者をやめて、金五郎と所帯を持つ。

浜吉《はまきち》　木挽町《こびきちょう》の裏店に住む年配の読売屋。

お半《はん》　父の縄張りを継ぎ、町方の御用聞《ごようきき》を務めた女親分。大岡忠相を探る。

がま吉《きち》　お半の手下。猪首短軀《いくびたんく》。

土田半左衛門《つちだはんざえもん》　諸国放浪の素浪人。絵師。武州栗橋《ぶしゅうくりはし》の関所で偽造の往来切手が発覚。

大鶴《おおつる》　歌比丘尼《うたびくに》。

小鶴《こつる》　大鶴の客引きをしていた娘の小比丘尼。

平河民部《ひらかわみんぶ》　戸田筋《とだすじ》御鷹場《おたかば》鳥見役《とりみやく》。御鷹場の盗鳥をきびしく取り締まる。

升屋弥次郎《ますややじろう》　南八丁堀《みなみはっちょうぼり》の下り物乾物屋。

佳菜《かな》　上戸田村《かみとだむら》の百姓清吉《せいきち》とまさの姉娘。

土田庫之助《くらのすけ》　半左衛門の父。浪人。やくざ渡世に染まり、穏売女《かくしばいじょ》商売を始めた。

富田増右衛門《とみたますえもん》　畳町《たたみちょう》に住む流派に属さぬ町絵師。

瀬名弁之助《せなべんのすけ》　旗本倉橋《くらはし》家相談役。

倉橋弥八郎《やはちろう》　旗本倉橋家若衆。十五年前、汐留橋《しおどめばし》で斬殺される。

内藤斎樹《ないとういつき》　小普請組《こぶしんぐみ》旗本家当主。倉橋弥八郎殺しの嫌疑がかかり屠腹《とふく》。

松波筑後守正春《まつなみちくごのかみまさはる》　大岡忠相の後任の南町奉行。元文《げんぶん》の金銀御吹替《おふきかえ》では激しく対立した。

稲生正武《いのうまさたけ》　北町奉行。大岡忠相と反目。

大岡越前守忠相　江戸南町奉行を務め、大岡裁きで名を馳《は》せるが、寺社奉行に転出。還暦を迎え、かつての裁きが正しかったか見つめ直すことに。

岡野雄次郎左衛門《おかのゆうじろうざえもん》　大岡家の長老格の家臣。忠相の内々の御用を務める。

小右衛門《こえもん》　大岡家の若党《わかとう》。身分は大名格となった大岡家の中小姓席《ちゅうこしょうせき》。

うつし絵

大岡裁き再吟味

序　餌差札《えさしふだ》

その貧しい百姓家を、男らは見せしめに荒し廻《まわ》った。

戸板、障子、襖《ふすま》、鴨居《かもい》を砕き、畳《たたみ》はすべてとり出してずたずたに切り裂いた。

棚を落とし、家財に鍋釜《なべかま》の炊事道具、布団《ふとん》や衣類は子供らの物まで引き破って庭へ投げ捨て、わずかな蓄えの麦や芋などもまき散らし踏みにじった。

納屋の鳥小屋の小鳥をすべて押収《おうしゅう》したあとは、納屋の土壁と柱を砕き、太い縄をかけて男らが凄《すさ》まじい音をたてて引き倒した。

納屋は瓦礫《がれき》の山になった。

百姓夫婦の清吉《せいきち》とまさは、庭に引き摺《ず》り出され縄をかけられた。

それをただ見守るしかない老母の婆さまがおろおろし、十二、三歳ぐらいの姉娘があふれる涙を懸命に堪《こら》え、幼い弟妹は声を放って泣いていた。

鴉《からす》の群が朝焼けの燃える空で、けたたましく啼《な》き喚《わめ》き乱舞していた。

男らは、戸田《とだ》筋《すじ》御《お》鷹場《たかば》鳥見《とりみ》役平河民部《やくひらかわみんぶ》の仕手《して》方軍八郎《かたぐんぱちろう》と、日本橋安針町《あんじんちょう》の水鳥問屋丹兵衛《たんべえ》支配下の餌鳥《えどり》請負人伊蔵《いぞう》率いる餌差ら二十数名だった。菅笠《すげがさ》をかぶって上衣を尻端折《しりはしょ》り、手甲脚絆《てっこうきゃはん》の黒足袋草鞋掛《たびわらじがけ》に、みな脇差《わきざし》を腰に帯びていた。

騒ぎに気づいて集まった上戸田村《かみとだむら》の村民らが、茅葺《かやぶき》屋根と柱だけの無残な百姓家と瓦礫の山を遠巻きにして、押し黙って眺めていた。

「ようし伊蔵。この辺でいいだろう」

仕手方の軍八郎が、舞いあがる土埃《つちぼこり》を手で払いながら言った。

「承知しやした。みな、もういいぞ。そこら辺にしとけ」

餌鳥請負人の伊蔵も土埃を払いつつ餌差らを制し、ようやく騒ぎは収まった。

だが、子供らの泣き声と鴉の乱舞は続いていた。

軍八郎が遠巻きの百姓衆へ声を張りあげた。

「われらは、戸田掛《がかり》鳥見役平河民部さまのお指図を受けた者だ。狩猟御停止《ごちょうじ》の御鷹場で性懲《しょうこ》りもなく盗鳥を働いた清吉とまさを御役宅にしょっ引いて、平河さまがおとり調べになる。平河さまは、将軍さまの御鷹場で盗鳥を働いた不届き者は今度こそ容赦せんと、ひどくご立腹だ。さぞかし、厳しいお咎《とが》めが下されるに違いねえ。事と次第によっちゃあ、清吉まさ共ども江戸の牢屋敷送りになるかもな。そうなりゃあ、当分この村には帰ってこられめえ。可哀想なのは残された子供らと年寄りだ。みなもこんな目に遭《あ》わねえよう、肝に銘じておけ」

百姓衆は押し黙っている。

軍八郎は見せしめには十分だと得心した。

御鷹場六筋のひとつ、戸田筋の鳥見役宅は荒川《あらかわ》南方の志村《しむら》に構えている。

「引きあげだ」

と、戸田の荒川渡船場へ戻りかけた軍八郎の目の前に、背の高い痩身《そうしん》の若衆が身軽そうな大股《おおまた》を運んできて、行手《ゆくて》を阻んだ。

「軍八郎さん。女房のまさは密猟をしておりません。平河さまのおとり調べは、清吉だけで済みます。まさは解き放つべきです」

若衆は軍八郎に言った。

軍八郎は行手を阻んだ若衆を見かえした。

編笠の陰になっていたが、若衆は大きく見開いた純朴そうな眼差しを、軍八郎にひた向きに向けている。

綺麗《きれい》な鼻筋の下に唇《くちびる》を真一文字にぎゅっと結んで、やや骨張った顎《あご》を少しあげ加減にした相貌《そうぼう》には、童子のようなあどけなさが見てとれた。鳶色《とびいろ》の単衣《ひとえ》と鉄色の裁《た》っ着《つ》けに黒足袋草鞋掛。小《ちい》さ刀《がたな》ただ一刀を帯びている。

「解き放てだと」

若衆のあどけなさを見透かした軍八郎は、二寸ほど背の高い若衆を睨《にら》みあげ、低い声で威圧した。

しかし、若衆は軍八郎の威圧にたじろがなかった。

「幼い子供らが恐がっています。とり調べは清吉だけで十分ではありませんか」

「古風《さきかぜ》さま、われらは平河さまのお指図に従っておりやす。性懲りもなく御鷹場の盗鳥を続ける輩《やから》には、もう二度と盗みを働かねえよう、もっと厳しく懲らしめてやる必要があると、平河さまが言うておられるのです。あっしらのやり方にご不満なら、平河さまにお申し入れ願《ねげ》えやす。仕事の邪魔ですから、お退《ど》きを」

軍八郎は痩身の若衆を見くびり、太い腕で痩身を払い退けようとした。

ところが、痩《や》せ法師《ほうし》の見た目と違い、長い両足で地面を踏み締めた痩身を退かすことができなかった。長い両足が突《つ》っ支《か》い棒になった体軀《たいく》に漲《みなぎ》る力が、軍八郎の払う手を撥《は》ねかえした。

「わたしも餌差札を持つ餌差です。餌差がどのような者か、見ればわかります。おまさは餌差ではありません。おまさの縄を解《ほど》いてください」

軍八郎が古風さまと言った若衆は、千駄木組鷹匠組頭《せんだぎぐみたかじょうくみがしら》古風昇太左衛門《しょうたざえもん》の倅《せがれ》古風十一《じゅういち》である。昇太左衛門の十一番目の子ゆえ、十一と名づけられた。

十一はこの春、二十三歳になっている。

軍八郎は、若蔵が知りもせぬのに甘いことを、と眉《まゆ》をひそめた。

「古風さま、これがあっしらの役目なんですぜ。千駄木組鷹匠組頭のぼんさんだからって、てめえのわがままが通るとでも思っているんですかい。いいですかい。見た目に見えねえから、密猟者なんですよ。見た目で密猟者とわかりゃあ、苦労はしねえんだ。第一、おまさは亭主が密猟を働いているのを知りながら、そいつを納屋に隠すのを手伝っていた。てえことは、おまさは密猟者の仲間ってえことじゃあねえんですかい。密猟者の仲間は、密猟者じゃねえんですかい。ほら、あれを見なせえ、あれを、ほら、ほら……」

軍八郎は、納屋の鳥小屋から押収した数十羽を入れた大きな竹籠《たけかご》を指差して、しつこく繰りかえした。

数十羽の小鳥が、竹籠の中で鳴き騒いでいる。

「清吉とおまさ夫婦の生業《なりわい》は百姓です。もうすぐ田植も始まり、百姓の仕事があります。とり調べは清吉ひとりで済むはずです」

「いい加減にしねえか。どうせ、雀《すずめ》の涙ほどの小百姓の田んぼですぜ。村名主も村役人もいる。百姓仕事は百姓に任せておけば、なんとでもなりやす。百姓仕事をしたこともねえし、する気もねえ鷹匠組頭のぼんさんが、百姓仕事を気にかけて何ができるってんだい。しつこいんだ。いいから退きなせえ」

軍八郎が苛《いら》だち、今度は十一の胸元へ太い腕を突き出した途端《とたん》、十一は軍八郎の手首をつかんだ。

突き出した腕が動かせなくなった。

「痛、いたた」

「野郎、何をしやがる」

伊蔵が気色《けしき》ばみ、手下の餌差らがざわざわと十一に迫る気配を見せた。

十一は伊蔵と餌差らを、編笠の下の大きく見開いた目で睨んだ。

「野郎、やる気け」

脇差に手をかけた餌差もいた。

「やめろ。ここじゃまずい」

軍八郎が怒鳴った。

「古風、こ、こっちは鳥見役平河民部さまのお指図に従っているだけだ。てめえ、邪魔する気か。お上に逆らう気か」

十一と軍八郎は睨み合った。

だが、十一は軍八郎から目を離さぬまま手を放した。

「く、くそが。親が鷹匠組頭だからって、いい気になるんじぇねえぜ」

軍八郎は顔をしかめ、手首を擦《さす》りながら喚いた。

「みな行くぞ」

餌鳥請負人の伊蔵と餌差らが、押収した小鳥の竹籠を担いで従い、縄をかけられた清吉とおまさも、竹籠の小鳥と一緒に引ったてられた。幼い弟と妹が、父ちゃん母ちゃんと呼びながら追いかけたが、

「うるせえっ」

と、最後尾の餌差に叱《しか》りつけられ、子供らは竦《すく》んで動けなくなった。

遠巻きにしていた村の百姓衆は、巻き添えになるのを恐れてか、残された婆さまと子供らに声もかけず、みないなくなった。

婆さまは、茅葺屋根と柱とひび割れた土壁だけの百姓家と、その周りに散らばった家財などの残がいや倒壊した納屋の瓦礫の山を、呆然《ぼうぜん》と眺めていた。

あまりの惨状になす術を知らず、戸惑っているかのようだった。

空には日が昇り、啼き騒ぎ乱舞していた鴉の数羽が、瓦礫の山に降りたち、残がいを啄《ついば》んでは、とき折り、婆さまと子供らを嘲笑《あざわら》うような啼き声をあげた。

姉娘が泣き止まない幼い弟と妹の手を引いて、婆さまの側へ行き、小声で話しかけた。婆さまは力なく頷《うなず》き、何かを呟《つぶや》いた。

十一が四人に近づいて行くと、婆さまが十一を訝《いぶか》しそうに見かえした。

姉娘は弟と妹を庇《かば》って十一に相対し、うす桃色の唇をひと筋に強く結んで、大きく見開いた眼差しを瞬《まばた》きひとつさせなかった。

十一は婆さまに訊《たず》ねた。

「ひどい目に遭わせて、済まなかった。ここまでするとは、思わなかったのだ。これからどうする」

姉娘の陰から、幼い妹が丸い顔をのぞかせていた。

十一は妹に頰笑《ほほえ》みかけた。

幼女がようやく童女になったぐらいの妹は、十一の頰笑みに驚きすぐに姉娘の陰に隠れた。妹より二つか三つ年上の兄は婆さまを見あげ、

「婆ちゃん……」

と、不安そうに言った。

「こんなに荒されて、年寄りと子供らだけではどうにもならねえ。大間木村《おおまぎむら》の良太《りょうた》さんにわけを話して、納屋にでもしばらく厄介《やっかい》になるしかねえ。佳菜《かな》、汚れを落として使えそうなものが残っていたら、持っていくぞ。探せ」

うん、と姉娘の佳菜が瓦礫に集っている鴉を「行け、行け」と追った。

幼い弟妹も姉を真似《まね》て「行け行け……」と声をあげて鴉を追い払い、鴉が不機嫌そうに啼き叫んでばらばらと飛びたった。

四半刻《しはんとき》ほどがたち、わずかな衣類と割れずに残っていた木の椀《わん》などの布きれのひと包みを佳菜がかついだ。

弟の達《たつ》は父ちゃんの破れ菅笠をかぶり、丸めた筵《むしろ》を抱えた。

十一は末娘の芙実《ふみ》を背に負って、ゆっくりと歩む婆さまのあとにつき、芝川《しばかわ》の土手道を大間木村へとっていた。

「大間木村までは遠い。幼い子供らには大変だ。送って行く」

十一の申し入れを、婆さまは断らなかった。

佳菜は初め、自分たちをこんな目に遭わせた仲間の十一の世話になることが不服そうだった。けれど、幼い芙実がすぐに草臥《くたび》れてぐずりだし、

「芙実、負ぶってやるぞ」

と、十一が芙実を軽々と広い背に負って行くうち、芙実が負われたまま寝てしまうと、妹を気にかけた佳菜は、十一とずっと並んで土手道を歩いた。

だんだん高くなった日射しが、早《は》や初夏の暑さを感じさせていた。

それでも、足立郡《あだちごおり》の田野に颯颯《さつさつ》と吹き渡る、まだ冷やかさを秘めた風は心地よく、土手の楓《かえで》や欅《けやき》の枝葉をそよがせ、婆さまと孫らの疲労と心の痛手を癒《いや》した。

丸めた筵を抱えた達は、着物を尻端折りにした恰好《かっこう》で土手道のずっと前方まで行って、とき折り周囲の景色を見わたすように立ち止まり、婆さまと芙実を負った十一と佳菜が追いつくのを待ち、またひとり先に破れ菅笠をゆらして駆け出して行ったり、駆け戻ってきたりした。

土手道で行き会った途中の村の百姓衆が、着の身着のままの婆さまと子供らと、小さ刀を裁っ着けに帯びた編笠の侍風体が混じった奇妙な一行へ、不審そうに探る様子を隠さなかった。

しかし婆さまは、誰にも愛想よい笑みを投げかけ、通りすぎて行く。

佳菜は十一と並びながら、何も話しかけてこなかった。

伏し目がちな長いまつ毛の眼差しを凝《じ》っと前へ向け、少女のほっそりとした、しかしどこか早や大人びた身体《からだ》を、初々しく運んでいた。

吹き渡る野の風が、佳菜の長い髪を乱していた。

と、不意に佳菜が言った。

「今朝《けさ》は、母ちゃんを庇ってくれてありがとう」

十一は、佳菜が今朝からずっとそれを考えていたことを不憫《ふびん》に思った。

「佳菜、大岡越前守《おおおかえちぜんのかみ》さまの名を、聞いたことがあるかい」

十一はしばしの間をおいて言った。

佳菜は前を向いたまま、小さく頷いた。

「大岡さまは、将軍さまとも親しい間柄と聞いている身分の高い殿さまだ。二年前、南町奉行職を退《しりぞ》かれ、今は寺社奉行さまと関東地方御用掛を兼任しておられる。わたしは千駄木組鷹匠組頭の古風昇太左衛門の倅だが、今、大岡さま直々《じきじき》のお指図を受けて、大岡さまの御用を務めている。作り話じゃない。本当にそうなんだ」

佳菜はまた頷いた。

「寺社奉行さまは、評定所《ひょうじょうしょ》一座にも出座なさる重要なお役目だ。佳菜たちの父ちゃんと母ちゃんが無事に戻ってこられるよう、大岡さまに頼んでみる。大岡さまにお頼みすればきっと上手《うま》くいく。長くはかからない。少しの辛抱だ」

十一が言うと、佳菜は少女にしては大人びた黒目がちな目を十一へ向けた。

「はい」

精一杯に答えた佳菜の目が、見る見る潤《うる》んでいった。

第一章　関所破り

一

利根川《とねがわ》が中川《なかがわ》上流の庄内古川《しょうないふるかわ》へと分流する川口に、武州栗橋《ぶしゅうくりはし》の関所がある。元文《げんぶん》三年（一七三八）の春の初め、旅の絵師土田半左衛門《つちだはんざえもん》は、栗橋の関所を偽造の往来切手で通った関所破りが判明し、追われる身となった。

東海道の箱根《はこね》や中山道の碓氷《うすい》のような、往来の改めが厳しい関所は別として、幕府が処々《ところどころ》に設けた関所では、男子の通行については、その身分をなんらかの手だてにより証明できれば手形がなくとも通行は許された。

携《たずさ》える手形にしても、男子は町村の名主や、江戸ならば地借居借《じがりいがり》の家主の出す証文や、武士ならば藩の家老発行の通行手形で十分だった。

ただし、江戸関内を出る女子の場合や、男子でも外見やふる舞いに不審なる者は、どの関所でも通行手形が厳重に改められた。

旅の絵師土田半左衛門は、諸国を放浪して絵を描き、それを求める諸士より画料を得て旅の費《つい》えとしていた。

元文三年、半左衛門は五十四歳であった。

半左衛門ほどの絵師になれば、手形を携えずとも、改めの場で絵師として修業の放浪を続けている生業《なりわい》を伝え、筆を走らせて一幅の絵を見せれば明らかとなって、関所を通行できるはずだった。

関所手形は発行日の翌月末までが通用期間だが、半左衛門が携えていた往来切手は、所定めず遍歴する巡礼や旅芸人などが持つ往来切手であった。

ところが、半左衛門は十五年前の享保《きょうほう》八年、絵師修業の放浪の旅に出たときから、なぜか偽造の往来切手を携帯していた。

土田半左衛門ト申ス者、生国《しょうこく》ハ江戸木挽町《こびきちょう》七丁目ニテ、慥成者《たしかなるもの》ニ御座《ござ》候《そうろう》、此度《このたび》為日本廻国罷出《まかりいでてもうし》候国々御関所無相違《そういなく》御通可被下《くださるべく》候。此者若相煩《もしあいわずらい》何国ニテモ相果《あいはて》候ハバ、於其所《そのところにおいて》御葬可被下候、此方迄《こなたまで》御届ニハ及不申《およばざる》候……

と、このほかに宗旨は代々浄土宗にて、御法度の切支丹《きりしたん》ではないことなどが記されてあって、発行権者は木挽町界隈の名主だった。

その名主の押印が、似てはいたものの、明らかに違っていたのである。

半左衛門が栗橋の関所を偽《にせ》の往来切手で通った半刻《はんとき》後、同じ江戸木挽町七丁目の名主の関所手形を持った古河《こが》城下に商用で出かける商人が、たまたま栗橋の関所を通り、半刻前に通った半左衛門の名主の印が違っていることに、関所役人が気づいた。

「木挽町界隈は、御公儀の始まりよりの古町名主さまでございます。代々この印のご使用に相違はございません。何とぞお調べ願います」

商人は関所役人に言った。

六十年ほど前の延宝《えんぽう》のころまでは、江戸よりの旅人は、申し入れを受けた名主や旦《だん》那寺《なでら》の住持《じゆうじ》が、手形発行者の江戸城留守居役《るすいやく》に申請し、裏書をもらわなければ、手形を発行できなかった。

手形発行権者の留守居役の印は、幕府のそれぞれの関所へ届けてあり、関所役人は一々手形の印とそれを引き比べ、真偽を確かめていた。

しかし延宝以後、そのような厳重な手間を、殊《こと》に男子についてはかけなくなっていた。ではあっても、偽造の手形で関所を通ることは関所破りに違いなく、御定書《おさだめがき》では関所破りはその所において磔《はりつけ》である。

関所役人は、関所雇いの侍と番士に利根川を越えて下総《しもふさ》古河まで土田半左衛門を追わせたが、足どりはつかめず、関所より八州《はっしゅう》の宿場に触れが廻《まわ》された。

すると、それから五日後、常陸筑波《ひたちつくば》郡の若森《わかもり》村にて、村役人と村の番太率いる手下らが土田半左衛門を捕えた。

半左衛門が筑波山を背にした初春の野の景色に絵筆をふるっていたところ、村役人と番太らがとり囲んだ。

「何ゆえだ」

半左衛門は、突然とり囲んだ村役人らに質《ただ》した。武州栗橋の関所を偽造の手形で通った廉《かど》だと村役人が答えると、

「そうか。是非《ぜひ》もない」

と、いつかはこのときがくることを承知していたかのように言った。

そして、番太と手下らが荒々しくかける縄を、逆らうことなく受けた。

半左衛門は一文字笠をかぶり、縹色《はなだいろ》の小袖《こそで》の下に苔色《こけいろ》の帷子《かたびら》をつけ、黒茶色の細袴《ほそばかま》と手甲脚絆《てっこうきゃはん》草鞋掛に脇差一本を帯びて、痩身の背は高く、案外に鋭い目鼻だちに、白《しら》

髪《が》は目だったものの総髪が似合っていた。

旅の荷は、柳行李《やなぎごうり》のふり分け荷物と絵筆などの画材道具に、財布の中に数枚の小判と銀貨と銭のみの、いかにも流浪の絵師という風体だった。

翌々日、半左衛門の身柄は栗橋の関所へ連行され、役人に引き渡された。

半左衛門をとり調べた関所役人は、十五年前の享保八年、偽造の往来切手を携え江戸を発《た》ったことに相違なしと、当人が包み隠さず申したてて関所破りの罪は明らかなため、半左衛門を江戸送りにした。

半左衛門が江戸の評定所《ひょうじょうしょ》で裁かれ、関所破りの罪によって磔を申しわたされれば、身柄を栗橋に差し戻し、栗橋にて刑が執行される。

江戸送りになった半左衛門は、小伝馬町《こでんまちょう》牢屋敷の西奥揚屋《あがりや》に入牢《じゅろう》となった。

しかし、半左衛門がその睦月《むつき》下旬に入牢となってから、評定所の審理はなかなか開かれなかった。

というのも、関所破りの罪で半左衛門に申しわたす判決がすでに明らかであり、審理対象の事実関係の下調べを行う評定所留役《とめやく》が、審理、すなわち事件の吟味《ぎんみ》を急がなかったためである。

元文三年、初夏の四月半ばをすぎた二十一日、浪人土田半左衛門の栗橋関所破りの審理が、和田倉《わだくら》御門外辰《たつ》ノ口《くち》評定所において、ようやく開かれた。

南北両町奉行、寺社奉行四名、公事方《くじがた》勘定奉行二名、そのほかに実際の審理を進める評定所留役二名出座の、三手掛《さんてがかり》である。

これが大名家や公儀高官の武家がかかわるほどの重要な審理になれば、大目付と目付が加わる五手掛になる。

通常の審理では、初回と最終のお裁きの言いわたしのみが三手掛で開かれ、その間の審理は二名の評定所留役が行うが、浪人土田半左衛門の栗橋関所破りは、初回の一日で審理が尽くされ結審すると見られていた。

土田半左衛門の場合、武士ではあっても仕える主はなく、江戸町家の木挽町が生国のため、判決は町民と同じく南町奉行の松波正春《まつなみまさはる》が言いわたすことになる。

その午前、黒羽二重《くろはぶたえ》と黒裃《くろかみしも》に正装した大岡忠相《ただすけ》は、四方を二十四枚の唐紙に囲われた評定の座敷に、四名の寺社奉行のひとりとして出座していた。

着座する並びは、座敷奥に実質の審理を行う二名の留役が、拭板《ぬぐいいた》の廊下側の唐紙を背に着座する土田半左衛門と相対する座を占めていた。

寺社奉行四名は留役の右手側へ、公事方勘定奉行二名に続いて月番から禄高に準じ着座し、南町奉行と北町奉行は留役の左手側に、寺社奉行と相対して着座した。

四月の寺社奉行月番は松平信岑《まつだいらのぶみね》で、井上正之《いのうえまさゆき》、牧野貞通《まきのさだみち》、足高を入れて一万石の大名格になっている大岡忠相の順に居並び、忠相の座は、審理される土田半左衛門が坐《すわ》る廊下側に最も近い座であった。

留役左手側に居並んだ南町奉行の松波正春と北町奉行の稲生正武《いのうまさたけ》は、忠相とはわざとらしく目も合わさない。

松波正春と稲生正武の両名は、一昨年の元文元年五月、南町奉行だった大岡忠相らが断行した元文御吹替《おふきかえ》で、巨大両替商らが銀高誘導を目論《もくろ》み忠相と争ったとき、両替商ら側に廻って暗躍し、幕府の最高司法立法機関である評定所一座より忠相追い落としを謀《はか》った相手だった。

結果、忠相は寺社奉行栄転という名目で南町奉行職を解かれた一方、評定所一座よりの追い落としはならず、忠相と両名の反目は元文三年の今も続いていた。

もっとも、元文三年、六十二歳になった忠相は両名との反目など意に介さず、粛々《しゆくしゆく》とおのれの役目に精励するのみだったが。

評定所は寂《しん》と静まりかえり、しわぶきひとつ聞こえない。

やがて、審理を進行する留役の松本市之進《まつもといちのしん》が、質実な張りのある声を発した。

「木挽町七丁目浪人土田半左衛門、これへ」

すぐに廊下側の唐紙が音もなく引かれ、うす暗い廊下より、案外に身綺麗《みぎれい》な桑染めの小袖に麻裃を着けた土田半左衛門が、両膝に手をあて目を伏せ、評定座敷にゆっくりと進み入った。

留役と諸奉行の眼差しが、半左衛門へ凝《じ》っと注がれている。

半左衛門は目を伏せたまま、上背のある痩身をやや前かがみにして着座し、座敷内に居並ぶ諸奉行ならびに留役へ、畳に手をつき深々と低頭した。

白髪が目だつ総髪を後ろに束ね、背中に垂らしていた。

「土田半左衛門、手をあげよ」

留役の声がかかり、身を起こした半左衛門の相貌《そうぼう》は、頬《ほお》が痩《こ》けて染みも増え、広い額や白髪交じりの髭《ひげ》が蔽《おお》う口角には、忍び寄る老いとおよそ三月になる揚屋暮らしの心労の皺《しわ》が刻まれていた。

麻裃の膝には、作り物のような骨と長い旅路の果てに干からびた皮ばかりの手をそろえていた。

しかしながら、やつれてはいても、弛《たる》んだ瞼《まぶた》の奥に伏せた切れ長な目やひと筋の高い鼻は、若き日の端正な面影を忍ばせた。

「土田半左衛門に訊《たず》ねる」

留役は型通りに、淡々とした口調で吟味を始めた。

二

土田半左衛門の祖父土田文五郎《ぶんごろう》は、会津《あいづ》藩松平家の徒衆《かちしゅう》であった。だが、金銭の貸借の拗《こじ》れがもとで傍輩《ほうばい》を疵《きず》つける粗相があって禄を失い、浪々の身となった。

文五郎の倅、すなわち半左衛門の父親土田庫之助《くらのすけ》は、会津にいたときから剣術修行に励み、剣術には自信があった。

いずれはおのれの武芸によって武家に仕え、土田家再興の希《のぞ》みを持っていた。

十七歳の延宝七年（一六七九）、武家への奉公先を求めて出府し、土橋北山王町《どばしきたさんのうちょう》の口入屋《くちいれや》《山辰《やまたつ》》の周旋《しゅうせん》により、武家屋敷の一季半季の中間《ちゅうげん》奉公を始め、今に自分の武芸が認められ仕官をと希みを抱きつつ年月をへた。

木挽町四丁目の芝居町で働いていた茶汲女《ちゃくみおんな》の登代《とよ》と懇《ねん》ろになり、倅の可吉《かきち》、のちの半左衛門が生まれたのは、庫之助二十三歳の貞享《じょうきょう》二年だった。

庫之助は、一季奉公で仕えていた武家屋敷の主人の許しを得て、加賀町《かがちょう》の裏店《うらだな》で登代と所帯を持ち、一季奉公が終《おわ》ると、少しでも金になる荷車押しや川浚《かわさら》い、河岸《かし》場《ば》人足などに雇われ、女房と赤ん坊の可吉を養った。

そのころの庫之助は、それでもまだ武家に仕える希みを失っていなかった。

ところが、倅の可吉がようやくよちよち歩きを始めた二歳のとき、女房の登代は庫之助と可吉を捨てて男と欠け落ちした。

自暴自棄になった庫之助は、それがきっかけになって武家に仕える希みを失い、木挽町六丁目の貸元が開く賭場の用心棒稼業について、やがてすさんだやくざ渡世に染まっていった。

やくざ渡世に染まった庫之助は、倅の可吉の手をとり、京橋南から汐留川《しおどめがわ》にいたる界隈、三十間堀《さんじつけんぼり》筋の木挽町、南八丁堀から鉄砲洲《てっぽうず》の本湊町《ほんみなとちょう》、十軒町《じつけんちょう》、明石町《あかしちょう》、南《みなみ》飯田町《いいだちょう》、南小田原町《みなみおだわらちょう》などの築地《つきじ》界隈の裏店を転々とした。

そして、五年、十年と、歳月が果敢《はか》なくすぎていった。

親はなけれど子は育ち、可吉が十五歳の年、それでも庫之助は、青竹のように痩《や》せて背だけが高くなった倅の前髪を落とし、元服の祝いの真似事《まねごと》をした。

倅の名前を可吉から、武士の子らしい半左衛門に変え、刀を買い与えたのも、会津武士の血を引く者という絵物語のような気位《きぐらい》を、すさんだやくざ渡世に染まっていながら、捨てきれずに引き摺《ず》っていたからだった。

赤穂《あこう》の浪人が本所《ほんじょ》の吉良《きら》邸を襲撃した元禄《げんろく》十五年、四十歳の庫之助は、汐留橋北の木挽町七丁目の裏店で隠売女商売《かくしばいじょ》を始めた。

元禄のころまでは、隠売女商売は取り締まりを受ければ、売女の抱主《かかえぬし》（持主）は磔に決まっていた。売女本人は望む者に婢《はしため》として渡され、地主、請人、人主、家主、五人組、名主まで厳しい処罰を受けた。

にもかかわらず、町家の隠売女商売の者はあとを絶たなかった。

庫之助自身、町方に踏みこまれたらそのときはそのときだ、と嘯《うそぶ》いていた。

隠売女が新吉原《しんよしわら》に三年の年季勤め、隠売女商売の者ならびに家主の家財没収、家屋敷五ヵ年没収などに刑罰が定められたのは、享保の世になってからである。

早や十八歳になっていた倅の半左衛門は、腰に黒鞘《くろざや》の一本を落とし差し、築地界隈の裏町や霊岸島《れいがんじま》の賭場の怪しい渡世人ややくざらと交わり、江戸中の盛り場をほっつき歩き、酒と博奕《ばくち》と女に明け暮れる無頼な日々に、いつしか馴染《なじ》んでいた。

木挽町七丁目の庫之助の店には、滅多《めった》に寄りつかなかった。

懐が乏しくなったときだけ金をせびりに足を向けた。父親は倅が顔を出すと、

「きたか」

と言うのみで、小言ひとつもらさず倅に遊興費を与えた。

庫之助と半左衛門は、父親と倅の親子の深いつながりなどなく、と言って赤の他人でもなく、自分が生んだ男と自分を生んだ男の奇妙な釣り合いを保ちつつ、ほんのかすかなかかり合いを断ちきれないでいるかのようだった。

そうして、そんなかすかな父と倅のかかり合いはそれからも続き、さらにまた二十年余の歳月がすぎた享保八年の春、倅の半左衛門は偽造の往来手形を携《たずさ》え、江戸を発って流浪の旅に出たのだった。


留役の松本市之進がそこまで改めを進めると、念を押すように訊ねた。

「土田半左衛門、以上の素性に相違ないか」

半左衛門は目を畳へ伏せたまま、

「ございません」

と、やつれた外見よりはしっかりした声を短くかえした。

「新たにつけ加えることはないか」

「ございません」

「では半左衛門に訊ねる。そのほうが流浪の旅に出たのはいかなる事情か」

「きっかけは、埒《らち》もないもめ事でございました。霊岸島町の河岸場人足を束ねる人寄せ稼業の満次郎《まんじろう》親分の囲っていた女が、三十間堀の大富町《おおとみちょう》の裏店におりました。わたくしはそうとは知らず女と懇ろになり、それが親分の耳に入って恨みを買ったのでございます。あれは、江戸を出ることになった前夜でございました。女の店を出て大富町から真福寺橋《しんぷくじばし》を渡りかけたところ、満次郎親分の差し向けた手下に囲まれ斬り合いになった末、こちらも手疵《てきず》を負ったものの、手下らの何人かに疵を負わせ、命からがら木挽町の父親の店へ逃げこむことができたのでございます。退《の》っ引《ぴ》きならぬ事情を知った父親が申しました。親分の手下らは、霊岸島町の満次郎は必ずここへ家探しにくる。親分の顔を潰《つぶ》した者は無事では済むまい。親分の手下らは、明日は必ずここへ家探しにくる。運よく命は助かっても、半死半生の目に合わされるだろう。それが嫌なら江戸を去るしかあるまいなと、そのように。よって、江戸を出ると決めたのでございます」

「それだけか」

留役は冷やかな口調で、先を促した。

すると半左衛門は、白髪交じりの髭の蔽《おお》う唇《くちびる》を、束の間、物思わしげにひと筋に結び、そして再び口を開いた。

「父親の庫之助が会津より出府した二本差しの浪人者ゆえ、わたくしも若衆の年ごろには、父親を真似て武士気どりの刀一本を落とし差しに、盛り場をうろつきやくざや賭場の博徒らと群れておりました。しかしわたくしは、武士でも町民でもございませんでした。おのれが何者なのかわたくし自身が知らず、金がなくなれば隠売女商売で稼ぐ父親に集《たか》り、わたくし自身で稼いだこと為《な》したことなどないのに、飢えた覚えはないというだけの、気がつけば四十の足音が聞こえる、あとはもう老いぼれていくばかりの歳になっておりました。わたくしはそんなおのれ自身に、ほとほと嫌気が差していたのでございます」

留役は口を挟まず、凝っと半左衛門を見つめている。

三手掛の諸奉行も、沈黙を固く守っていた。

「ではございますが、わたくしにもただひとつ、普段の何げない町家の風景やその風景の中に佇《たたず》む人の風情に、何やら腹の底から突きあげてくる言葉にはならぬ感興《かんきよう》を覚えることが、とき折りございました。そういう感興に任せて絵筆を動かす、と申しますか絵筆を弄《もてあそ》ぶようになったのは、無為のままに三十歳をすぎたころでございました。破落戸《ごろつき》同然の暮らしにまみれておりましたわたくしのような者が、風景や人の風情に心動かされ、絵師の真似事をしておると、当時のわたくしの周りにいた者らが知れば、嘲《あざけ》られ笑い者にされるのはわかっておりました。ゆえに、周りには気づかれぬようこっそりと、ほんの手慰みに絵筆をとっておりました。先ほど申しましたように、そのころは隠売女商売で案外羽ぶりのよくなっていた父親の店には、懐が寂しくなった折りに何がしかの金子をせしめに戻るだけにて、平素は盛り場の裏町にたむろする無頼な渡世人らの裏店や、芝居町の大道芸人らのあばら家にもぐりこんだり、色茶屋に金が続く限り居続けたりと、ねぐら定めぬ放蕩《ほうとう》をほしいままにしておりました。しかし、食うために働いたことがなくどれほど好き勝手にふる舞っても、それがさして面白おかしいわけではございません。むしろ、道楽三昧《ざんまい》の遊興が果てたあとの空虚は、いっそ死んでしまうかと思うほど、耐えがたい空しさでございました。そんな折り、ふとわが性根に兆す感興に任せて絵筆を走らせますと、まるで新たな命が吹きこまれるような覚えがございました」

「絵を描くことと江戸を欠け落ちいたした事情に、いかなるかかり合いがある」

留役がなおも冷やかに質した。

「江戸を去るしかあるまいと、父親が申したとき、不意に、旅の絵師として生きる道が見えたのでございます。その道ははるか彼方の山野の果てへと、間違いなく続いておりました。ひとり山野を行くことに、躊躇《ためら》いも、後悔も、いつかは旅の途中の野に朽ち果てる不安も一切ございませんでした。不安どころか、わたくしには旅路の果てに絵師として一生を閉じる、それこそが望ましいとすら覚えたのでございます。そうか、こうなるためにこれまでのわが放蕩と無頼な日々があったのかと、こうなることがわたくしの定めだったのかと、奮《ふる》いたつ思いが胸にあふれるほどでございました。よってわたくしは、翌朝夜明け前のまだ暗いうちに、江戸を発ったのでございます。帰郷の道はなく、その朝が江戸の見納めになるはずでございました」

「では、土田半左衛門の偽造の往来手形はいかがして手に入れた」

「父親はその夜のうちに偽造の往来手形を手に入れて参り、二十両ほどの金とともにわたされたのでございます。いかにして手に入れたかを訊ねましても、訊くな、金さえ払えばこれぐらいはどうにかなる、男の関所手形は厳しく詮索《せんさく》されることはないゆえ、これで十分通るはずだと父親は申しました。裏稼業で生きてきた父親には、そのような手蔓《てづる》があったのでございましょう。わたくしも無頼な暮らしを送っており、大体の察しはつきましたゆえ、それ以上は訊ねませんでした」

「大体の察しがな。さようか」

留役の松本市之進は、白々としたかすかな冷笑を見せた。

次に、もうひとりの留役小野田五十次郎《おのだいそじろう》が代わって、半左衛門が享保八年の春に江戸を出奔《しゅっぽん》し、武州栗橋の関所で往来手形の偽造が発覚するまでの、旅の絵師を生業《なりわい》に十五年に及ぶ放浪の事情を質した。

それにも半左衛門は、気の向くままに諸国を遍歴し、興が乗れば旅の処々《しょしょ》どこでも絵筆を揮《ふる》い、求める客にそれらを譲って謝礼を得て旅費としたと答えた。

「陸奥《むつ》、出羽《でわ》をへて、越後《えちご》、越中《えっちゅう》、加賀、越前《えちぜん》、若狭《わかさ》から京へ上って、上方、西国の各地、遠く九州の地を巡り、対馬《つしま》へも参りました。再び上方に戻って、大坂では好事家《こうずか》の多くの方々のご支援が得られ、数年をすごしました。江戸を出て以来、たちまち十数年の歳月が流れ、三年前、上方の世話になった方々に別れを告げ中山道を下り、近江《おうみ》、美濃《みの》、信濃《しなの》、上野《こうずけ》をへて武州に入りましたが、江戸に戻る考えはまったくございませんでした。八州の景勝の地や人々の姿を描き、そののち再び北へ向かって、蝦夷《えぞ》の松前《まつまえ》へ渡り、その先はかの地にて決める存念でございました」

「父親の土田庫之助が、そのほうが旅だった三年のちの享保十一年に亡くなっていたことは、存じていたのか」

「存じませんでした。このたび、江戸の地を十五年目にして再び踏み、父親が亡くなってすでに十二年がたっていたことを知り、呆《あき》れております。木挽町七丁目の隠売女商売が御奉行所の御取締《おとりしまり》を受け、家主とともに家財建物の五ヵ年間没収、手鎖《てぐさり》百日の処罰を受け、最期は卒中で倒れ、そのまま逝《い》ったと聞かされました。しかしながら、父親もいつかはくるそういう最期を、覚悟していたはずでございます。あの日、父親は二十両と偽造の往来手形をわたしたとき、こうも申したのでございます。倅のおまえに、父親らしいことは何もしてやれなかった。おまえは物心ついたときからすでに母親はおらず、三十九のその歳になっても、愛おしむ女房も子もなく、頼る者もない破落戸同然の暮らしを送ってきた。おまえの人生を台無しにしたのは、父親のわたしなのかもしれん。わたしは六十をすぎたもう年寄りだ。このまえと生きて会うことはないだろう。これはせめてもの餞別《せんべつ》だ。達者に暮らせと。父親との今生《こんじょう》の別れは、その折りに済ませておりましたので、後悔はございません」

「十五年に及ぶ放浪で、往来手形を怪しまれたことはなかったのか」

「父親の申しました通り、往来手形を怪しまれたことは一度もございません。栗橋の関所も、一度は通ったのでございますが」

留役の松本市之進と小野田五十次郎が、目配せし、頷き合った。

「御奉行さま方、土田半左衛門偽造往来手形による栗橋関所通り抜けの一件につきまして、わたくしども留役よりの吟味は以上でございます。これまでのところに、ご不明なことがございましたら、直々《じきじき》にお改めを願います」

留役の松本市之進が、居並ぶ三奉行にうやうやしく言った。

三奉行から半左衛門に、問い質す言葉はなかった。

評定の座敷に沈黙が流れた。評定所の屋敷全体が、まるですべての属吏《ぞくり》が消えてしまったかのような、寂《しん》とした静けさに包まれていた。

留役は三奉行に不審がないことを確認し、慣行通りに続けた。

「本日一日にて吟味はつくされました。よって、次回の審理はお裁きの申しわたしに相なりますゆえ、四日後の四月二十五日、御目付さま並びに、徒歩目付衆《かちめつけしゅう》、小人目付《こびとめつけ》衆立ち会いのもとに行うことと相なります。申しわたしは、南町御奉行松波筑後守《ちくごのかみ》さまにお願い申しあげます」

松波正春が黙礼をかえした。

「それではこれにて……」

留役が言いかけた。

それをさえぎり、寺社奉行の居並ぶ末座の大岡忠相が、不意に口を切った。

「土田半左衛門にひとつ、訊ねたいことがござる」

留役は落ち着いた言葉つきを乱さなかったが、わずかに眉《まゆ》をひそめた。

「大岡越前守さま、どうぞ」

段どり通りの審理の進行が、大岡忠相に横槍を入れられ阻害されたかのような不快を、ほんの一瞬覚えたからに違いなかった。

粛然《しゅくぜん》としていた寺社奉行と勘定奉行の並びが、さざ波のようにゆれた。

相対する南町奉行の松波正春と北町奉行の稲生正武が、またこの男が、と言いたげな一瞥《いちべつ》を忠相に寄こした。

「ずっと気になっておりましたが、名前を思い出せなかったのでござる。今、やっと思い出したゆえ、遅れました。申しわけござらん」

「よろしいのですよ。大岡さま、どうぞご存分に」

留役は、むずかる子をなだめるような口ぶりだった。

「土田半左衛門、霊岸島町の請負人の満次郎が大富町に囲っていた女に手を出し、それが満次郎に知られ、江戸を離れる前夜、満次郎の差し向けた者らに真福寺橋で囲まれ斬り合いになり、手疵を負ったと申したな」

忠相は半左衛門を、凝っと見つめて言った。

「さようでございます」

半左衛門は、斜め前方の忠相には相貌を向けず、座敷奥の留役へ目を伏せたまま頭をゆっくりと下げた。

座敷奥の留役に相対して廊下側の唐紙を背に着座した半左衛門は、留役の右手側に公事方勘定奉行に続いて居並ぶ、寺社奉行四名の末座の忠相からはもっとも近く、忠相は半左衛門の斜め前方より相対していた。

忠相はさらに言った。

「ならば、その刀疵の痕は今も残っておるか」

「わが左の肩口から左腕にかけて、残っております。留役さまにお確かめいただいております」

「それは確かめ、間違いなく残っております」

留役が忠相に言った。

「わたくしも確かめたい。ここで今、かまわぬか」

忠相は留役に聞きかえした。

「差し支えございません。どうぞ、御奉行さまのお気の済むように」

留役は言いつつも、少々呆れた様子だった。

「半左衛門、左肩口から左腕にかけてならば、片肌脱ぎにならずとも、袖を肩まで捲《まく》れば確かめられる。袖を捲ってくれるか」

半左衛門はおもむろに頷き、桑染の左の袖を肩口まで捲りあげ、肩口より斜めに斬られた刀疵を曝《さら》した。衣服に守られ十五年の旅暮らしにより鍛えられた筋張った腕のなめらかな肌に、五、六寸ほどの疵痕の皮膚が痛々しく盛りあがっていた。

半左衛門は、平然として座敷奥の留役に相対している。

「失礼」

と、忠相は座を離れ、半左衛門の側へ膝を進めた。

そうして、身を乗り出すように半左衛門の疵痕を見つめ、瘦《こ》けた頰には染みが目だち、白髪交じりの髭が蔽う口角に、忍び寄る老いの皺が刻む半左衛門の相貌を、不しつけに見廻した。

忠相の軽々しいふる舞いが、ほかの奉行らの失笑を買った。

「済まなかった。もうよい」

忠相は半左衛門に声をかけ、座に戻った。

「半左衛門、その疵は医者が手当てをしたのか」

「父親が晒《さらし》を何重にも巻きつけ、手をつくしてくれ、それのみでございます」

「それほどの疵を前夜に受け、夜明け前には旅だつことができたのか」

「先ほども申しました。旅路の果てに絵師として一生を閉じる、それこそが望ましいとすら思っておりました。それゆえ、この疵がもとで命を失っても、いたし方あるまい。身から出た錆《さび》だと覚悟をしておりました。旅に出るのに、これ式の疵はなんの障《さわ》りにもなりませんでした」

「さようか。絵はどのような絵を描かれる。流派はあるのか。あるいはどなたか、師匠はおられるのか」

「これも先ほど、申しました。道楽三昧の遊興が果てたあとの空虚は、いっそ死んでしまうかと思うほど空しく、そんな折り、ふと、何げない町家の景色やその景色の中に佇む人の風情を、感興に任せて描いたのみでございます。流派はございません。よって、師匠もおりません。すべて我流でございます」

「半左衛門の絵を見たいが、どうだ」

「畏れ入ります。しかしながらわが筆法は、白い紙に墨線の構成、濃淡によってのみの時俗民俗を描き、板木に墨摺《すみず》りの一枚絵でもないうつし絵でございます。御用絵師の狩野派《かのうは》や土佐派《とさは》の当代一流の絵師の方々が描かれた絵とは較べるべくもなく、御奉行さまの御鑑賞に値するほどのものではございません。今、わが元に残っておる絵はございません」

留役の松本市之進が、そこで忠相に言った。

「御奉行さま、本日は、土田半左衛門の偽造往来手形による、栗橋関所通り抜けの審理でございます。その一件にかかり合いのないお訊ねは、お控え願います」

「いかにも、そうであった。だが、あとひとつ……」

　忠相は留役に断り、

「半左衛門、そのほうが江戸を欠け落ちした享保の八年春のことだ。おぬし、公儀小《こ》普《ぶ》請《しん》組《ぐみ》旗本の内藤斎樹《ないとういつき》なる侍を存じていなかったか」

　と問いかけた。

　忠相がいきなり、評定の審理に脈絡のない名を出したので、留役も諸奉行も訝《いぶか》しげに首をひねり、顔を見合わせた。

「存じません」

　半左衛門はにべもなく言った。

「存じておらずとも、内藤斎樹という名を聞いた覚えはないか。内藤家は家禄千五百石にて、築地川の軽子橋《かるこばし》に拝領屋敷がある」

「ございません」

　半左衛門は、伏せた目を一度も上げなかった。

　忠相はしばし半左衛門を見つめ、それから言った。

「さようか。ならばよい。それだけだ」

　南町奉行の松波正春は舌打ちし、北町奉行の稲生正武はうす笑いを忠相に投げた。

いた。両奉行の舌打ちとうす笑いは、外連《けれん》の多い男だ、と言葉にせずとも忠相を揶揄《やゆ》して

三

同じ四月二十一日の昼八ツすぎ、寺社奉行大岡忠相の御駕籠《おかご》と行列は、内桜田《うちさくらだ》御門を出て西御丸下の御濠端《おほりばた》をとり、次に桜田御門外に出た。

季節は早や夏の、午後の日差しは厳しい。

けれど、桜田御門外の御濠端にそよぐ風はまだ冷たく心地よかった。

土手の柳並木にも吹き寄せる初夏の風が、枝葉をなびかせていた。

「殿さまのお戻りぃぃ」

行列を先導する物頭《ものがしら》が大音声《だいおんじょう》を発し、外桜田の大岡邸の長屋門を粛々《しゆくしゆく》とくぐって、番方や役方の表向きの家臣らがそろう邸内へ入って行く。

一昨年の元文元年、大岡忠相は南町奉行職から一万石以上の大名が就く寺社奉行に任じられた際、家禄五千九百二十石に足高の四千八十石が加増となって、旗本ながら一万石の大名格になった。

実情は南町奉行職の解任ながら、表向きは一万石の寺社奉行職への昇進である。となれば、大名格の体裁は整えなければならない。

新規召し抱えの番方と役方の家臣が増え、家老、側用人、留守居の下に、物頭や徒《かち》頭《がしら》の番方、取次、奥勤めの忠相側近、家臣団の風紀を取り締まる目付役、監察方、留守居添役《そえやく》を置いた。

ただし、一万石の小規模大名ゆえ、旧来の家臣を中心に、留守居は側用人、取次は物頭、徒頭は留守居添役、目付は武具《ぶぐ》奉行を兼任させ、作事《さくじ》奉行、馬預りもそれぞれ二つ以上の役目を兼ね、所領の陣屋詰の代官手代らも足軽小頭を務めるなど、どうにか藩としての体裁を保った恰好《かっこう》である。

「お戻りなされませ」

大岡家の政務を補佐する家老の小林勘蔵《こばやしかんぞう》が玄関の間に手をつき、御駕籠を出て表玄関式台に立った忠相を出迎えた。

「ふむ、戻った」

家老を務める小林勘蔵は、忠相が享保二年に南町奉行に就任した折り、前任の松野《まつの》河内守《かわちのかみ》より譲り受けた家臣で、町奉行忠相の内与力《うちよりき》を務め、忠相の寺社奉行就任に伴い、家老職に抜擢《ばってき》した能吏《のうり》である。

しかし、忠相の邸内での暮らし向きは、一万石の大名になっても、五千九百二十石《こ》どりの旗本のころと大きな違いはない。表玄関から奥向きへ通る廊下で、若党の小右衛門《えもん》が、南町奉行所暮らしのときと変わらず、

「旦那さま、お戻りなされませ」

と、忠相を出迎えた。

小右衛門の役職も中小姓席になっているが、仕事は若党のときと同じ、忠相の身の廻りの奥向き務めである。主人の忠相を、殿さまではなく以前のまま旦那さまと言うのも、忠相がそのままでよいと望んだからである。

忠相は小右衛門に刀を預け、奥への廊下を行きながら言った。

「雄次郎《ゆうじろう》を呼べ。伝えることがある」

「はい。ですが、つい先ほど古風十一どのが千駄木《せんだぎ》より見えられ、雄次郎左衛門《ざえもん》どのが居室にてお相手をなされ、旦那さまのお戻りをお待ちです」

「十一がきていたか。都合がよい。十一を呼ぶつもりだった。しかし、五節句の挨拶《あいさつ》以外に十一のほうから訪ねてくるのは珍しい。なんの用だろう」

「殿さまにお願いがあって参りましたと、恥ずかしそうに言うておられました」

「ほう。恥ずかしそうにか」

忠相は才槌頭《さいづちあたま》に童顔の十一を思い出し、つい笑った。

「それからまた、鴈《がん》の塩鳥十羽を、俵詰めにして土産にいただきました」

「鴈の塩鳥を十羽か。それは嬉《うれ》しいな。十羽なら十分みなにも分けてやれる」

「十一どのも、この前は鴨が三羽でしたので、家中に行きわたらなかったと思われたようで、俵詰めを背負ってこられました」

「なるほど。余《よ》ほど重要な用と見える。それにたぶん急用なのだろう」

忠相は少々訝った。

裃の正装を、青鈍色《あおにびいろ》の無地の単衣と下着の白襟《しろえり》が涼しげな装いに、ゆったりと締めたうす色の竜紋帯《りゅうもんおび》へ脇差一本を帯びて、羽織は着けず、奥方の居室へ機嫌うかがいに顔を出した。

忠相が十歳のとき、同じ大岡一門の三河《みかわ》以来の旗本・大岡忠真《ただざね》の養子となって、のちに忠真の娘を妻とした奥方である。

忠相と奥方は、女子二人と男子ひとりを儲《もう》け、いずれは忠相の跡を継ぐ男子の忠宜《ただよし》は、将軍吉宗《よしむね》さまのご嫡子・家重《いえしげ》さま小姓役に就いており、すでに従五位下《じゅごいげ》紀伊守《きいのかみ》に叙任している。

「お戻りなされませ。お役目ご苦労さまでございました」

奥方は夫を丁重に迎えるものの、夫が来訪者を待たせており、そちらのほうへすぐに行きたがる気質がわかっているので、わざと気を持たせてみた。

「今日は評定所の式日でございますね。評定は首尾ようお済みでございますか」

すると、話を早く切りあげようとする夫の様子がおかしく、

「そうそう。千駄木組の古風十一どのが、鴈を十羽も持ってきてくださったそうでございますね。まあ、若い十一どのにお気を遣《つか》わせて、お気の毒でございますこと。でもみな鴈のご相伴《しょうばん》に与《あずか》れるともう言い合い、楽しみにしているようでございます。この前の鴨は三羽でございましたので、みなにいきわたりませんでしたから」

と、話を変えて夫の気を引いた。

「ふむ。みなにも分けてやらねば」

忠相は生返事をして、仕方なく塩鳥の講釈を始めた。

「鴈は秋から冬場に飛来し、春には去って行く渡り鳥で、冬場に飛来した鴈を塩鳥にして保存しておくから、渡りのない夏場でも食べられるのだ。冬場の寒いうちに塩漬けにして保存するゆえ、寒塩鳥とも申してな。作り方はむずかしくはないが、手間がかかる。桶にぬるま湯を溜《た》め、そこに捕えた鴈を浸《ひた》してふやけさせる。ふやけて皮がゆるんだものを、毛を抜きとって、内臓やら胴体の骨を抜きとり、塩をたっぷりふっ

て、昆布に巻き漬けこんでおく。昆布巻きに漬けこんでおくと、月をへても乾かぬので、塩抜きをして食することができるのだ」

奥方は、あらっ、と真顔になったが、忠相は気づかずに続けた。

「鴈だけではないぞ。秋冬が渡りの鴨とか白鳥もみな塩漬けにする。猟場で捕えた鳥は暴れるので、その場で野絞めにするのが基本なのだ。しかし、絞められた鳥はすぐに傷み始める。よって、傷む前に塩漬けにしなければならん。つぐみやうずらや鴫《しぎ》、すずめなどの小形の鳥は焼鳥用だ。すずめは内臓をとり除いて、丸のままたれに漬けて、照り焼きにした姿焼きを頭からがりがりと砕くのがよい。山椒《さんしょう》をかけると味が引きたつ。庭で心地よげに囀《さえず》る小鳥も、焼鳥にしていただくとさぞかし美味《うま》かろうなと、思うことがあるよ」

忠相は奥座敷の縁側から庭へ目を遣《や》り、のどかな笑みを投げた。

しかし奥方はわずかに眉をひそめ、口をつぐんだ。もう、夫の気を持たせるつもりはなさそうだった。

遅い午後の日射しの降る庭で、小鳥が鳴いている。

「それから、なま鳥と言うのは塩漬けの鳥ではなく……」

言いかけた忠相を、奥方が止めた。

「あなた、十一どのがお待ちなのではございませんか。そろそろ行かれては」

「そうだった。では、今宵《こよい》はみなと鴈を存分に楽しむとよい」

そう言って立つと、奥方は片方の指先で口元を蔽い、片方の垂らした指先を、もう行ってくだされ、と言うかのようにひらひらさせた。

おや、急にどうした……

忠相は首をかしげた。


庭の欅の高木に色濃く葉が繁《しげ》って、四月下旬の遅い午後の日射しに映えていた。白い漆喰《しっくい》の土塀《どべい》よりずっと高く青い空へ広げた枝葉の間を、赤もずが飛び交い、ぎちぎち、と鳴き声をたてている。

赤もずは、土塀ぎわの山吹の灌木《かんぼく》や庭の二基の石灯籠《いしどうろう》にも止まっては鳴き騒ぎ、日射しの中を、せわしなそうに飛び廻った。

青空に浮かぶひと塊の白い雲が、欅の木にふわりとかかって動かず、長い縁庇《えんびさし》は、南向きの白い庭にくっきりとした影を落としている。

やがて忠相は、十一に笑みを投げて言った。

「十一がわざわざ訪ねてきた事情はわかった。それは子供らが可哀想だ。両親とも必ず解き放たれるよう、手を打たねばな。子供らには心配におよばぬと伝えてやるとい い。おそらく、平河民部の仕手方の軍八郎は、母親のまさを見せしめに縄をかけたの だろう。まさの解き放ちは、さほどむずかしくない。ただ、父親の清吉は、戸田筋の 御留場で餌差を働いていたのだから、過料の罰を受けるのはいたし方あるまい。それ にしても、幼い子供らの目の前で、いきなりお縄にするのはやりすぎだ。改めさせね ば。おぬしもそう思うだろう、雄次郎」

忠相は、十一と相対した片側の、庭へ向いて石臼《いしうす》のように分厚い胸板を反《そ》らして端座している岡野《おかの》雄次郎左衛門に問いかけた。

「御意。清吉おまさ夫婦をお縄にしたのは、法度《はっと》にはずれております。法度を犯した清吉を、お上が法度を破って罰するのは、本末転倒でございます」

雄次郎左衛門は、見た目と違い案外にやわらかな声で言った。

頑丈《がんじょう》そうな短軀《たんく》に納戸《なんど》色《いろ》の羽織を着け、焦げ茶色の袴《はかま》の下に太短い膝の肉が盛りあがって、つるりとした大きな頭には、小さな飾りのような白髪髷《まげ》を載せている。

「鳥見役の平河民部宛《あ》てに手紙を書く。雄次郎は明日、志村の鳥見屋敷役宅へ行って平河民部に手紙をわたしてくれ。民部が手紙を読んで、清吉とまさをすぐに解き放てばそれでよい。だが民部が拒むなら、せめて子供らの母親のまさだけでも解き放ちを頼むのだ。それでもだめなら無理に説得をせずともよい。民部を依怙地《いこじ》にさせては、かえって事を拗らせかねない。若年寄の本多伊予守《ほんだいよのかみ》さまに、わたしが頼む。本多さまは間違いなく、手を打ってくださる。本多さまには、以前少々貸しがあってな。わたしが頼めば大丈夫だ」

と、忠相は十一へ意味ありげな笑みを向けた。

鳥見役は若年寄支配である。

十一は月代《さかやき》を綺麗に剃《そ》った才槌頭を、深々と下げた。

そして才槌頭をもたげ、綺麗な鼻筋の下に真一文字にぎゅっと唇を結んで、ぱっちりと見開いた童子のような目を耀《かがや》かせた。白地に茶褐色の若松文《わかまつもん》と鳶色《とびいろ》の裁っ着けの瘦身に、小さ刀一本を帯びた夏らしい装いに替えている。

「ありがとうございます。では明日、わたくしも岡野さまとともに志村の鳥見屋敷役宅へ参ります。子供たちの悲しみを、平河民部さまにお伝えいたします」

「いや。志村の役宅へ行くのは、雄次郎ひとりのほうがよい。平河民部がどういう男か知らぬが、鳥見役は癖の強い者が多い。若い十一が行くと、逆にへそを曲げる恐れがある。それでは、子供らの悲しみを長引かせるだけだ」

「それがしも、同感でござる。十一、旦那さまのお手紙があれば、せめておまさの解き放ちは説得できると思う」

雄次郎左衛門は言うと、忠相へ向きなおった。

「旦那さま、平河民部とは八年ほど前、数寄屋橋の奉行所で面談した覚えがございますぞ。その折りも、確か江戸の鳥刺《とりさし》が御留場で密猟をしておるゆえ、町奉行所に取り締まりを求めて、わざわざ参ったのです。旦那さまは御登城でございましたので、それがしが平河の要請を承りました。あの折り、若年寄さまを通せばよいのに、と思ったのを覚えております。確かに、平河民部は癖の強い鳥見役でございましたな。だといたしましても顔見知りゆえ、都合がよろしゅうござる」

「うろ覚えだが、八年前のそれは覚えておる。あれが平河民部だったか」

「それがしも覚えてはおりますが、平河民部の顔は思い出せません。当人に会えば、ああこういう男だったかと思い出すでしょうが」

「それとも、会っては見ても、はて、こんな老いぼれだったかなと、互いに見分けがつかぬかもな」

忠相と雄次郎左衛門は、あはは、と笑い声をたてた。

「岡野さま、子供らのために、何とぞお願いいたします」

十一が言い、

「よいとも。わたしに任せておけ」

雄次郎左衛門は、笑い顔のまま答えた。

岡野家は三河以来の大岡家に仕えてきた旧臣の一族で、雄次郎左衛門は、二十六歳の忠相が御書院番《ごしょいんばん》に就いて以来、様々な役目を歴任するそばにつき従ってきた。

およそ二十年、南町奉行に就いていた忠相とともに、数寄屋橋御門内の南町奉行所に起居し、奉行直属の内与力として目安方《めやすかた》を務めた。

一昨年の元文元年、忠相が寺社奉行に転出したのを機に、嫡男の新五《しんご》に岡野家の家督を譲って、大岡家に徒頭として仕える倅の一家とともに、長屋住まいではなく、邸内の一角に普請した屋敷に暮らしている。

雄次郎左衛門は、足高の禄を加えて一万石の大名格となった大岡家の、用人や留守居などの表向きの側近ではなかった。

忠相は大岡家が大名格になったとき、町奉行の内与力を務めてきた雄次郎左衛門を家老に就かせるつもりだった。

だが、元文元年、忠相より五歳上の六十五になっていた雄次郎左衛門は、それがしはもう老いぼれでござる、大岡家の家老に相応《ふさわ》しい者を、と固辞した。

よって忠相は、雄次郎左衛門と同じ内与力だった小林勘蔵を家老に据えた。

雄次郎左衛門はそれ以後、大岡家の表向きのご用を勤めてはいない。ただし、忠相は雄次郎左衛門に隠居を許していない。大岡家の表向きのご用ではない忠相一個人の用を、雄次郎左衛門に直々《じきじき》に命じている。

雄次郎左衛門は今も、忠相の腹心の家臣である。

庭の欅で赤もずが、ぎちぎちと鳴いている。

「ところでな、十一」

やおら、忠相が言い始めた。

「今日、おぬしを呼ぶつもりだった。たまたまおぬしがきたので、都合がよかった。十一に調べてもらいたいことがある。ただし、あまりときはない。というか、ほとんどない。今日は二十一日で、四日後の二十五日が評定所の立会日《たちあいび》となって、ある一件が落着する。立会日までの、明日、明後日、明々後日の三日間のうちに、できれば調べがつくとありがたい」

「承ります」

十一はけれんなく答えた。

「旦那さま、なんの調べでございますか。それがしはうかがっておりませんぞ」

「雄次郎。わたしも今朝までは、知らなかったのだ。今日は評定所の式日にて、三手掛の評定が開かれた。栗橋関所を偽の往来手形で通り抜けた、旅の絵師の一件だ」

「はい。それはうかがっておりました。土田半左衛門と申す江戸生まれの浪人者が、十五年前、霊岸島町の人寄せ稼業の満次郎ともめ事を起こし、江戸にいられなくなった。よって、いかなる手だてでか偽の往来手形を手に入れ、それを携え江戸を欠け落ちいたし、ねぐら定めぬ流浪の旅を続けていた。ところが、天網恢恢疎《てんもうかいかいそ》にして漏《も》らさず。武州栗橋の関所で偽の手形が露顕《ろけん》し、お縄になった一件でございますな」

「栗橋の関所役人が、偽の手形を見破ったのではないがな」

「その一件になんぞ不審が、ございますのか」

「不審はない。関所越え、また関所破りは、その土地にて磔だ。当人も神妙にして偽の往来手形で諸国を放浪してきたと認め、覚悟はしておるようだ。審理は今日一日で終り、立会日の二十五日にお裁きが下され、半左衛門の身柄は直《ただ》ちに栗橋に戻され刑が執行されるだろう。ただな……」

「ただ、なんでございますか」

忠相は、自身で何やら考えを廻《めぐ》らすかのように庭へ目を遣った。それからしばし間をおき、雄次郎左衛門に言った。

「雄次郎、十五年前というと享保八年だ。享保八年にはどのような事があった。何か覚えておるか」

「十五年前の享保八年、でございますか」

ふうむ、と雄次郎は短軀にしては大きな掌《てのひら》で、てかてかした月代をなでた。

「さよう、相対死《あいたいじに》厳禁の触れがございましたな。男女申し合わせにて相果て候者の儀、自今は死骸取り捨て、一方存命に候わば下手人申しつけ、双方存命候わば三日さらしの上非人手下へ、と厳しい触れでございました」

「あった。吉宗さまが心中を殊の外嫌われ、心中の文字が忠義の忠の字に似ているゆえ、心中の文字を使うことを禁じられ、それで相対死としたのだ。ただし、厳しい触れにもかかわらず、心中は一向に減らなかった」

「減りませんでした。大岡忠相が賢才にてさえ停止《ちょうじ》すること能《あた》わず、況《いわんや》や凡下をや、と訳知りに言う声も聞こえておりました。そうそう、八月に音羽《おとわ》の青柳町《あおやぎちょう》で隠売女商売が手入れを受けて、家作がとり払われたときに詠まれた、野となりて鳴くや音羽のくつわむし、という一句があって、寂《しん》とした覚えがございましたな」

「雄次郎は妙な事を覚えておるのだな。小石川《こいしかわ》の御薬園に施薬院を作った。そういう事もあっただろう」

「ございましたとも。あれで今ひとつのび悩んでいた旦那さまのご評判が、ぐんと鰻《うなぎ》のぼりにのぼりつめ、でございました。さすが名町奉行大岡忠相と評判がたって、わたくしも自慢でございましたぞ」

「ふん、のぼりつめたあとは下ったがな」

忠相は白々と鼻で笑った。

そのとき、小右衛門が庭側の縁廊下に着座して言った。

「旦那さま、膳の支度が整っております。お運びいたしますか」

「さようか。十一が鴈を持ってきてくれたと聞いて、早速いただきたくなって、われらの分だけ先に支度をさせた。雄次郎、十一、まだ明るいがつき合え。鴈をいただいてから話す。十五年前、屠腹《とふく》して果てたある侍の話だ」

「ほう。十五年前、屠腹して果てた侍でござるか」

「おうかがいいたします」

雄次郎左衛門と十一が答えた。

四

塩鳥の鴈を湯引きにして冷まし、うすく切りそろえて盛りつけ、青酢でいただく刺身と、同じく湯引きした鴈の切身を串に刺し、うす霜ほどに塩をふってよく焼き、醤油《しょうゆ》に酒を加えたたれをかけた串焼き。

鴈のたたきの納豆汁。鴈の煎《い》った皮と身を、出汁《だし》とたまり、煎り酒を加減しながら煮て、芹《せり》と根深《ねぶか》を入れて、吸い口の香味は辛子《からし》と柚子《ゆず》と大蒜《にんにく》。

それらの皿や鉢や碗が順々に運ばれてきて、三人の酒は進んだ。

昼間の空がようやく黄昏《たそが》れ始め、赤もずの囀りもすでに消えた刻限、邸内の長屋のほうより、なごやかな賑《にぎ》わいが聞こえた。

「あの賑わいは……」

忠相が膳の世話をする小右衛門に訊ねると、

「古風どのの鴈のご相伴に与かり、長屋の組の方々が集まって、夕餉《ゆうげ》の鴈鍋が始まっております。わたしども奥向きの者も、みなでやはり鴈鍋にいたそうかと、言うております。お邪魔でございましたら、静かにいたすように申しますが」

と、小右衛門が言った。

「よいよい。みな好きにやるのが楽しそうだ。こちらももう構わぬゆえ、小右衛門も夕餉にするがいい」

「はい。そのようにさせていただきます。それから料理番の猪川《いかわ》どのが、塩漬け鳥は漬物とともに湯漬けの添え物に合いますので、お申しつけください、と言うておりました」

「酒のあとの湯漬けに、塩漬け鳥の添え物か。それも美味そうだ。あとで言う」

小右衛門が退って、長屋のほうの賑わいが、だんだんと暮れて行く宵の静寂を、何かしら物憂《ものう》く乱していた。

土塀の上の濃紺色に広がった空には、星が散り始めている。

「屠腹して果てた男の名は、内藤斎樹。小普請組千五百石の旗本だ。あれは享保八年の春の暮れだった。すなわち、浪人の土田半左衛門が霊岸島町の満次郎ともめ事を起こし、偽の往来手形を携え江戸を発った同じ春だ」

忠相が手酌の杯を嘗《な》めて言った。

「ふうむ……」

と、雄次郎左衛門が不審そうにうなり、夕暮れが迫って小右衛門が灯した行灯《あんどん》の明かりに照らされ、いっそうてかてかした月代をなでた。

「雄次郎、内藤斎樹を覚えているか」

「おりましたな、内藤斎樹と申す侍が。今思い出しました。旦那さまがなぜだと、口惜《くや》しそうに仰《おつしや》っていた。ですが、内藤斎樹は腹を切ったのではなく、急な病を得て亡くなったのではございませんか。小普請支配にそのように届けられ、よって倅が内藤家の跡を継いだのでは」

「そうだ。内藤斎樹の病死は小普請支配から小普請奉行を通してご老中へ上がり、倅の芳太郎《よしたろう》が内藤家千五百石を継いだ。あの年、内藤斎樹は三十九歳。倅の芳太郎は十二歳だった。しかし、内藤斎樹は病死ではない。一門の面目を損なわぬよう、屠腹して果てたのだ。武士はそうして一門を守る」

「確かに、小普請とは申せ、内藤斎樹は家禄千五百石の旗本。それが、何ゆえあの一件にかかり合いになったのか、真相が不明のまま内藤斎樹病死の届けにより、調べは立ち消えたのでございましたな。あれはまことに、妙な一件でございました」

「立ち消えたのではないが、内藤斎樹病死の届けがあって、一件の調べはいき詰まった。あれから十五年。家督を継いだ倅の芳太郎の御番入りがかなったかどうかは知らぬが、内藤家は存続しておる」

小普請とは、職禄のない非役の呼称である。非役の小普請を抜けて幕府の御役に就くことを、御番入りと言った。

「旦那さま、十一に命ずる調べと、十五年前、内藤斎樹が屠腹して果てた一件、また本日開かれた旅の絵師土田半左衛門の関所破りの評定とに、いかなるかかり合いがございますのか」

雄次郎左衛門が太い首をかしげた。

「土田半左衛門は五十四歳だ。年配ではあっても、まだ年寄りという歳ではない。だが、長い年月の旅暮らしのやつれがひどく、総髪の髷や口元の髭には白髪が目だち、顔つきは歳以上に老いて見えた。それでも、元々顔だちがよいのであろうな。鋭い目元や通った鼻筋やさりげない表情に、若いころの面影がうかがえた」

提子《ひさげ》を杯に傾けながら、忠相は言った。

「雄次郎は、内藤斎樹の顔を覚えておるか」

「それがしは、内藤斎樹の顔を見たことがございません。十五年前の一件で内藤斎樹に嫌疑がかかったことは、存じておりましたが」

「十一、われらの言うておるのは、十五年前の享保八年に、愛宕下《あたごした》の倉橋弥八郎《くらはしやはちろう》という若い侍が汐留橋で斬られた一件のことなのだ。倉橋弥八郎は、小納戸《こなんど》頭取に就いていた倉橋家の部屋住みで、二十歳《はたち》をすぎたばかりの若衆と言うてよい歳だった。その弥八郎斬殺の嫌疑が、内藤斎樹にかかった。弥八郎が斬られた当夜、汐留橋で人の叫び声が聞こえ、様子を見に出てきた周辺の住人らが、汐留橋に倒れている弥八郎の亡骸《なきがら》を見つけた。すぐ消されたが、捨てられた提灯《ちょうちん》がゆらゆらと人魂のように燃えていたそうだ。弥八郎は二太刀浴びせられ、絶命していた。人が斬られたと騒ぎが大きくなったとき、内藤斎樹らしき侍が、騒ぎにまぎれるかのように木挽町七丁目の暗がりへ姿をくらましたのを、たまたま町内の火の番が見ていた。しかも内藤斎樹らしき侍は、着物の肩口が斬られたかのように裂けていたとも、火の番は言った。町家で起こった人斬りゆえ月番の南町の調べが入り、物盗り強盗の類でないのはすぐにわかった。そこへ、火の番の証言がもたらされ、軽子橋に拝領屋敷のある小普請組内藤斎樹に疑いがかかったのだ」

「ならばそれは、倉橋家と内藤家、旗本両家を揺るがす事件だったのですね」

「ふむ、そういうことだ」

忠相は杯を旨《うま》そうに嘗めた。

「町方は武家屋敷に調べに入ることができぬゆえ、町奉行、すなわちわたしが御老中を通し、御老中支配下の小普請奉行、小普請支配、組頭をへて、内藤斎樹に調べが入った。その調べでは、事件当夜、内藤斎樹は夕刻より土橋北の八官町《はちかんちょう》のさる場所に出かけ、夜半近く、軽子橋の屋敷に戻った。戻りは尾張町をへて三十間堀の新シ橋《あたらばし》、築地川の万年橋《まんねんばし》を渡る道筋にて、方角の違う汐留橋は通っていない。また、小納戸頭取役倉橋家の弥八郎なる人物とは、面識もなんの所縁《ゆかり》もない相手である。木挽町の火の番が見かけた人物は、暗い町内のことゆえ人違いであろう。それに、確かに腕に刃物による疵はあるが、それはその前々日、やはり八官町のさる場所で、無頼な者とささいな言い合いがこじれて諍《いさか》いになり、不覚にもいきなり刃物で斬りつけられた疵である。その者は姿をくらまし行方は知れないものの、その場に居合わせた者に確かめれば事情が明らかになると、返答があった」

雄次郎左衛門は、傍《かたわ》らで光る頭を肯《うなず》かせた。

「しかし、その返答で調べをやめるわけにはいかない。返答の裏をとらねばな。のみならず、斬殺された弥八郎の父親の小納戸頭取役倉橋右京《うきょう》が、下手人を即刻捕え断固たる処罰を申し入れてきた。倉橋家にも、千五百石の小普請内藤斎樹にかかった嫌疑が伝わっていたらしく、倉橋家の一族郎党が集まって、内藤斎樹を直ちに問いつめ、弥八郎斬殺が明らかなれば、その場で手打ちにいたす談合をしているなどと、物騒な噂が伝わってくるほどだった」

「旦那さまの調べは手ぬるい、倅を失った倉橋右京が気の毒だと、倉橋右京と同役の小納戸頭取らが、えらい剣幕で町奉行所に談判にきたことを覚えております。それがしが面談いたし、調べは粛々と進んでおり、内藤斎樹が下手人と明らかになり次第召し捕りますゆえ何とぞご懸念なく、となだめておきました」

雄次郎左衛門は磊落《らいらく》に笑い、今度は忠相が、ふむふむ、とおかしそうに頷いた。

「町方が八官町のさる場所で訊きとりをしたところ、内藤斎樹の申したて通り、倉橋弥八郎が斬殺された当日は、その場所にいたことと、肩口の疵も当人の言い分に違いないと、証言が得られた。むろん、それだけで内藤斎樹の嫌疑が消えたわけではなかった。木挽町の火の番が内藤斎樹を見かけたのが人違いとは言いきれぬ。しかも、倉橋家の縁者や家人らも内藤斎樹を疑っていろいろと探り出し、弥八郎斬殺とかかり合いのない内藤斎樹の怪しい素行を暴きたてた」

「内藤斎樹は変わり者だと、妙な噂がたちましたからな」

「それもあった。でだ、わたしは一度、内藤斎樹を見たことがある。倉橋弥八郎斬殺の嫌疑により、内藤斎樹が評定所の呼び出しに応じ出頭した折りだ。小納戸頭取役の倉橋家にかかり合いがなければ、留役のみの審理になったはずだが、倉橋家より厳格な調べをと強硬な申し入れがあった手前、その日の聴取は三手掛の評定となった。内藤斎樹は痩身で背が高く、色白に整った目鼻だちが凜々しくてな。それが三十九歳の中年の年ごろになり、若さにはない渋みが増したというような、なかなかの良い風体の侍だった」

「まるで、旦那さまの若き日のようでございますな」

雄次郎左衛門が口を挟み、

「そうかもな」

と忠相がかえし、二人は高笑いをそろえた。

しかし、忠相はすぐに口調を改めた。

「評定所の内藤斎樹の呼び出しは、その日一日だけであった。それから、内藤斎樹の審理は開かれなかった。嫌疑が晴れたからではない。審理を進める留役が、内藤斎樹の言い分だけで疑念を解いたのでもなかった。むしろ留役は、内藤斎樹と八官町のかかり合いに胡乱《うろん》な見たてをし、日ごろの素行や身持ちを探っていたようだった。町方も、内藤斎樹が八官町のさる場所を出たあとの当夜の足どりを洗い直し、また、斬られた弥八郎は何ゆえ汐留橋にいたのか、そもそも、弥八郎と内藤斎樹には両人だけのかかり合いが何かあったのではないかとか、弥八郎の普段の行状も念のため調べることにした。だとしても、確かな証拠もないのに、家禄千五百石の旗本の内藤斎樹を、軽々しく召し捕るわけにはいかなかった」

すると、それまで忠相の話を聞いていた十一が、ぽつりと言った。

「内藤斎樹が変わり者と噂がたったのは、八官町のさる場所に不審があったのですか」

「まあ、そうだ。家禄千五百石の旗本の当主が、夜ふけにそのような場所で戯《たわむ》れておるのは不謹慎極まりない。弥八郎斬殺の疑いをかけられたのは、真偽はともかく、自らの不届きなふる舞いによって自ら招いた落ち度、内藤斎樹は頭がおかしいのではないか、と声高に言う者もいた」

「どのような場所なのですか」

「その場所は旦那さまより、それがしのほうが詳《くわ》しい」

と、雄次郎左衛門が引きとった。

「よかろう。雄次郎が話せ」

「十一は歌比丘尼《うたびくに》という売女《ばいじょ》を、聞いた覚えがあるか」

「比丘尼は存じております。歌比丘尼は存じません」

「元禄のころより、比丘尼のように綺麗に剃髪《ていはつ》いたし、色無地の着物に黒桟留《くろさんとめ》の頭巾《ずきん》を着け菅笠をかぶった姿で、勧進、と言うてひと酌みした壺《つぼ》の酒を売り歩くのだ。昼日中から船遊びをしている金持ちの高瀬舟に小舟を漕《こ》ぎ寄せ、比丘簓《びんざさら》をかき鳴らしながら、口上代わりにこのように歌う。梅は匂いよ桜花、人はみめよりたゞ心、さして肴《さかな》はなけれども、ひとつあがれよこの酒を、とそのあと、おかあん、と長く引く。その意味は、御勧進、とひと遊びいかがかと乞《こ》うておる」

「雄次郎、よく存じておるな。歌も渋くて上手い」

「おほめに与り、恐縮いたします。元禄初めの、若き日のころでございました。それがしはそういうことに奥手でございましたので、歌比丘尼と戯れたことはございませんが、その歌にうっとりいたした覚えがございます」

「奥手でよかったな。変わり者と噂がたたずに済んだ」

「まことに。で、享保のころには、歌比丘尼の風俗もいささか変わり、ほっそりした身体に白無地をゆるく装い、帯を尻にまで下げてかけた恰好がしどけない。駒下駄《こまげた》か細長く尻の反りあがった雪駄《せった》を履《は》くのが流行《はや》った。路地の見世《みせ》に御幣《ごへい》と牛頭天王《ごずてんのう》の幟《のぼり》や看板を掲げ、表戸は開けたまま葭簀《よしず》をたてかけ、日暮れになると、小比丘尼の子供が通りに出て客引きをいたしておった。新大橋《しんおおはし》の川向こうの河岸や、浅草門跡前に見世を張っていたが、いつとはなしにいなくなったようだが」

「十五年前、倉橋弥八郎が斬殺された夜ふけに内藤斎樹がいた場所が、八官町の歌比丘尼の見世だったのですね」

十一が忠相に訊いた。

「そういうことだ。内藤斎樹は、宵の刻限に大鶴《おおつる》という八官町の歌比丘尼の見世に上がって、夜ふけの四ツ半すぎに見世を出たと、大鶴が町方の調べに答えた。倉橋弥八郎が汐留橋で斬られたのは四ツごろだった。弥八郎の叫び声を周辺の住人が聞いておるゆえ、それは確かだ。よって、大鶴の申したてが間違いなければ、弥八郎斬殺の下手人は内藤斎樹ではない」

「内藤斎樹の肩口の疵も、前々日にどこかの地廻り風体が八官町の見世にきて、先にいた内藤斎樹に因縁をつけてもめ事になった。挙句《あげく》に、いきなり斬りつけて逃げ去った。どこの誰かわからないと、それも大鶴が申したのでございましたな」

雄次郎左衛門が補《おぎな》った。

「にもかかわらず、倉橋弥八郎斬殺の調べが続いていたそのさ中、内藤斎樹病死の届けが小普請支配に出された。われら三奉行にはすぐに、実情は内藤斎樹切腹と伝わった。どうやら、弥八郎斬殺はやはり内藤斎樹の仕業であり、いずれその追及が迫って家禄千五百石の内藤家に咎めが及ぶのを恐れ、その前に屠腹いたし、内藤斎樹の奥方より急な病により病死と届けが出されたとな」

「内藤家の奥方より内藤斎樹病死の届けがあって、倉橋家も内藤斎樹追及の矛《ほこ》を収めました。町方の調べも評定所の審理も、嫌疑のかかった当人が病死の届けが出され、一件の調べが立ち消えたにしてもいき詰まったにしても、倉橋弥八郎斬殺の一件はそれで終ったことでございます。ならば、それがしには未《いま》だ合点が参りませんので今一度お訊ねいたしますぞ。十五年前、内藤斎樹が屠腹して果て病死と届けられた一件、本日開かれた旅の絵師土田半左衛門の関所破りの審理、そして今宵、旦那さまが十一にお命じになられます調べとに、いかなるかかり合いがございますのか」

雄次郎左衛門が、太短い首をねじって忠相を見あげた。

「今日、旅の絵師土田半左衛門が評定の間に現れたときだ。わたしは息を呑み、激しい動悸《どうき》がした。大袈裟《おおげさ》ではなく、わけがわからず、自分の頭がおかしいのではと疑ったほどだ。つい狼狽《うろた》えて、言葉と名前がすぐに思い出せなかった。雄次郎、なぜだと思う」

「まさか、内藤斎樹が……」

「そのまさかだ、雄次郎。長い旅の果てにやつれ、まだ五十四歳とは思えぬほどの老いを囲い相貌は変わり果ててはいても、土田半左衛門には、内藤斎樹の面影が間違いなくあった。薄くなった総髪も口元の髭も白髪だらけで、染みが浮いてたるんだ皺が若さを損ねていた。けれども、伏し目がちな目元とすっと通った鼻筋や、痩身の背筋をのばして評定の間に端座《たんざ》した様《さま》は、三十九歳の内藤斎樹が彷彿《ほうふつ》とした」

「あり得ません。それは他人の空似でござる。内藤斎樹は屠腹して果て、病死と支配役に届けが出されました。十五年前のあの春、病死した父親の跡を継いだ十二歳の倅の芳太郎は、御番入りができたかどうかはわからぬものの内藤家が存続しておると、旦那さまは言われましたぞ」

「そうだ。あり得ぬ。他人の空似だ」

「もしも、旦那さまが言われたように、土田半左衛門と内藤斎樹が瓜二つ《うりふた》なら、ほかの御奉行さま方、あるいは留役の誰かも、あれは内藤斎樹ではないかと気づいておるはずでござる。ほかの御奉行さま方はいかがなので」

「雄次郎、あれは十五年も前の、わずか二刻足らずの審理であった。今日の評定の間にいた御奉行さま方や留役の方々の中で、あのときも出座なされた方は、老いぼれのわたし以外はおらん。どなたも役目が替わられたか、隠居をなされたか、あるいは亡くなられたかだ。つくづく、わが身の執念深さが煙たがられるはずだよ」

忠相は笑って、杯を呑み乾した。

冷めた提子の酒を注いだが、酒は杯の底に少し溜まり、あとは一滴、二滴、雫《しずく》を落としただけだった。

台所のほうからは鴈鍋の賑わいが聞こえ、春の宵の季《とき》に興を添えている。

「十一、これまでの話を聞いて、おぬしはどう思う」

忠相は、杯の底に溜まったわずかな酒も呑み乾した。すると、

「気になることがあります」

と、十一は言った。

「先ほど、土田半左衛門の父親の庫之助が、木挽町七丁目で隠売女商売を営んでいたとうかがいました。木挽町から愛宕下への戻り道は、汐留橋を渡るしかありません。あの夜ふけ、倉橋弥八郎の叫び声を聞きつけ集まった汐留橋周辺の住人の中に、土田庫之助と半左衛門親子もいたのでしょうか。木挽町の火の番が見かけた内藤斎樹かもしれない侍は、木挽町の町家のどこへ向かっていたのでしょうか。もしかして、庫之助半左衛門親子は、内藤斎樹と顔見知りだったのでしょうか」

「十一、内藤斎樹がいかなる者か調べよ。屠腹して果てる前と、果てたあとをだ。ただし、明日、明後日、明々後日の三日間だけだ。二十五日の立会に土田半左衛門の裁きが下される。また大岡家寺社役助《すけ》の書付を持って行け。苦情があれば、すべて大岡忠相に廻せ」

「承知いたしました」

十一はすかさずかえし、ううむ、と雄次郎左衛門がうなった。

「よし。塩漬け鳥の添え物で湯漬けをいただこう」

忠相が言った。

五

日本橋本船町《ほんふなちょう》魚市場の大通りより北へ折れて、安針町から西へ室町《むろまち》一丁目へ通ずる高砂《たかさご》新道に入った道筋の南側三軒目に、水鳥問屋丹兵衛《たんべえ》の店がある。

昼の八ツすぎ、丹兵衛の店の内証に、主人の丹兵衛、戸田筋御鷹場鳥見役平河民部の仕手方軍八郎、丹兵衛支配下の餌鳥請負人《えどりうけおいにん》伊蔵の三人が、冷酒の碗を嘗めながら、ひそかに談合を交わしていた。

冷酒の肴は人参《にんじん》大根、かぶ、胡瓜《きゅうり》、白菜に、薬味のしょうが、柚子《ゆず》の皮、しその実や葉を刻んでまぶした塩漬けで、軍八郎と伊蔵が、鉢《はち》に盛った漬物を指でつまんで、がりがりと音をたてて咀嚼《そしゃく》し、酒の碗をあおっている。

丹兵衛は、二人の食い様に眉をひそめつつ、苦笑いで誤魔化《ごまか》した。

「よほど腹がへってるんだな。何か腹の足しになる物を食うかい。芋ならあるぜ」

「いや。喉を湿らせりゃあいい。ゆっくりしていられねえんだ。もう一軒、寄るところがあってな。伊蔵、そろそろ行くぜ」

碗の酒を呑み乾した軍八郎が、伊蔵を促し神輿《みこし》をあげた。

「へい。行きやしょう」

伊蔵もかぶをかじりながら急いで碗の冷酒を乾し、座を立った。

「そうかい。今度きたときはゆっくりして行ってくれ。今日はご苦労だった。仕入れは多いほどいい。また頼むぜ」

丹兵衛も立ち、内証を出て前土間まで二人の見送りに出た。だが、

「伊蔵、ちょいといいかい」

と、軍八郎に続いて高砂新道へ出かけた伊蔵を呼び止めた。

先に出ていた軍八郎は、丹兵衛と伊蔵へふりかえって、にやりと唇を歪《ゆが》めた。

「ちょいと、次の仕こみの日取りとかを確かめるだけなんで。すぐ済みやす」

丹兵衛は軍八郎に、愛想笑いを投げた。

「ああ、かまわねえぜ」

軍八郎は、青痣《あおあざ》になった手首を擦《こす》りつつにやにや笑いをかえした。

丹兵衛は軍八郎へ背を向け、伊蔵と小声で立ち話をした。

「このごろ仕こみの数が馬鹿に少ねえな。今日も、以前の数の半分もいかねえぜ。夏場だからって不猟が続いているってえのは、どういうわけだ。春から夏は、つる、きじ、しぎ、さぎ、ばん、ほおじろ、ほかにも野鳥はいくらでもいるのになぜなんだ。

大体、不猟にならねえように、御留場の盗鳥を仕入れて、お互い危ない橋を渡っているんじゃねえのかい。伊蔵、もしかしてこっちの言い値が不満で、鳥商売禁止の仲買あたりへ、流してるんじゃねえだろうな」

「そうじゃありませんよ。ここんとこ、たまたま、あっしの抱える餌差らが不猟続きなんですよ。こっちもこれが商売なんで、次は前回と今回分をおぎなうぐらい仕こめるよう、餌差らに指図しやす」

「口先だけで、いい加減なことを言ってるんじゃねえだろうな。伊蔵、一体誰のお陰で餌鳥請負人稼業ができていると思ってるんだ。深川をうろついてた時化《しけ》た鳥刺のおめえを、おれが餌鳥請負人に使って、商いができるようにしてやった。その恩を忘れてあんまり欲をかくと、足がつくぜ。そんなことになりゃあ、こっちは水鳥問屋からはずされたうえ過料に処せられ、てめえの首が残っているだけの無一文にされちまうんだ。おめえは餌鳥請負人ができなくなったら、鳥刺もできなくなるぜ。それでもいいのかい」

「よしてくだせえ。丹兵衛さんの恩を仇《あだ》でかえすような真似を、誰がしやすか。だから、今日も軍八郎さんのお指図に従って、盗鳥を働いていやがった不届きな百姓と女房をあっしらがふん縛《じば》り、平河さまのお役宅までしょっ引いて行きやした。平河さま

は上機嫌でございやしたぜ。軍八郎さんは、葛西筋《かさいすじ》の御鷹場でも猟ができるようにと
り計らってやると平河さまに言われているそうで、葛西筋の鳥見役の大北《おおきた》さまにお支
払いする《これ》さえ折り合えたら、葛西筋も捕り放題だと仰っておりやす」
「捕り放題だと。冗談じゃねえ。盗鳥だぜ。鳥見役が目を瞑《つむ》ったからって、盗鳥がそ
んなに大っぴらにできるわけがねえだろう。それに、志村の田舎暮らしの仕手方が、
なんで、鳥商売のおめえについて江戸までくるんだ。仕手方は鳥見役に従って、野山
を廻るのが勤めだろう。鳥見役のそばにいなくていいのかい」
「丹兵衛さん、聞こえやすぜ。軍八郎さんが江戸の誰かに会う用があるらしくて。た
ぶん、平河さまの内々の御用だと思いやすぜ」
「鳥見役の内々の御用で、江戸の誰かにだと。怪しいな。仕手方ごときに務まるどん
な御用があるんだ」
「知りやせんよ。けど、軍八郎さんにつき合えって言われたら、仕方がねえじゃあり
やせんか。今の鳥商売を続けるなら、これからも御留場の猟は軍八郎さんの世話にな
らなきゃならねえんですし」
「伊蔵、用心しろよ。妙な真似をして、鳥の首じゃなくてめえの首をひねることにな
らねえようにな」

「そんな首をひねるなんて、大袈裟な。高《たか》が鳥商売の話じゃねえですか」

伊蔵は苦笑いしながらも、ふてくされた顔つきを丹兵衛からそむけた。

「おい、伊蔵。まだかい。客を待たせてるんだ」

店先の軍八郎が、だみ声を寄こした。

「へい。丹兵衛さん、じゃまた」

伊蔵が店を出ると、軍八郎は素っ気なく踵《きびす》をかえし、高砂新道を安針町の辻《つじ》へとった。伊蔵は、軍八郎のあとを従者のように従った。

軍八郎と伊蔵は、本船町魚河岸の雑沓《ざっとう》を抜け、江戸橋わきの河岸場に降りた。

河岸場に舫《もや》う一艘《そう》の茶船に、伊蔵の手下の餌差らが三人乗っていて、軍八郎と伊蔵を待っていた。三人は頷き合って茶船をゆらし、胴船梁《どうふなばり》から艫《とも》船梁側のさなに移り、軍八郎と伊蔵のための表《おもて》船梁側のさなを空けた。

三人は、筵で包んだひと抱えの荷物を肩に担いでいる。

「船頭、待たせたな。南八丁堀の中ノ橋の河岸場まで頼むぜ」

軍八郎が艫の船頭に言った。

よっ、とかけ声とともに頬かむりの船頭が棹《さお》を使い、茶船は江戸橋をくぐってすぐ西八丁堀の楓川へ舳《へさき》を向けた。

昼八ツすぎの初夏の青空が、楓川の真っすぐな川筋の上に広がっていた。

西側の土手には、本材木町《ほんざいもくちょう》一丁目から南へ八丁目まで、材木問屋の土手蔵や材木置場がずらりと並び、東側の土手には八丁堀の町家の土蔵や店、大名屋敷の添地の土手蔵などが連なっている。

荷を山積にした茶船が波をたてて往来し、両岸の河岸場に舫う船に荷を降ろしたり積んだりする河岸場人足のかけ声や、材木問屋で打ち鳴らす木槌《きづち》の心地よい音が、まだ冷やかな川風に乗って聞こえてきた。

「丹兵衛に何を言われていたんだ。野郎、だいぶ渋そうな様子だったたな」

艫を背にして表船梁に腰かけた軍八郎が、船縁《ふなべり》に片肘《かたひじ》を乗せて寄りかかっている伊蔵へ、ひそひそと話しかけた。

伊蔵は面白くなさそうに顔をしかめ、額の皺を指先で擦《こす》った。

「仕こみの数が普段の半分もいかねえんで、あっしがどっかへ横流ししてるんじゃねえかと、疑ってるんですよ。たまたま不猟だったなんて言っても、承知しねえんだ。鳥の首じゃなく、てめえの首をひねることにならねえように用心するんだなと、だいぶ脅されやした」

「あはは。そりゃあ、てめえの首をひねるわけにはいかねえわな。おれのことはなんか言ってたかい」

「鳥見役の仕手方が、江戸になんの御用があるんだって、勘繰《かんぐ》ってましたぜ。鳥見役の平河民部さまの御用だと思いやすと言っときやしたが、疑り深《ぶけ》えしつこい人だから、信じちゃいねえでしょうね」

伊蔵は額を擦った指先に、ふっ、と息を吹きかけた。

「勝手に勘繰らせとけばいいのさ。てめえも御留場の盗鳥を仕こんでるんだ。おめえの横流しを勘繰っても、どうにもできねえ。いいかい。丹兵衛が欲しい仕こみをにぎってるのは、おめえだ。おめえが、仕こみはこれだけしかねえと言ったら、ねえ物は仕方がねえじゃねえか。盗鳥の仕こみができねえからと、奉行所に訴えるわけにもいくめえ。そうだろう」

「けど、あっしら餌鳥請負人は鳥問屋支配なんで、丹兵衛さんを怒らせたらまずいんですよ。餌鳥請負人が差し止めになって、餌差らが離れてしまい、表だって仕こみができなくなりやすからね」

「心配すんな。平河さまが、そんなことにならねえよう、ちゃんと手を廻してくださる。まあ、餌鳥請負人の表向きの鳥商売を保ちつつ、表から見えないところで平河さまにどんだけお礼ができるかだ」

伊蔵は、へえ、と浮かぬ顔を頷かせた。

茶船は弾正橋《だんじょうばし》をくぐって、本八丁堀と南八丁堀の境を流れる堀川《ほりかわ》へ入り、中ノ橋の河岸場で、軍八郎と伊蔵、筵に包んだ荷を肩にかついだ三人の餌差は、土手蔵の並ぶ南八丁堀の往来に上がった。

升屋《ますや》弥次郎《やじろう》の店は、南八丁堀の四丁目と五丁目の辻を南へ折れた四丁目側の一角の店先に、紺地に井形と中に《升》の字を染め抜いた長暖簾《ながのれん》をかけ、軒の立て看板に記した《下り物乾物、南八丁堀四丁目、升屋》の墨文字が読めた。

長暖簾をくぐり前土間に入ると、店にはほのかな乾物の臭気が漂っていた。

お仕着せの手代が三人いて、二人が店の間で接客し、小柄なひとりが店の間奥の棚から引き出した箱の乾物を調べ、まだ前髪を残した背の高い小僧を見あげ、何か言いつけていた。

「おいでなさいまし」

手代と小僧らが、手甲脚絆に草鞋掛の軍八郎ら五人の風体が意外そうに声をかけ、奥の帳場格子についていた年配の番頭が、帳簿より顔を起こした。

番頭は軍八郎と目を合わせ、にやりとして会釈を交わした。それから、店の間奥の小柄な手代と背の高い小僧に言いつけた。

「周助《しゆうすけ》、帳簿を頼むよ。お客さまと打ち合わせがあるからね。ひで吉《きち》、旦那さまに軍八郎さんがお見えですと、お知らせしてきなさい」

小僧が、「へえい」と店の間から奥へ消えた。

番頭は帳場格子を立って、前土間のほうへ進みながら、軍八郎ら五人に両手を差し出し、こちらへ、というふうに前土間の一隅へ導いた。

番頭は店の間の上がり端に出て、軍八郎へ手をついた。

「軍八郎さん、わざわざのおこし、ありがとうございます。旦那さまがお待ちでございます。ご案内いたしますので、お上がりになって」

「番頭さん。こちらが先だって話した御鷹餌鳥請負人の伊蔵さんだ。よろしくな」

「伊蔵さんでございますか。升屋の番頭を務めております、久松《ひさまつ》でございます。何とぞよろしくお願いいたします」

久松が、伊蔵へ膝を向けまた手をついた。

「へ、へい。伊蔵でございます。こちらこそ、お願えいたしやす」

「それから、番頭さん。こちらの三人は伊蔵さんのお身内でね。初めて升屋さんにおうかがいするのに空手《からて》ではなんだからと、みなさんで召しあがっていただくよう、伊蔵さんの手配で、塩鳥を持ってきてくださったんだ」

軍八郎は、三人の餌差がかついだ筵の包みを手で差した。

「ほう、塩鳥でございますか。それは楽しみでございます。旦那さまもお喜びになります。伊蔵さん、お気遣いありがとうございます」

「いえ。とんでもないことでございやす。ど、どうぞ……」

とそこへ、細縞の着流しに濃い鼠色《ねずみいろ》の羽織を着けた、でっぷりと肥満した升屋の主人の称次郎が、白い歯を見せて店の間に入ってきた。

「やあやあ、軍八郎さん、ようこそ。お待ちしておりましたよ」

称次郎が畳をどすどすと揺らしたので、店の中が急に騒々しくなった。


幕府は、将軍の御鷹狩りに支障をきたさぬよう、江戸近郊の御鷹場で野鳥の狩猟を禁じていたが、御鷹場での密猟と江戸への密輸は絶えなかった。

享保三年、御鷹場以外の野鳥を捕ることができた江戸近郊のどの土地、仮令《たとい》、旗本御家人支配の知行地であっても、水鳥陸鳥《おかどり》にかかわりなく、捕えた鳥の江戸持ちこみを制限する《御触《おふれ》》が出た。

水鳥とは、鴈や鴨、白鳥、鷺《さぎ》、鶴などの鷹狩りの狩猟目あてとなる鳥で、陸鳥とは、狩猟目あての雉《きじ》も含まれるが、雀《すずめ》、鶉《うずら》、雲雀《ひばり》、鳩《はと》など、鷹の餌鳥のことである。

鷹の餌鳥を捕る餌差、つまり鳥刺は、江戸を中心に八百名ほどいて、鳥屋の《札親》のもとに編成され、陸鳥問屋を通し、御鷹部屋へ年に四、五十万羽ほどの雀などの餌鳥を供給する役目を担っていた。

その御触は、御鷹場で密猟した盗鳥と正規にとり寄せた野鳥に区別をつけて江戸への密輸を防ぐため、鳥を江戸へとり寄せるには、鳥見役組頭が発行する判鑑に鳥商売の者が添え判を捺《お》さなければならないというものであった。

若年寄支配の鳥見役は、江戸周辺のおよそ五里以内に定められた将軍の御鷹場の監視、および江戸近郊の治安維持の役目を負っていた。

将軍の御鷹場は拳場《こぶしば》と呼ばれ、葛西筋、岩淵筋《いわぶちすじ》、戸田筋、中野筋《なかのすじ》、目黒筋《めぐろすじ》、品川筋《しながわすじ》の六筋にわけ、鳥見役二十二名のうち七名が、六筋七ヵ所に構えた鳥見役宅に居住し、拳場に絶えず目を光らせていた。

それでも野鳥の密猟、江戸密輸が絶えず、享保九年十二月、南町奉行大岡忠相と北町奉行諏訪《すわ》頼篤《よりあつ》は、江戸の鳥問屋を鳥商売専業の鳥一式問屋のみに制限し、魚鳥問屋の兼業者や仲買業者、小売の脇店までも鳥商売を禁ずる《町触《まちぶれ》》を発した。

その町触により、水鳥問屋十八軒、陸鳥問屋八軒が定められ、その鳥問屋が野鳥の仕こみから小売をも請け負った。

ただ、翌享保十年の一月、再吟味の結果、水鳥問屋の中に、所々の御鷹場で密猟する者が江戸に送った野鳥も商売にしている問屋があることが判明し、十八軒に許可した水鳥問屋のうちの十二軒の許可を撤回し、水鳥問屋六軒、陸鳥問屋八軒となった。

ともかく、享保十年の町触発布以来、大消費地の江戸市中で鳥商売ができる業者は、町触で許された水鳥問屋六軒か、陸鳥問屋八軒に限られ、江戸町民や武家に人気の高い鳥肉は、これらの問屋の小売により手に入れるしかない。

そしてそれは、元文三年の今も変わっていないし、水鳥問屋が江戸市中への密輸の監視も担ったので、密輸された野鳥の鳥商売はできないはずであった。

にもかかわらず、大消費地である江戸の鳥肉の人気は、武士町民ともに高く、御鷹場の野鳥の密猟と江戸への密輸は絶えなかった。

密輸された野鳥は、水鳥問屋、あるいは陸鳥問屋以外の江戸市中の闇の鳥商売業者を通して、江戸町民や武家にも流れた。しかも、それを監視する水鳥問屋、あるいは陸鳥問屋が、闇の鳥商売に加担していないとは限らなかった。

南八丁堀の升屋称次郎は、下り物の乾物の仲買業者である。

その傍ら、予《かね》てより鳥商売にも商いを広げる狙いがあった。

称次郎は下り物の乾物を、築地界隈の町家の小売店に卸す一方で、手代が築地の武家屋敷や西本願寺《にしほんがんじ》さまにお出入りし、乾物の御用聞《ごようきき》を務めていた。

築地は上屋敷から中屋敷、下屋敷、さらに蔵屋敷まで、大名屋敷が多い。

広大な大名屋敷とともに、幕府の高禄の旗本屋敷が、築地川の両岸に土塀をつらね、築地のど真ん中には西本願寺もあって、町家は、武家屋敷と西本願寺を囲む周辺の川沿いや海沿いに店を並べているだけである。

手代が武家屋敷や西本願寺の御用聞を務めるその折り、お屋敷の賄方《まかないかた》や庫裏《くり》の僧侶に、「鳥は手に入らないか」とよく聞かれた。

つまり、闇に流れているか、鳥問屋を通し正規にとり寄せたかには目をつむり、鳥肉があればいただくよ、という意味である。

鳥は武家にも僧侶にも人気が高く、中でも、白鳥や鶴、鴈や鴨の水鳥が好まれ、塩鳥なら献上品にも使えて重宝した。

水鳥ほどではないが、鶫《つぐみ》や鶉や雀など陸鳥も、焼鳥用で十分商売になった。

鳥問屋の小売では、お武家や坊さま方のご要望をとても賄いきれない。どっかからどっさり仕こみができさえすりゃあ、と升屋称次郎は考えていた。

この春、称次郎が戸田筋の鳥見役平河民部に目通りができたのは、築地に蔵屋敷を構えるさる譜代大名の賄方の組頭を通してであった。

譜代大名の賄方組頭は、十三年前、品川筋の御鷹場で将軍吉宗さまの鷹狩りが行われた際、鷹狩りの騎馬衆として轡《くつわ》を並べた譜代大名の殿さまの供をした。

その折りの御鷹場で、当時は鷹野方《たかのかた》であった平河民部の知己を得た。

以来、元文三年までのおよそ十三年、組頭は平河民部と親交を持ってきた。

平河民部は十年前、鷹野方から若年寄支配の八十俵、野扶持《のぶち》五人扶持、伝馬金《てんまきん》十八両の鳥見役に就いており、鷹野方のころよりだいぶ羽振りがよくなっていた。

この元文三年の初春、半年ぶりに会った組頭と平河民部は日本橋室町の鳥料理を食わせる料亭で酒を酌《く》み交わした。

その折り、平河民部が戯言《ざれごと》のように、だが真顔で、組頭の知り合いに気の利いた者がいて鳥商売をやってみたければ、仕こみについては便宜を図ることはできるがなと言った。

すなわち、鳥見役の平河民部を通せば、闇の仕こみの便宜を図ってやれるがな、という意味に組頭はとった。

むろん、江戸市中で鳥商売ができる業者は、町触で許された水鳥問屋六軒か、陸鳥問屋八軒に限られているのを、組頭も平河民部も承知のうえである。

組頭の脳裡《のうり》に、ふと、升屋の称次郎がよぎった。組頭は平河民部の戯言に応ずるぐらいの気易さを装い、お出入りの下り物を扱う商人にひとり、気の利いた者がおるがな、と答えた。

それが始まりだった。

第二章　隠売女《かくしばいじょ》商売

一

古風《さきかぜ》十一は、千駄木組御鷹匠屋敷の鷹匠組頭古風昇太左衛門《しょうたざえもん》と妻の秀《ひで》との間に生まれた、十一番目の子である。

昇太左衛門と妻の秀には、男女合わせて十一人の子がおり、十一は昇太左衛門が五十五歳、秀が四十八歳のときに、思いがけず生まれた末子であった。母親の秀は、医師より懐妊を告げられたとき、

「あら、いつの……」

と、しばらく考えこんだらしかった。

昇太左衛門は生まれた末子を、十一番目の子ゆえ十一と名づけた。よき名だと周囲

に自慢したが、じつは名を考えるのが面倒ゆえ十一にしたとも聞こえている。

十一は、兄らと同じく鷹匠になるものとして千駄木組御鷹匠屋敷で健やかに育ち、鷹匠の技を身につけた。千駄木の野に鷹を追ってどこまでも苦もなく駆け、馬とともに駆けることもできる抜群の身体を、天より授かっていた。

山谷に悠然と、しかも優美に飛翔し、苛烈《かれつ》に羽ばたく鷹が好きであった。

にもかかわらず、十一は鷹匠にならなかった。

十一は千駄木組鷹匠組頭古風昇太左衛門の郎党であり、御鷹部屋の餌差《えさし》であった。何もせずに父親の郎党に甘んじているのは肩身が狭く、せめてもと思い、御鷹部屋の餌差を始めたのだ。

十一が大岡忠相の目に止まったのは、一昨年の元文元年の冬、鷹匠組頭古風昇太左衛門に命じられ、鷹匠の装束を身にまとい、中野筋の将軍御鷹狩りにおいて初めて鷹匠を務めた折りだった。

その御鷹狩りの、将軍を中心にした騎馬集団の中に大岡忠相もいて、騎馬集団の最後尾を駆ける忠相の葦毛《あしげ》に、徒《かち》で駆ける十一が並びかけた。

馬と並んで駆ける十一を見て、忠相は目を瞠《みは》った。

その御狩場で、忠相と十一にいかなるかかり合いがあったのか、それは措《お》くが、翌元文二年、寺社奉行大岡忠相より十一に十人扶持の捨《すて》扶持が下された。

そして今年元文三年、十人扶持の捨扶持が二十人扶持になった。

翌日、四月二十二日。

十一が神田《かんだ》川《がわ》に架《か》かる筋違御門橋《すじかいごもんばし》を八ツ小路へ渡ったころ、東の空の果てより、赤く燃える朝日が昇った。

鳥影の舞う紺青色の空には、朝日の赤色に染まったちぎれ雲が浮かんでいる。

十一は、綺麗に剃《そ》った月代が青い才槌頭にかぶった深編笠を持ち上げ、東の空に昇ったばかりの朝日を望みつつ、朝の冷気に包まれた日本橋北の大通りをとった。

花色の単衣と小楢色《こならいろ》の質実な裁っ着けに、黒鞘の小さ刀一本のみを帯び、下着の帷子《かたびら》の白茶色が、青竹のような痩身に纏《まと》った花色の上衣の胸元に、さり気ない色どりを添えていた。

黒足袋草鞋掛の長い足を、何かに夢中な童《わらべ》のように大きく踏み出し、まだ人通りのまばらな大通りを南へとる様子を、通りかかりの通い奉公の若い娘が見とめ、くすりと可笑《おか》しそうに笑った。

だが、若い娘が笑ったのを知ってか知らずか、十一は日本橋の大通りから神田鍋町《かんだなべちょう》の往来へ入った。

　それから内神田の町家を足早に抜け、日本橋馬喰町《ばくろうちょう》二丁目の往来に出た。

　その往来に瓦屋根を並べた、宝屋《たからや》の書籍問屋と地本問屋の二棟が見えている。

　地本問屋の宝屋と隣家の表店を隔てた路地が裏店へ通じており、両開きの板戸を閉じた木戸門の板屋根の庇下《ひさしした》に、裏店の住人の名前や職を記した板札がかけてある。

　一枚の板札に、宝文之助《ぶんのすけ》、読売、と記した墨字が読めた。

　宝屋は、先々代からこの馬喰町二丁目で書籍問屋と地本問屋を営んでおり、さらに先代が読売屋も始めて、今は先代を継いだ宝三兄弟が、それぞれ書籍問屋、地本問屋、読売屋を営んでいた。

　木戸をくぐった路地先の地本問屋の裏手にまた木戸があって、木戸内に頑丈《がんじょう》そうな総二階の土蔵造りの店が見えた。

　その土蔵造りが、宝三兄弟の三男文之助の営む読売屋だった。

　十一は木戸をくぐり、総二階土蔵造りの戸前に立った。

　十一は昨日、大岡邸を訪ねる前に、牛込肴町《うしごめさかなまち》の金五郎《きんごろう》の店に寄り道をした。

　大岡邸の手土産に持って行く鴈の塩鳥十羽の俵詰めのほかに、金五郎の肴町の店にも、塩鳥を二羽届けたのだった。

金五郎は、この宝屋に四十数年も務めた元読売だった。

読売屋の金五郎と岡野雄次郎左衛門とのかかり合いは、金五郎が南町奉行だった大岡忠相の読売種を探る狙いで、目安方の雄次郎左衛門になんの断りもなく訊きこみをかけてきたことが始まりだった。

雄次郎左衛門は初め、柄の悪い読売屋がいかがわしく煩《わずら》わしいと思っていた。だが、いろいろ遣りとりを交わしているうち、案外に金五郎の男伊達《おとこだて》の気性に、雄次郎左衛門は相通ずるものを覚えたのだった。

以来およそ二十年、金五郎との交友を続けてきた。

大岡忠相が南町奉行から寺社奉行に転出した一昨年の元文元年、六十一歳の還暦を迎えた金五郎は、宝屋の読売屋を辞め、十二歳下の神田銀町《しろがねちょう》の町芸者だった女房のお槇《まき》と、牛込肴町の一軒家で隠居暮らしを始めた。

お槇との間にできたひとり娘は、日本橋の商人に嫁がせ、孫も二人いる。

「読売屋が老いぼれて、休み休みしながらでなきゃあ読売種を嗅《か》ぎ廻るのがつらくなったら潮どきです。大岡さまには、持ちあげたりけなしたりで……」

などと金五郎は雄次郎左衛門に言って、読売屋を廃業した。ところが、読売屋を廃業して一年と数ヵ月がたったころ、

「じつはな、旦那さまの内々のお指図なのだが、ちょいと手伝《てつど》うてくれまいか。よき男だが、まだ年が若い。その男に読売屋の知恵を貸してやってほしい」

と、雄次郎左衛門に持ちかけられた。

お槇とののどかで気楽な、ただ少しばかり張り合いの乏しい隠居暮らしを送っていた金五郎の性根に、また読売屋の小さな火がぽっと灯《とも》った。

それが去年の冬のことである。

昨日の午後、金五郎は塩鳥を届けてくれた十一に、申しわけなさそうに言った。

「十一さま、わざわざ塩鳥をお届けくださって、お礼を申します。この塩鳥を肴に久しぶりに一杯、とお誘いしたいところですが、生憎《あいにく》、今夕はあっしが二年前まで務めておりました宝屋の祝い事に呼ばれており、これから馬喰町《ばくろうちょう》へ出かけなけりゃあなりません。読売屋の酒宴は長くなりますんで、今夜は無理をせず宝屋に泊めてもらい、戻りは明日の朝か、昼前になります。十一さま、日を改めてお声をかけます。この通り、今日のところは失礼させていただきます」

金五郎は頭をかしげ、ごま塩ながらまだふさふさした小銀杏《こいちょう》の髷を叩《たた》いた。

「金五郎さん。お気になさらずに。わたしもこれから、外桜田のお屋敷をお訪ねいたす用があるのです。大岡さまのお呼び出しではありません。どうしても大岡さまのお力をお借りしたい少し面倒な事情があって、大岡さまにお会いいたさねばならないのです。大岡邸の手土産に塩鳥を用意しましたが、ふと、金五郎さんとお槇さんにもお届けしようと思いたって、こちらに寄ったのです。それだけです」

「お気遣い畏《おそ》れ入ります。十一さまの面倒な事情とは、何があったんですか」

「はい。じつは今朝《けさ》……」

十一はその朝、上戸田村の百姓清吉まさ夫婦の店に、戸田筋の鳥見役仕手方に率いられた餌鳥請負人と手下らが踏みこみ、御留場の密猟の嫌疑により、清吉まさ夫婦が捕縛《ほばく》された一件を、金五郎に話して聞かせた。

「父の命令で、上戸田村の清吉まさ夫婦の店まで、わたしが仕手方らの道案内をしたのです。店は踏み荒され布団も家財もずたずたにされて、人が住める状態ではありません。密猟の嫌疑でも、あれほどひどいことをするとは思っていませんでした。残された幼い子供らが泣いて、老いた祖母は途方に暮れておりました。縁者のいる大間木村まで送って行きましたが、清吉まさ夫婦が一刻でも早く無事に戻されるように、大岡さまにお頼みすると、子供らに約束したのです」

「そりゃあ、年寄りと子供らが気の毒ですね。確かに、どの鳥問屋でも鳥見役組頭の判鑑のある正規の野鳥しか仕こんでねえと、表向きは言いますが、実状は闇に流れている野鳥を扱っている鳥問屋が多いと聞きますから、密猟密輸は絶えないんでしょう。もう十年以上前ですが、南北両町奉行所が認めた鳥問屋以外の鳥商売を禁ずる町触が出されたとき、ずい分不満の声があがりました。わたしら読売も、町奉行さまの悪政だと、悪口を書きました。殊に、大岡さまの悪口を書いた読売は売れましてね。岡野さまにいい加減にしろと、叱《しか》られたことを覚えております」

「清吉まさ夫婦が引ったてられて行ったのは、志村の鳥見役の役宅なのです。鳥見役のとり調べ次第では、江戸の牢屋敷に入牢になるかも知れず、そうなると長くかかります。大岡さまにお頼みするしかありません」

十一は浮かぬ顔になった。

「十一さま、あっしにできることがあったらお手伝いいたします。なんでも言ってください。遅くとも明日昼までには、戻っております。馬喰町の宝屋なら、夜明け前でも顔を出してくださってかまいませんよ。少々酔っ払ってるかもしれませんが、大丈夫。もう六十三です。若いころのように、無茶な呑み方はしません」

「ありがとう。そのときは世話になります」

十一は昨日、金五郎の店から外桜田の大岡邸に向かった。

そして、今朝である。

総二階土蔵造りの重たい黒樫《くろかし》の木戸に、町家の屋根屋根より高く上ったばかりの日が射していた。

十一は黒樫の木戸を引いた。

埃っぽさが充満して雑然とした店の間に、酸っぱい酒の臭《にお》いがかすかに嗅げた。

文机《ふづくえ》が何台も縦や横に並び、それぞれの文机の周囲や上に、筆、硯《すずり》、書籍に双紙、乱雑に積んだ読売、書きさしの紙束、酒か茶を呑みさした碗や、汚れた皿や箸《はし》、莨盆《たばこぼん》に煙管《きせる》など、散らかり放題だった。

しかも、よく見ると文机と文机の間に、うすっぺらい布団をかぶって寝息をたてている姿が、三つ四つと数えられた。

店の間から二階の切落し口へ、幅の広い板階段が上っていて、二階では朝の刻限になっても、どうやらまだ昨夕からの酒宴を続けているらしい、数人の笑い声や言い合いが聞こえてきた。

板階段の裏側に、杉戸で間仕切りした二部屋が並んでいる。

ひと部屋は、堆《うずたか》く積み重ねた刷り紙の束と、読売作りの資料本の書物棚や箪笥《たんす》などがある納戸部屋に使われており、隣りは、江戸市中に流布する読売ねたを嗅ぎ廻る読売屋を指図し、主人宝文之助の信頼が厚い頭の壮次郎《そうじろう》の部屋と、十一は去年、宝屋へきた折りに金五郎から聞いていた。

その壮次郎の部屋に、小太りの壮次郎と向き合った金五郎の、肩幅のある背中が、引違いの杉戸を半ば引いた隙間《すきま》に見えた。

金五郎が壮次郎に話しかけ、壮次郎は違う違うと言うかのように首を左右にしたり、笑ったり頷《うなず》いたりしている。五十をすぎたばかりの肥満した壮次郎の首廻りが、首を左右にするとき、ぐにゃりと歪《ゆが》んで邪魔に見えた。

「お邪魔します。金五郎さん、十一です」

十一は深編笠をとって、店の間の三、四人の寝息を妨げないほどの小声を、奥の壮次郎の部屋へ投げた。紺羽織の金五郎がふりかえって、前土間の十一を見つけると、笑みを寄こした。壮次郎が金五郎の肩ごしに、十一を手招きした。

十一は金五郎と壮次郎へ頭を垂れた。

二

「十一さま、ときが惜しい。まずは、木挽町に詳しい者の話を聞きに行きましょう。内藤斎樹の前に、旅の絵師土田半左衛門の素性が、わかるかもしれません」

金五郎が十一を促し、四半刻後《しはんとき》、二人は宝屋を出たのだった。

馬喰町の大通りを一丁目のほうへ戻り、小伝馬町《こでんまちょう》三丁目の手前を浜町堀《はまちょうぼり》へ出る往来へ折れ、浜町堀の土手道を下流へとった。

枝垂《しだ》れ柳《やなぎ》の並木の枝が、心地よい夏の朝風に吹かれ、川面へそよいでいた。

昨夜の酒宴が果てひと眠りした金五郎は、頭の壮次郎と近所の朝湯に出かけてさっぱりしていた。

その大柄な体軀に着けた涼しげな子持縞《こもちじま》の単衣を尻端折りに、紺足袋に雪駄《せった》、菅笠をかぶって、もうだいぶ高くなった午前の日射しを防いでいる。

「他人の空似と……」

と、土手道を行きながら、金五郎は十一に話しかけた。

「十五年も前、評定の場で見た旗本の内藤斎樹が、十五年がたって目の前に現れた旅の絵師の土田半左衛門に似ている、面影があると思ったとしても、それだけのことじゃねえかと、普通なら思うものです。ですがあっしには、他人の空似が気になってならねえと思われる大岡さまの気持ちは、よくわかります。読売屋もそうなんです。なんでもねえほんのちょっとの引っかかりを、無駄と思いつつ探っていくと、案外な読売種の尻尾《しっぽ》をつかむ場合がありましてね。御奉行さまの引っかかりと読売屋の引っかかりを一緒にするのは、気が引けますが」

「金五郎さん、倉橋弥八郎が汐留橋で斬られた一件は、覚えておられますか」

十一は深編笠の下から言った。

「十五年前でも覚えております。あっしが扱った読売種じゃあありませんが、宝屋の読売屋仲間の間でもちょいと評判になりましたんで。あっしが覚えているのは、倉橋弥八郎は、小納戸頭取役に就いていた倉橋右京の倅で、二十歳をすぎたばかりの部屋住みだった。汐留橋で弥八郎を斬ったと嫌疑がかかった相手が、軽子橋の小普請旗本内藤斎樹。内藤斎樹は四十近い侍だった」

「三十九歳だったそうです」

「三十九歳は、分別盛りと言っていい歳ですね。両家とも職禄および家禄は千五百石以上の大家です。一門の面目にかけて譲らず、倉橋家は内藤斎樹討つべしという勢いだったし、内藤家は身に覚えがないと主張して、町奉行所に評定所の調べも入って、武家同士のいがみ合いがどう落着するのかと見守っておりました。ところが、内藤斎樹の病により急死の届けが内藤家より支配役に出され、弥八郎殺しは落着しないまま有耶無耶《うやむや》になっちまったってわけです」

「内藤斎樹が割腹して果て、病死と支配役に届けが出され受理された。十二歳の倅の芳太郎が病死した父親の跡を継いで内藤家は存続し、また、内藤斎樹病死により倉橋家も矛を収めたと、大岡さまは言われました」

「あっしら読売屋の間では、両家が示談でけりを着けたと、そういうことかいと、そのあとは読売種にはなりませんでした」

「大岡さまら評定所の三奉行には、内藤斎樹切腹の実情が伝えられていたそうです。倉橋弥八郎斬殺は内藤斎樹の仕業であり、いずれその追及が迫って家禄千五百石の内藤家に咎めが及ぶのを恐れ、その前に屠腹し、内藤斎樹の奥方より急な病により病死と届けが出されたと。それによって、もしかして、倉橋家にも内藤斎樹追及の矛を収めなければならない事情が何かあったのかもしれません。ですが、大岡さまも岡野さまも、両家が示談で決着を図ったかどうかは、ご存じではありません。町方の調べも評定所の審理も、内藤斎樹病死の届けが出され、調べがいき詰まって、倉橋弥八郎斬殺の一件はそれで終っておりました」

「ところが、十五年がたって、屠腹して果てたはずの内藤斎樹が甦《よみがえ》った。大岡さまが見たのは、幽霊でも亡霊でもなく、十五年の歳をとり、土田半左衛門と名を変えた内藤斎樹だった。他人の空似じゃなけりゃあ、十五年前に死んだ者と、この十五年の歳月を生きていた者の、二人の内藤斎樹がいることになりますね」

二人は土手道を、久松町《ひさまつちょう》をすぎて武家屋敷が続く浜町あたりにきていた。

「二十五日の立会に土田半左衛門の裁きが下される前、今日と明日明後日の、期限は三日間。面白《おもし》れえ。ならこの三日間、あっしも十五年、若がえることにいたしやす。十一さま、築地まで船で行きましょう」

対岸に高砂町《たかさごちょう》の土手蔵が並び、高砂橋袂《たもと》の河岸場に何艘《そう》も舫《もや》う荷足船《にたりぶね》の一艘に、河岸場人足らが歩み板を踏み鳴らして、白木綿の束を積みこんでいた。

船頭が板子に重ねた白木綿の束を、筵で蔽《おお》っていた。

「おおい、船頭さん。築地の木挽町へ行きてえんだ。近くに行くなら便乗させてくれねえか。ひとり八文の十六文でどうだい」

金五郎は浜町の土手から、対岸の河岸場に声を投げた。

船頭が金五郎へ見かえり、笑って言った。

「汐留橋までこいつを運ぶんだ。そこでよけりゃあ乗りな。すぐに出すぜ」

「ありがてえ。頼んだ。十一さま」

金五郎と十一は、高砂橋を渡って河岸場の雁木《がんぎ》を下った。

白木綿の船荷はそれほど多くはなく、船頭の指示で、胴船梁《ふなばり》の後ろのさなに積んだ木綿の荷をさけ、表船梁のほうのさなに二人は腰をおろした。

「よっ」

筵をかけ終えた船頭が、かけ声とともに棹《さお》を使い、荷足船は河岸場を離れ、浜町堀をするすると下って行った。

荷足船が川口橋をくぐって三ツ又《みまた》に出ると、清涼な川風が大川にさざ波をたてて吹きすぎ、川面は夏の日射しをきらきらと撥《は》ねかえした。

三ツ又に繁茂する葭《あし》が川風にさわさわとそよぎ、千鳥が飛び廻っていた。

「読売屋のころは、浜町堀の河岸場の荷足船によく便乗したもんです。汐留橋ならちょうどよかった。汐留大河岸に上がって、芝口新町から汐留橋を渡った先が木挽町七丁目です。土田半左衛門の父親の庫之助が、隠売女商売の渡世をしておりました」

十一の後ろに坐った金五郎が、川風の中で言った。

すると十一は、荷足船の行き先を見遣《みや》ったまま金五郎に答えた。

「土田半左衛門は、半左衛門と名乗る前は可吉という名でした。十八歳ごろには、黒鞘《くろざや》の一本を落とし差しに、築地界隈の裏町や霊岸島の賭場の怪しい渡世人ややくざと群れ、酒と博奕と女に明け暮れる無頼な日々に馴染《なじ》んでいたのです。しかし、半左衛門は武士でも町民でもなく、おのれが何者なのかを知らず、金がなくなれば隠売女商売で稼ぐ父親に集《たか》り、おのれで稼いだこと為したことなどないのに飢えた覚えだけはなく、気がつけば四十の足音が聞こえる歳になっていた。あとはもう老いていくばかりのそんな歳になって、おのれにほとほと嫌気が差していたのです」

「しかし、そんな半左衛門にも、普段の何げない町家の風景やその風景の中に佇む人の風情やらを描きたいという、心の底から湧きあがる感興があって、遅ればせながら、三十歳ごろから、人知れず絵筆を走らせていた。そうですね」

「そのようです」

荷足船は永代橋をくぐり、大川から海へ出た。

「盛り場の裏町にたむろする無頼な渡世人らの裏店や、芝居町の大道芸人らのあばら家にもぐりこんだり、色茶屋に金が続く限り居続けたりと、ねぐら定めぬ放蕩をほしいままにして、食うために働いたことなどなくどれほど好き勝手にふる舞っても、それがさして面白おかしいわけではなかった。道楽三昧《ざんまい》の遊興が果てたあとの空虚は、いっそ死んでしまいたいほどの空しさだった。そんな折り、ふとわが性根に兆す感興に任せて絵筆を走らせると、まるで新たな命が吹きこまれるような覚えがあったのです。江戸を去るしかあるまいと、父親の庫之助に言われたとき、不意に、旅の絵師として生きる道が見えた。道ははるか彼方の山野の果てへと間違いなく続き、土田半左衛門はその道を行くことに、躊躇《ためら》いも後悔も、いつか旅の途中の野に朽ち果てる不安もなかった。不安どころか、旅路の果てに絵師として一生を閉じる、それこそが望ましいとすら覚えたと、奮いたつ思いが胸にあふれるほどだったと、評定の場で言ったそうです」

荷足船は、御船手頭の屋敷や、鉄砲洲《てつぽうず》の波除稲荷《なみよけいなり》を右手に見て、海鳥が停泊する廻《かい》船《せん》の廻りを飛び交う本湊《ほんみなとちよう》町沖や佃島《つくだじま》をすぎ、晴れ晴れとした江戸の海原のぼうっと霞んだ彼方を眺めつつ、築地沖を漕ぎ進んで行った。

「金五郎さん、土田半左衛門はこうも言ったのです。おのれは、むしろこうなるためにこれまでのおのれの放蕩と無頼な日々があった、こうなることがおのれの定めで、これまで定めに従って生きてきたと。昨日、大岡さまのお指図を受けて、わたしは土田半左衛門がどんな絵を描いて旅を続けたのか、無性にその絵を見たいと思いました」

「十一さま、その絵を見に行きましょう」

金五郎は、十一の背中を押すように言いかえした。

荷足船は、尾張家の広大な蔵屋敷と浜御殿の樹林の間の堀川へ入って行った。

堀川の両岸につらなる大名屋敷の土塀が途ぎれたところに、石堤の物揚げ場があって、物揚げ場の先に架かる汐留橋が見えた。

享保八年の春、愛宕下倉橋家の弥八郎が斬殺されたのは、この汐留橋である。

汐留橋の袂の汐留大河岸には、多くの荷足船が停泊して、船に荷を積み下ろしする軽子《かるこ》を背負った河岸場人足の賑わいが聞こえた。

「十一さま、読売屋の浜吉《はまきち》を覚えていますか」

金五郎が言った。

「覚えていますとも。浜吉さんのお陰で、十七年前の、雑司ヶ谷《ぞうしや》本能寺《ほんのうじ》の直助《なおすけ》殺しの一件が明らかになるきっかけをつかみました」

「そうでしたね。浜吉の住まいは木挽町五丁目の裏店です。もう三十年以上も住んでいる古狸ですから、木挽町界隈の事情に詳しいはずです。十五年ほど前なら、七丁目の隠売女商売で稼いでいた土田庫之助を、知っていたかもしれません。半左衛門、いや倅の可吉も今が五十四歳なら、浜吉と四つ違い。木挽町界隈で見かけた見こみは、十分考えられます」

「では、浜吉さんが常客の酒亭のご亭主にも、土田庫之助と倅の可吉の話が聞けるのではありませんか」

「へい。そっちの話も聞けると思います。まずは浜吉の店に……」

三

そこは木挽町五丁目の、表の木戸に表札をかけた路地の奥に、板塀が囲い、七軒と五軒が向かい合う九尺二間の割長屋だった。

物干場、厠《かわや》、ごみ捨場、小さな稲荷、井戸がある広場をすぎて四軒目の腰高障子を金五郎が叩いた。

「ごめんよ、浜吉さん。金五郎です。浜吉さん、いるかい」

障子戸ごしに聞き耳をたてると、寝ぼけた返答が途ぎれ途ぎれに聞こえた。

「寝ているところを済まねえが、また浜吉さんに訊きたいことがあってね。開けていいかい。開けるよ」

腰高障子を引いた金五郎は、手をひらひらさせ店のうす暗さを払った。

浜吉は、破れた枕屏風《まくらびょうぶ》の陰から四畳半の上がり端へ、のそのそと這《は》い出てきたところだった。

「やあ、金五郎さん」

と、欠伸《あくび》をしながら寝乱れた浴衣《ゆかた》の首筋をかいた。

白髪交じりの髭がのび、月代ののびた頭が蓬髪《ほうはつ》になっていた。

「十一さまも、一緒だぜ」

「はあ、十一さまでございやしたか。こんなところまで、わざわざ……」

浜吉は大柄な金五郎とすっと背の高い十一を見比べるように見あげ、すぐに慌《あわ》てた様子で、裏の雨戸をがたがたと引き開け、布団を片付けた。

そして、寝乱れた浴衣をつくろいながら言った。

「お二人とも、どうぞ上がってくだせえ。隣で湯を借りて、茶の支度をしやす。金五郎さん、こんな暮らしをしてても茶はあるんだぜ」

「そうかい。済まねえな。ほう。思った以上に綺麗にしてるじゃねえか」

金五郎が古びた四畳半を見廻して言った。

「だろう。ぼろ家でも、掃除はしてるんだ。なんだか嬉《うれ》しいね。この春、金五郎さんと十一さまの仕事を手伝ってから、あっしもまだまだ読売屋がやれるんじゃねえかという気がしてね。また、金五郎さんと十一さまのお声がかからねえかなと、思っていたんだ。ちょ、ちょいとお待ちを」

浜吉は店を飛び出して行き、隣の店のおかみさんと浜吉の遣りとりが、うすい壁ごしに聞こえた。それからすぐに戻ってきて、寝間着代わりの浴衣にどこかのお店の紺看板を引っかけた。

隣の年配のおかみさんが、湯気の上る茶碗を盆に三つ載せて運んできた。

「おいでなさいやし。浜吉さんにお客さんがくるのは、本途《ほんと》に珍しいんですよ。お酒さえ呑まなきゃあ、人柄はいいんですけどね。あんまり呑んじゃあ身体に毒だよ、もう若くはないんだからと言っても聞かなくて」

おかみさんは碗をおきながら、若い十一と年配の金五郎を見比べた。

「いいんだ、おかみさん。ありがとな。こちらが前に話したあっしの兄貴分の金五郎さんと、歳は若《わけ》えが、大事な御用をお務めの十一さまさ。これから仕事の話があるんだ。早く行った行った」

浜吉はおかみさんを急《せ》きたてた。

「はいはい。ごゆっくり」

おかみさんが戻って行くと、十一と金五郎に畏《かしこ》まって向き合い、へへ、と嬉しそうに笑った。

「金五郎さん、十一さま、今日はどういうお調べか、お聞かせくだせえ。あっしにできることなら、喜んでお手伝いしやすぜ」

「十一さま、ここはあっしが……」

金五郎が言い始め、十一は首肯《しゆこう》した。

「浜吉さん、覚えているかい。十五年前の享保八年に、汐留橋で人斬りがあった。斬られたのは倉橋弥八郎。二十歳かそこらの若い侍で、愛宕下の小納戸頭取倉橋家の部屋住みだった」

束の間、浜吉は考える素ぶりを見せた。

「あったね、そんなことが。愛宕下の倉橋家の若衆だった。思い出した。若衆を斬ったのは、築地の旗本の、ええと……」

「小普請組旗本の内藤斎樹に、倉橋弥八郎斬殺の嫌疑がかかった」

「そう、内藤斎樹だった。けど金五郎さん、あれは嫌疑じゃなくて内藤斎樹の仕業だったんだぜ。あっしはあのころ、馬喰町の読売の吉田《よしだ》に雇われていたから、倉橋弥八郎殺しは三回ぐらい続けて読売種にしたかな。七丁目の火の番の爺《じい》さんが、弥八郎が斬られた直後、汐留橋のほうから内藤斎樹が駆けてくるのに出っくわした。野郎は刀こそ抜いていなかったが、ひどく慌てて、しかも肩口の着物が裂けて、その肩口を掌《てのひら》で押さえ一目散に駆けて行ったと、爺さんの言い分だった」

浜吉は、すぼめて尖《とが》った左の肩口を、枯木のように細い指の掌で蔽って見せた。

「爺さんは、内藤斎樹をそれまで木挽町界隈で見かけたことがあって、軽子橋に屋敷がある旗本だと知ってた。それで、すぐに下手人が内藤斎樹だと割れたんだ」

「けれど、浜吉さん。町奉行所の調べで、汐留橋で倉橋弥八郎が斬られた当夜四ツごろ、内藤斎樹は八官町の歌比丘尼の店にいたと証言があって、内藤斎樹が倉橋弥八郎殺しの下手人かどうか、定かじゃあなかったんじゃねえのかい」

「確かにそうなんだけどさ、比丘尼の証言なんてあてになるもんかと、あっしら読売屋はみな言ってたし、町奉行所の役人も疑ってた。金五郎さん、宝屋の読売屋だって信じちゃいなかったんじゃねえのかい」

「まあ、そうだ。あてにならねえと、あっしも思ってたな」

「あっしはね、十五年前はまだ四十代の半ば前で血の気が多かったもんだから、威張《いば》りくさった不良の旗本が、夜ふけに比丘尼なんぞと戯れやがって、どうせ弥八郎と馴染みの女郎を廻《めぐ》って埒《らち》もねえもめ事の末に、刃傷沙汰《ざた》になったんだろう、内藤斎樹が下手人に違いねえと確信してた。軽子橋の内藤家の屋敷の外に張りこんで、野郎が出てくるのを待ち伏せ、話を訊き出そうとしたこともあったぜ」

「訊けたのかい」

「うんにゃ。ずっと屋敷に閉じ籠ったたままだった。それが、たぶんあれは評定所のお呼び出しの日だったと思う。裃に正装した野郎が出てきて、築地川沿いに行くのを追っかけ、内藤さま、倉橋弥八郎殺しの件でお聞きしてえんで、と声をかけたが、野郎はふり向きもしねえで行きやがるし、供の中間《ちゅうげん》が木刀を抜いて、くるなとふり廻しやがって、逃げるしかねえんで、話を訊くどころじゃなかった」

「内藤斎樹は、どんな様子の侍だった」

「菅笠をかぶって、顔はよく見えなかった。けど、しゅっとした姿のいい男だったような気がする。十一さまほどじゃありやせんが、背は高いほうでやした」

浜吉は十一に言葉をかけた。

「内藤斎樹が切腹して、病死と支配役に届けが出された。縁者が後見役に立ち、十二歳の倅が内藤家を継いで、それからは弥八郎殺しの調べはうやむやのまま、打ち切りになった。そのときはどう思った」

「どうもこうも、あれで町奉行所と評定所、軽子橋の内藤家と愛宕下の倉橋家もぐるになって済んだことにしちまった。あっしら読売屋が一体何があったのかと勘繰ってもみんなすぐに忘れちまって、それからは読売種にならなかったしよ」

　すると、十一が訊ねた。

「浜吉さん、内藤斎樹と倉橋弥八郎が馴染みの女郎を廻って埒もないもめ事の末、刃傷沙汰になったんだろうと、言われましたね」

「あ？　へえ、い、言いやした」

「内藤斎樹が八官町の歌比丘尼の客だった。それはわかっています。倉橋弥八郎もそうだったのですか」

「ああ、それでございやすか。倉橋弥八郎は、二十歳か二十一歳か、それぐれえの部屋住みで、木挽町の芝居町とか鉄砲洲稲荷の本湊町、芝神明《しばみょうじん》の七軒町とかじゃあ、派手に遊び廻ってる小納戸頭取のお坊ちゃんと知られているのが、汐留橋の一件で探っていったら聞こえやした。大家のお坊ちゃんの傍若無人なふる舞いが目につくとかで、評判のいい男じゃなかったのを覚えておりやす。十五年前の汐留橋の一件も、事情はわからねえが、内藤斎樹と倉橋弥八郎に斬り合わなきゃならねえよっぽどのわけありで、そのわけが表沙汰になるのは内藤家にも倉橋家にもはばかりがあった。だから、内藤斎樹は切腹しなきゃあならなかったし、倉橋家もあっさり引きさがりやした。あの夜の一件が、大騒ぎした割には始末が拍子抜けだったのは、両家で内々に手打ちにしたのに違いねえと、あっしは勘繰っておりやした。金五郎さん、弥八郎殺しでは、読売も大して稼げなかったしよ」

「そうだったな」

金五郎は苦笑いを見せ、すぐ真顔になって言った。

「でね、浜吉さん。十五年前のそのころのことなんだ。木挽町七丁目のどっかの裏店に隠売女をおいて稼いでいた、土田庫之助という浪人者を覚えていねえかい。父親は土田文五郎という会津藩松平家の徒衆だったが、事情があって浪々の身になった。倅の庫之助は武芸の心得があって、延宝七年の十七の歳、武家の奉公先を求めて出府した。で、武家の奉公先を探す傍ら、武家屋敷の一季半季の中間奉公を始めた。だが思うようにはならず、いつしか食うために築地界隈の賭場の用心棒稼業を始め、そのままやくざ渡世に染まってしまったんだ。土田庫之助が木挽町七丁目で隠売女商売を始めたのは、赤穂の浪人衆が本所の吉良邸に討ち入りした元禄十五年の年だから、浜吉さんがこの店に越してくる五、六年前になるがね」

「ふんふん、木挽町七丁目の土田庫之助か。思い出したぜ。いたな、そういう浪人者が。隠売女商売に手を染めてた親爺《おやじ》だ。けど、金五郎さん、あの親爺はもう亡くなってるんじゃねえのかい」

「土田庫之助は、十二年ほど前に亡くなったのはわかってる。ただし、庫之助には倅がいたはずだ。幼名は可吉で、元服して土田半左衛門を名乗った。土田半左衛門の今の歳は五十四。倉橋弥八郎が汐留橋で斬られた一件のあった享保八年は、三十九歳だった。浜吉さん、土田庫之助と倅の半左衛門がどういう親子だったか、覚えていることを聞かせてくれねえか」

「うん？　土田庫之助の倅がどんな野郎かは知らねえが、金五郎さん、土田庫之助と倅の半左衛門親子と、倉橋弥八郎が汐留橋で内藤斎樹に斬られた一件に、なんぞかかり合いがあるのかい」

「あるのかねえのか、どっちとも言えねえ。それを探りにきたのさ」

「そうか。わかったぜ。軽子橋の内藤斎樹は庫之助の隠売女商売の客だったが、倉橋弥八郎も同じ客だった。つまり、内藤斎樹と倉橋弥八郎は同じ隠売女の馴染みで、その女を廻って……」

「内藤斎樹は当夜、八官町の比丘尼の店に行っていたんだぜ」

「内藤斎樹は色事に目のねえ野郎で、八官町の比丘尼にも馴染みがいた。当夜は八官町に行ってたことにしてくれと、頼んでいたんじゃねえか」

「まあ、それもねえとは言えねえが」

「でなけりゃあ、内藤斎樹は土田庫之助半左衛門親子と、なんぞ曰《いわ》くつきの仲間だったかも知れねえな。そうか。そうに違いねえ。金五郎さん、十一さま、その曰く因縁のありそうなお調べ、あっしにも手伝わせてくだせえ。なあに、手当をいただくつもりはありやせん。これでもまだ読売屋の端くれでやす。十五年前の、大騒ぎした割に始末が拍子抜けだった倉橋弥八郎殺しの、本途《ほんと》の始末をつけてえんで」

「十一さま、どうしますか」

金五郎が十一に言った。

「今日を入れて三日しかありません。人手は多いほうがいいのではありませんか。浜吉さんにお頼みしましょう」

「承知いたしやした。なら、読売屋は読売屋にまかせていただきやす。いいですね」

「よろしいように」

「決まりだ、浜吉さん。まずは、これは今日の分の手当だ」

と、金五郎はすでに用意していたらしく、革財布から白紙の包みを抜き出し、浜吉へ差し出した。

「金五郎さん、いいのかい」

「こっちが仕事を頼むんだ。手当が出るのは当然だろう。仕事は今日から三日、明後日までに内藤斎樹と土田庫之助半左衛門親子の、なんぞ曰くつきの因縁を探り出すことだ。手当はその日の仕事始めに払う。ただし、酒を呑むなとは言わねえが、酔っ払って仕事にならなかったら、そこで終りだ。いいな」

「承知だ、金五郎さん。今日からあっしは酒は呑まねえ。十一さま、早速行きやしょう。木挽町七丁目の土田庫之助と半左衛門親子のことを知ってるやつが、きっと見つかると思いやす。ちょいと当てがありやす」

浜吉は勇んで立ち上がった。

四

浜吉は紺木綿を尻端折りにして、骨と皮ばかりの素足にくたびれた藁《わら》草履、紺地に水玉の手拭《てぬぐい》の頬かぶりで白髪交じりの髷と蓬髪を隠し、十一と金五郎を導くようによたよたと先に立った風体は、いかにも怪しげだった。

もう五十八歳になる年配である。

山下御門から東へ築地西本願寺の表門まで、ほぼ真っすぐに通る繁華な往来を西へ折れ、三十間堀に架かる木挽橋を渡った三十間堀六丁目に、中条流《ちゆうじようりゆう》の町医者渋川慶安《しぶかわけいあん》の診療所があった。

中条流と言えば中条帯刀《たてわき》を祖として、産婦人科小児科の医術の流派だが、江戸では堕胎専門の医師のごとくに伝わっている。

「木挽町界隈の商売女は、大抵、慶安先生の世話になっているはずなんで。だから、土田庫之助が木挽町七丁目で隠売女商売をやっていたら、慶安先生は土田庫之助を知らねえわけがねえ。元禄の半ばごろに開業して以来、店を移ってもずっとこの六丁目の町内なんだ」

六丁目の小路に入って、浜吉は金五郎に言った。

「元禄の半ばなら、もう四十年以上前になるな。歳はいくつぐらいの先生だい」

「確か七十二、三だ。大《で》えじょうぶさ。歳はとってもぴんぴんして、木挽町界隈の茶屋の女らの往診に出かけてるって、先だっても聞いたぜ。とにかく、ここら辺の茶汲《ちゃくみ》女《おんな》でも女郎衆でも、みんな慶安先生の世話になってるはずだから、当然、抱主《かかえぬし》のことが慶安先生に訊いてわからねえはずはねえよ」

と、浜吉は自信たっぷりに言った。

町家の裏店ながら、渋川慶安の店は黒板塀《くろいたべい》に囲われ、見越しの松の枝ぶりが粋な瀟《しょう》洒《しゃ》な一軒家だった。

「十一さま、親しいってわけじゃありやせんが、ここの下男とは顔見知りなんで、あっしが先生に取次を頼みやす。お任せくだせえ」

浜吉は十一と金五郎を表戸の軒庇の下に待たせ、前土間に入って水玉の紺手拭をとり声をかけた。

すぐに寄付きの腰障子が引かれ、下男ふうの年配の男が出てきた。

下男は寄付きに立ったまま、前土間の浜吉と二言三言、互いに人慣れた様子で遣りとりを交わし、いきなり、浜吉の蓬髪の頭ごしに軒庇下の十一と金五郎へ、遠慮のない眼差しを寄こした。

十一と金五郎は、下男に黙礼を投げた。

下男は浜吉にまた言葉をかけ、一旦《いったん》、寄付きから姿を消した。

「大えじょうぶ、先生はご在宅でやす」

浜吉が蓬髪を撫《な》でつけながら、隙間だらけの黄ばんだ歯を見せて笑った。

ほどなく寄付きに戻ってきた下男は、今度は上がり端に坐って、軒庇下の十一と金五郎に言って寄こした。

「そちらのお二方、どうぞ、お入りください。ご案内いたします。浜吉さんもお上がり。先生が、浜吉はまだ生きていたのかと、仰《おつしや》ってますよ」

「そりゃあ生きてますよ。先生より十以上若えんですから」

浜吉は、痩せて丸い背中を一層丸め、下男と馴《な》れ馴《な》れしく言い合った。

渋川慶安は、黒塗の書案《しよあん》から十一ら三人へ、石臼《いしうす》のような太い膝を廻した恰好で、十一の差し出した寺社奉行大岡越前守の書付を開いて、ぎょろりとした大きな目を通していた。

部屋は、黒板塀の上に枝を踊らせる松と、熊笹《くまざさ》の茂みの間に石灯籠《いしどうろう》をおいた小庭に面した六畳間で、部屋の庭側に濡縁《ぬれえん》があって、片側の壁の棚に書物を積み重ね、一角には金箔地《きんぱくじ》に竹林の風景を描いた派手な屏風《びょうぶ》が立ててあった。

でっぷりと肥え、綺麗に剃髪した頭がてかてかした慶安は、苔色《こけいろ》の着流しの丸い腹を紺縞の角帯で支えつつ、目を通していた書付より、襟元の白い下着の間に弛《たる》んだ首筋にさざ波のような皺を走らせた頭《こうべ》を、重そうに持ち上げた。

そして、一間半ほどをおいて着座した十一の膝の前に書付の折り封を戻しながら、後ろに畏まった金五郎と浜吉へ、ぎょろりとした目を向けた。

慶安のぼってりとした桃色の頬が垂れ、生々しく赤い唇の口角も不機嫌そうに下がって、大きな獅子鼻《ししばな》が目だった。慶安はいがらっぽい咳払《せきばら》いをして、綺麗に剃った月代が青い十一の才槌頭へ目を戻し、

「それで」

と、肥満した体軀には不似合いな、案外に高く細い声を寄こした。

「はい。わたくしは寺社奉行大岡越前守さまの御指図により、十五年ほど前、木挽町

七丁目で隠売女に客をとらせていた抱主の土田庫之助と、倅の半左衛門がどのような親子の契りを結んでいたのか、どのような人物であったのかを調べております」

「どのような親子の契り？　なんですか、それは」

「十五年前、土田半左衛門は江戸を離れ、放浪の旅に出ておりました。この春、半左衛門はある罪を得て武州栗橋において捕えられ、今は小伝馬町牢屋敷にて評定所の裁きを待つ身となっております。ところがこれは偶然なのですが、半左衛門が江戸を出た十五年前のちょうどその折り、江戸で起こった別の一件に庫之助半左衛門親子がかかり合いのある疑いが、裁きを待つ今になって生じたのです。よって、調べるようにと大岡さまのお指図を申しつかりました」

「別の一件とは、なんのことです」

「その一件についてのかかり合いは、今はまだ定かな証《あかし》もない疑いにしかすぎず、ここで慶安先生に詳細を申しあげることは、お許し願います。ただ、十五年前、半左衛門が江戸を発った事情は、当人の申したてとは違っているのではないかとの疑念が浮上いたし、では何ゆえ半左衛門は江戸を出たのか、庫之助半左衛門親子をご存じの慶安先生にお訊ねいたせば、たとえ、詳しい事情は明らかにならずとも、その手がかりの一端でもご存じなのではと推察いたしました」

「若い古風《さきかぜ》さんは、小難しいことを申される。では、評定所のほかの御奉行さま方の書付も、古風さんはお持ちなのですな」

「わたくしは、大岡さまの内々の御指図のみに従っております。評定所のほかの御奉行さま方の書付は、いただいておりません」

「やっぱり。下男が評定所のお役人さまのお調べですと言うもんだから、一体何事かと驚きましたが、まだ若衆の古風さんにそちらの金五郎さんと、なんと、木挽町のいかがわしい読売屋の浜吉までが一緒でしたので呆れました。なるほど。評定所のお調べではない大岡さまの内々の御指図なら、いかにもですな」

ふふん、と慶安は嘲《あざけ》って、下男が運んできた茶を一服した。そして、ぺろりと赤い唇を嘗め、金五郎の隣で身を縮めている浜吉へぞんざいな言葉を投げた。

「浜吉、しばらく見なかったが、まだ生きていたかい。呑んでばかりいるから、前より痩せて、すっかり爺《じい》さんになったな。もう先はあんまり長くないな」

「へえ。畏れ入りやす。けど、先生もまた前よりお太りになって、あんまりお太りになるのも身体によくねえんじゃ、ございやせんか」

「大きなお世話だ。どうせおまえは、木挽町のどっかの路地で、朝になったらくたばっているのが見つかって野良犬に喰《く》われる定めだ。知らせが届いたら、線香を一本焚《た》いてやるぞ」

「ありがとうございやす。あっしも慶安先生のご葬儀には必ず焼香にあがって、供養の酒をいただくようにいたしやす」

「ほざけ。わしはおまえより先には死なんわい」

慶安は剃髪した頭を、むっちりした指が作り物のような掌でなでた。

「慶安先生、慶安先生なら土田庫之助と半左衛門親子をご存じに違いないと、浜吉さんに教えられました。大岡さまの内々の御指図がご不審でなければ、庫之助半左衛門がどのような親子だったのか、のみならず、先生がご存じの半左衛門が江戸を発った事情をお聞かせ願います」

十一は言った。

「不審じゃありませんよ、古風さん。これでもわたしは南町奉行だった大岡さま贔屓《びいき》でね。大岡さまの悪口を書いた読売を読むと、腹がたってならなかった。確かに、わたしは中条流の医業を生業にしており、界隈の商売女のみならず、子を孕《はら》んでしまっても産めぬわけありゆえに難儀しておる女らのために、救いの手を差しのべておる医師に相違ない。わたしのような医師を、人でなしと陰で言う者もおりますが、むしろわたしは、人助けとさえ思っておる。浜吉、そうではないか」

「へい。先生の仰る通りで。女郎衆がお客の子を孕んじまったんじゃあ、商売がむずかしくなりやすからね」

浜吉は調子を合わせた。

「罰当たりなことを言いおって。人の命をなんだと思っておる。とは言え古風さん、渡世とはそうしたもんです。綺麗ごとだけでは済まされん。で、お訊ねの木挽町七丁目の裏店で隠売女商売を営んでいた土田庫之助は、覚えております。友三郎店《ともざぶろうだな》の五軒長屋が三棟並んだ奥の一棟を丸ごと借り受け、ひと店をおのれの住居に充て、あとの店に女らを四、五人ほど住まわせ、こっそり客をとらせておった。隠売女にしては案外にいい女がいると、評判がよかった。ただし、客になったことはありませんぞ。男をひとり雇って、木挽町の往来で客引きをさせておったが、庫之助自身も大刀を一本差しの着流し姿に編笠をかぶって、客引きをしていたこともあったようですな。子を孕んだ売女の処置を頼むと声がかかったのは、もう三十年以上前の宝永三、四年のころだった。わたしは四十そこそこ、庫之助は四十代の半ばだったと思う。庫之助と顔見知りになったのは、そのときでした」

十一は頷き、話の続きを待った。

「だが、顔見知りと言うても、庫之助とは親しいつき合いではなかった。そう、年に

二、三度、売女が孕んだ子の処置を頼まれることはあっても、一年以上、声のかからぬこともありました。だが、それ以外のつき合いは一切ないのですから、親しくなるはずがないわけだ。まあ、築地界隈で庫之助と行き合えば会釈ぐらいは交わしましたし、いつだったか、おのれの父親は会津藩士で、ゆえあって浪々の身となって、庫之助は十七歳のときに武家の奉公先を求めて出府したと、何げなく交わした世間話の折りに、もらしたことはありました。むろん、武家の奉公先がどうなったかなど、四十をすぎて隠売女の抱主をやっておるのだから、聞かずとも明らかなわけだ。庫之助がもらしたのはそれだけでしたな」

「出府した庫之助に武家奉公の道はなく、一季や半季で武家屋敷の中間奉公を続けながら、それでも希みを捨てず年月をへて、二十三歳の貞享《じようきよう》二年、懇《ねん》ろ《ご》になった茶汲女の登代との間に、倅の可吉が生まれております。可吉は元服して半左衛門と名乗り、宝永三、四年ごろなら二十二か三になっております。倅の半左衛門について、何か覚えておられることはありませんか」

慶安は、弛んだ太い首をかしげた。

「言うたように、庫之助と親しいつき合いがあったのではない。大体、女房がいたのかどうかも知らぬし、倅の話など聞いたこともない。あの男には女房も子もないと、わたしは勝手に思っておった。だから、庫之助の倅の半左衛門と言われても、言いようがない。古風さんに訊かれて、そうか、あの男にも女房と子がいたのかと思うだけです。十五年前の話とはかかり合いはないが、享保の十年だったか、庫之助の隠売女商売は町方の手入れを受け、友三郎店の五軒長屋は家財没収になり、地面ごと建物の五年間没収、そのとき四人抱えていた売女は吉原送り、抱主の庫之助は百日の手鎖で名主預け、地主も請人も家主も五人組もみな過料の処罰が下された。それで、木挽町七丁目の庫之助の隠売女商売は終ったわけです。あんな商売で二十数年、よく続いたもんだ。まあ、わたしも少しは儲けさせてもらいましたがな」

「庫之助はそれから、どのように」

「人伝《ひとづて》に聞いたところでは、百日の手鎖の処罰が済んだあと、何もかも失くした庫之助は、八官町の大鶴《おおつる》とかいう歌比丘尼の店に転がりこんで、しばらく世話になっておったようです。大鶴はあのころ四十三、四の婆さんで、庫之助は六十半ばに近い爺さんでしたので、親と子ほど歳は違うが、庫之助は木挽町七丁目の隠売女商売の傍ら、八官町の比丘尼と懇ろだったと知って、盛んなもんだと思いました」

「八官町の比丘尼の大鶴の世話に……」

「ですが、大鶴の世話になって一年足らずで、庫之助が亡くなったと噂で聞きました。もう縁が切れておりましたので、そうかいと思っただけです。病気か、ほかに何かあったにしても、六十代の半ばならいつお迎えがきてもおかしくなかった。大鶴ももう八官町にはおりません。十年以上前の話です。十年などあっという間だ」

慶安はぎょろりとした目をゆるめることなく、獅子鼻を鳴らした。

すると、十一の後ろに控えていた金五郎が言った。

「慶安先生、あっしからも、お訊ねいたします」

「うむ？　かまわんよ。若い古風さんだけでは、いき届かぬことがあるのは仕方がない。年配の金五郎さんが御用聞について古風さんの脇を固めているからこそ、大岡さまの内々の御用がそつなく務まるというものだ。で、金五郎さんは何が訊きたい」

「慶安先生は、庫之助が世話になっていた八官町の比丘尼の大鶴を、ご存じなんでございますか」

「知っておるが、名前だけだ。確か享保の初めごろだった。八官町に比丘尼の溜場《たまりば》の中宿があって、そこに集まる中に大鶴小鶴《こつる》の母娘の歌比丘尼がいて、ずい分評判になった。歌比丘尼がどういう稼ぎか、知っておるだろうな」

「存じております。頭を剃り、色無地の法体姿に黒桟留《くろさんとめ》の投頭巾《なげずきん》、菅笠をかぶった比丘尼が、比丘簓《びんざさら》をふりながら歌を唄い、牛王《ごおう》の起請文《きしようもん》を配って米や銭の勧進を乞う商売女ですね。溜場は八官町のほかにも赤坂や日本橋の玄冶店《げんやだな》とか、浅草の門跡《もんぜき》付近にもありました。今もあるかどうか、わかりませんが」

「金五郎さん、八官町の中宿は町奉行所の取り締まりを受けて、もう姿を消したぜ」

と、浜吉が横から口を挟んだ。

「その通りだ。八官町の中宿はもうない。だから、それ以前のことだ。母親の大鶴が四十前後で、娘の小鶴は十五かそこらだった。大鶴は妖艶、小鶴は童女を思わせるような愛くるしさで、町中で見かけ、あれが大鶴小鶴だと、評判を聞いたことがある。ところが、小鶴と客の間でもめ事が起こり、小鶴は客の恨みを買って殺された。浜吉は覚えているか。比丘尼の小鶴が殺されて、ちょいと騒ぎになったな」

慶安が言った。

「へい、覚えておりやす。読売も売り出されやしたが、下手人はわからず仕舞いだった。それに、比丘尼のことなんか、死んじまったらすぐにみな忘れやしたし」

「それはいつごろのことなんだい」

金五郎が浜吉に質した。

「ええっと、いつだったたっけな」

「十六年前の、享保七年の冬だ。大鶴は自分の娘の小鶴が殺されて、さぞかし悲しんだろう。で、わたしが大鶴を知っていたとしたら、それがなんだい、金五郎さん」

「慶安先生は、内藤斎樹というお旗本の名にお聞き覚えはございませんか」

「内藤斎樹？　ふむ、以前聞いたような名だな。どこで聞いたのかな」

「内藤斎樹は、切腹して果てました。享保八年の春のことですから、小鶴が殺された翌年です」

「切腹して果てた？　ああ、あれか。思い出した。汐留橋で同じ旗本の若侍が斬られた一件があって、その一件の下手人の名が内藤斎樹だったのではないか」

「そうです」

　と、金五郎は即座にかえした。

「どうやら、内藤斎樹も大鶴の馴染みだったらしいんです。庫之助が隠売女商売の取り締まりを受けたあと、大鶴の世話になるほどの仲だったなら、もしかして、庫之助と内藤斎樹に、大鶴を廻って何かかかり合いがあったかも知れません。だとしたら、内藤斎樹と土田庫之助半左衛門親子が顔見知りだったと勘繰っても、あながち突飛な勘繰りとは思えません。内藤斎樹と土田庫之助半左衛門親子、いや、内藤斎樹と土田庫之助が知り合いらしいと推量できるような、そう言えばあんな話を聞いたとか、二人がいるところを見かけたとか、どんな些細《ささい》なことでも、覚えていらっしゃればお聞かせ願います」

「どんな些細なことでもだと。なるほど。十五年前の江戸で起こった別の一件に庫之助半左衛門親子がかかり合いのある疑いというのは、旗本の内藤斎樹が汐留橋でどっかの若侍を斬ったとかの一件のことか」

慶安は、濡縁先の松が黒板塀の上に枝を踊らせる小庭に大きな目を向けた。塀の外の小路を、「漬け梅やあ、漬け梅やあ」の売り声が通りすぎて行き、松の枝の上には雲の棚引く四月の空が広がっている。

「汐留橋で旗本の内藤斎樹に斬られたあの侍は、なんという名だったかな」

慶安は庭へ目を遣ったまま、ぶつぶつと呟いた。

「小納戸頭取役倉橋右京の倅の、倉橋弥八郎です」

それは十一が言った。

「そうだった。だんだん思い出してきたぞ。あれは、倉橋弥八郎斬殺の疑いがかかった内藤斎樹の内藤家と倉橋家が険悪になったさ中、内藤斎樹が割腹して果て、内藤家より病死の届けが出され、事態が収束した一件でしたな」

「倉橋弥八郎が汐留橋で斬られた当夜の刻限、内藤斎樹は八官町の大鶴の店にいて、内藤斎樹は倉橋弥八郎斬殺の下手人ではないと、大鶴が証言しております」

と、なおも十一は言った。

「土田庫之助と大鶴、内藤斎樹と大鶴、となると、大鶴を介して土田庫之助と内藤斎樹との間に、なんらかの縁があったとしてもおかしくはない。金五郎さんのお訊ねの意図はわかった。わかったぞ、浜吉」

「へい。慶安先生、よろしくお願えしやす」

浜吉は丸めた背中をいっそう丸めて、瘦せた肩をすぼめた。

「古風さん、金五郎さん、繰りかえすが、内藤斎樹と土田庫之助が知り合いだったかどうか、わたしは知らん。庫之助から内藤斎樹の名を、聞いた覚えもない。だが今、思い出しました。倉橋弥八郎なら存じております。と言うか、知り合いではない。ではないが、庫之助の五軒長屋で隠売女が孕んだ子の処置を頼まれたときでしたな。売女を孕ませた客が倉橋弥八郎だった。売女らが長屋の路地でひそひそと話しておったのが、漏れ聞こえたのです。弥八郎が相手じゃ、金はとれないよとか、けちだからね弥八郎はとか、そんな話を聞いた覚えがあります。珍しい名でもないので、ずっと忘れておりましたが……」

表戸に来客があり、下男が出て客と応対する声が聞こえた。

「おいでなさいませ。お名前とご用件をおうかがいいたします」

「畏れ入ります。こちらは女医師の渋川慶安さまのお店でございましょうか」

「さようで。渋川慶安先生の店でございます」

「木挽町四丁目の料理屋桜井《さくらい》の、使いの者でございます。渋川慶安先生のお見たてをお願いに参りました。わたしどもの女将さんの……」

と、往診を依頼する客と下男の遣りとりが交わされた。

五

渋川慶安の店を出た三人は、三十間堀六丁目から尾張町《おわりちょう》の本通り、竹川町《たけかわちょう》をへて、山王町《さんのうちょう》の口入屋の《山辰《やまたつ》》へ向かった。

山王町の山辰は、十七歳の土田庫之助が会津より出府し、今に自分の武芸でいずれかの武家の家臣にとりたてられる希《のぞ》みを抱きつつ、山辰の周旋を介して一季半季の武家屋敷の中間奉公を始め、年月をへた口入屋だった。

そんな庫之助が、木挽町四丁目の芝居町で働いていた茶汲女の登代と懇ろになり、倅の可吉、のちの半左衛門が生まれたのは、二十三歳の貞享二年だった。

庫之助は、一季奉公の武家屋敷の主人に許しを得て、加賀町《かがちょう》の裏店で登代と所帯を持ち、一季奉公が終ると、それからは少しでも金になる荷車押しや川浚《かわさら》い、河岸場人足などに雇われ、女房と赤ん坊の可吉を養った。

そのころ貞享年間の庫之助は、それでもまだ武家に仕える希みを失っていなかった。

おのれは武士である、武士として生きねばという強い志が、女房と子を抱えた庫之助の貧しい暮らしを支えていた。

だが、可吉がようやくよちよち歩きを始めた二歳の翌貞享三年、女房の登代は庫之助と幼い可吉を捨てて男と欠け落ちし、庫之助の志はぷっつりと断ち切られた。

それを契機に、庫之助は武家に仕える希みを失い、倅の可吉の手をとり、加賀町の裏店からいつしか姿を消したのだった。

元禄以前の、もう五十年以上前のことである。

口入屋の山辰は、今も山王町で稼業を続けていた。

だが、すでに当時の主人の孫の代になっており、むろんそのころの使用人がいるわけもなく、土田庫之助と倅の可吉を知っている者は誰もいなかった。

「そもそも、あっしが生まれましたのが、宝永の世でございます。貞享二、三年と申しますと、あっしのおやじさまがまだちっちゃながきのころでございますんで、おやじさまから土田庫之助さんと倅の可吉さんの名を、聞いた覚えもございません。お訊ねのお力には、なれないようでございますね」

　店の間の上がり端に端座した山辰の主人は、十一ら三人を、道を訊ねに寄った通りかかりのように前土間に立たせたまま、苦笑いを浮かべて言った。

　十一は主人に訊ねた。

「享保の七、八年ごろ、隣町の八官町に比丘尼商売の溜場の中宿があって、その中宿に集まっていた比丘尼の中に、大鶴小鶴という母娘がおりました。ご主人は覚えておられますか」

「はいはい。八官町に比丘尼の中宿が、ありましたね。あっしが山辰の家業を手伝い始めた十代半ばのころで、木綿の無地を着け、黒桟留の投頭巾に菅笠の比丘尼を、八官町の界隈でよく見かけ、ああいう女たちは性質《たち》が悪いから相手にしてはいけないよと、お父《と》っつあんに言い聞かされておりました。けどそう言われて却《かえ》って、町内で比丘尼を見かけると気にかかってなりませんでした。大鶴の母と小鶴の娘ともに器量がいいと界隈で評判だった比丘尼を、覚えております。ですが、まだ小娘の小鶴は客はとらず、母親の大鶴の客引きをしていたと聞いておりました。大鶴小鶴の母子の比丘尼で思い出しますのは……」

と、山辰の主人は、享保七年の冬に娘の小鶴が花代を廻って客ともめたらしく、挙句に客に殺される事件が起こって、小鶴を殺して逃げた客は、今も不明のまま年月がたったことも覚えていた。

「比丘尼の見世で小鶴の無残な亡骸《なきがら》を見つけたとき、大鶴の悲鳴が野鳥の鴈が首をひねられるような絶叫だったと、界隈の住人から聞きました。小鶴は十五歳だったようで、そんな若い娘が比丘尼商売を手伝わされて、挙句に殺された。まったく以ていかがわしい商売にありがちとは言え、哀れな話でございました。小鶴殺害があったあと、町奉行所の町内の見廻りがだんだん厳しくなるとともに、その三年後に中宿が取り締まりにより家屋没収のうえ取り壊しになって、隠れて商売をしている比丘尼らはおりましたが、いつしかみな町内から姿を消してしまいましてね」

十一は、八官町を去った大鶴の移った先や、享保十年に、木挽町七丁目の隠売女商売の土田庫之助が、取り締まりを受けて家財没収の憂き目に遭ったあと、八官町の大鶴の世話になっていたと、女医者の慶安から聞かされた事情なども訊ねた。

だが、山辰の主人は大鶴と土田庫之助のかかり合いは何も知らなかった。

それから一刻後の八ツ半すぎ、十一と金五郎、浜吉は再び木挽橋を渡った。

人通りの多い往来から木挽町五丁目の小路へはずれ、半町ほど行って土手蔵と土手蔵の間の細道へ入った。

細道は三十間堀端に出て、その雁木を下った船寄せに茶船が一艘舫《もや》っていた。雁木を下る手前に、赤提灯を吊るし、古びて少し傾いた酒亭があった。

三月、十一が金五郎と二人でこの酒亭にきたとき、これでも船宿仲間に入っている船宿です、と金五郎に聞かされていた。

八ツ半を廻った午後のこの刻限、酒亭の赤提灯に火はまだ入っていない。

腰高障子に下げた縄暖簾《なわのれん》を、浜吉が分けた。

「おやじ、今日はお客さんを二人連れてきたぜ」

浜吉が表戸の腰高障子をがたつかせて引き、狭い店に首を突っこんだ。

「よう、浜吉さん。今日は遅いね。その形《なり》から見ると、どこかへお出かけかい」

店の中の亭主の声が聞こえた。

「今日は朝から仕事だ。酒を呑んでる暇もねえくらい忙しくて、腹がへってるのさ。酒より蕎麦《そば》は食えるかい」

「酒亭にきて、酒じゃなくて蕎麦がいいのかい」

「そうさ。お客さんに、どうせここは安酒にろくな肴はねえ酒亭ですが、蕎麦だけは本物を食わせますぜとおすすめしたのさ」

「ふん、浜吉さんならしょうがねえ。蕎麦だけでもかまわねえぜ。入りな」

「そうかい。じゃ、十一さま、金五郎さん、蕎麦が食えます。入ってくだせえ」

浜吉は、十一と金五郎へ見かえった。

うす暗い土間と小あがりがあって、小あがりから煤《すす》けた天井の切落し口へ段梯子《だんばしご》が、調理場の竈《かまど》が見える狭い土間を跨《また》いで上っている店に、三人は入った。

土間には茣蓙《ござ》を敷いた二台の縁台が並んでいるが、客の姿はない。

竈に小さな火がゆれ、湯気の上る鍋がかかっていた。

「おやじ、古風十一さまと金五郎さんだ。まさか忘れちゃいめえな」

「忘れるもんか。浜吉さんじゃあるめえし。古風さま、金五郎さん、ようこそお越し」

白髪交じりの月代をうすくのばした亭主の民次《たみじ》が、深編笠をとった才槌頭の十一と金五郎に無愛想な一瞥《いちべつ》をくれた。

十一は民次に頰笑みかけた。

「じつは、ご亭主にお訊ねしたいことがあってきたのです。仕事の合間で結構ですので、お暇を少々いただけませんか」

「おやじ、仕事の合間なら少々じゃなくたっぷりあるだろう」

浜吉が余計な口を挟んだ。

「仕事の合間はあっても、仕事の合間が暇というわけじゃねえんだ。けど、暇というわけじゃねえ用があっても、今じゃなくても構わねえ用なんだ。古風さま、知ってることならお答えしますよ。なんでもどうぞ」

亭主は、無愛想な口ぶりでまた言った。

「十三年ほど前の享保十年ごろまで、木挽町七丁目の友三郎店で隠売女商売を営んでいた土田庫之助と、倅の半左衛門のことをうかがいたいのです」

「木挽町七丁目の友三郎店で、隠売女商売を営んでいた？　ああ、土田庫之助は知ってるぜ。確かあっしより十八かそこら年上で、木挽町七丁目で商売を始めてから、ここにも吞みにきたことはありやした。親父とお袋がまだ生きてたころでやす」

「じゃあ、おやじ。あっしと土田庫之助がここで居合わせたこともあったのかい。親父さんとお袋さんは知ってるぜ」

浜吉が亭主の顔をのぞきこんだ。

「さあ、どうだったかな。きても、静かに吞んでいくだけで、あんまり大酒吞みじゃなかった。おめえは威勢はいいが、柄の悪い読売屋だった。居合わせたことはないと思うぜ。で、古風さま、土田庫之助の何をお訊ねなんで」

「その前に、こちらで旨《うま》い蕎麦をいただけると、浜吉さんに聞いています」

「蕎麦屋じゃねえんで、旨い蕎麦と言われたら、ちょいと気が引けやすが」

「金五郎さん、もうこの刻限です。喉も渇きました。一杯いただきましょう」

十一は金五郎に言った。

「そうですね。じゃあ、ぬる燗《かん》で喉を湿らせますか」

「こう暑くなったら、やっぱり冷かぬる燗だね。下り酒というわけにはいかねえが。まあ二階へどうぞ」

「いいねえ、おやじ。あっしは呑まねえが、ちょぴっと湿らすだけなら、酔っぱらわねえから大丈夫さ。男と女のしっぽりしてえ二人連れがきたら、譲るからよ」

「そんときは頼むぜ。これでも船宿だからな」

浜吉と亭主が、にこりともせず戯言を投げ合った。

小あがりから段梯子を軋《きし》ませ上がった二階の四畳半は、古畳が足下でたわみ、格子窓の障子戸に赤茶けた染みが模様になって浮いている。

障子戸を引いた窓のすぐ下に、雁木を下りた船寄せに舫った一艘の茶船と、三十間堀のぬめるような紺青の水面が見おろせた。そのぬめりを乱し、薪《まき》の束を高く積み上げた荷船が、艫《とも》の船頭が漕ぐ櫓《ろ》の音に合わせて、ゆっくりと漕ぎすぎて行く。

三十間堀の対岸にもずらりとつらなる土手蔵の上に、遅い午後の夏空が広がって、土手蔵の船寄せにも荷船がいく艘も舫っている。

しばらくして、亭主が段梯子を軋ませつつ上がってきた。

蕎麦を盛った蒸籠《せいろ》に蕎麦つゆの小鉢、手早く拵《こしら》えたらしい湯気の上る卵焼、大根、人参、胡瓜《きゅうり》、茄子《なす》の漬物の大皿、冷酒の徳利と杯や箸を三人分載せた折敷《おしき》を、両手に抱えていた。

「あっしは江戸の生まれだが、飯代わりに蕎麦でもいいくれえの蕎麦好きで、蕎麦を打つのは慣れておりやす。亡くなった親父は、椋鳥《むくどり》と言われた季節労働者が江戸に居ついた信濃者《しなのもの》でしてね。お袋と所帯を持ってここで酒亭を始めたころ、お客さんの腹の足しになるならと蕎麦を打って出したところが、一杯ひっかける酒に蕎麦が合うとかで、蕎麦を肴に呑むお客さんが案外に多かったんだそうです。以来ずっと蕎麦を出しておりやした。それであっしもこの酒亭を親父から継いで、お客さんに頼まれたら出せるように蕎麦を打っておりやす。店はぼろ家になって、あっしも老いぼれやしたが、蕎麦を打つ腕はまだまだ、ぼろでも老いぼれでもありませんので」

と、言いながら、蒸籠の蕎麦を並べた。

「うめえ。このからっからのつゆに、ぴっと蕎麦をつけて食うのが江戸ふうなんだ。蕎麦を食うのに野暮はなしだぜ」

早速、威勢よく蕎麦をすすった浜吉が言ったので、十一と金五郎が笑った。

「そうだな、浜吉さん。からっからのつゆをつけすぎたら辛くて食えねえ。気をつけな。古風さま、金五郎さん、蕎麦はたっぷりありやす。食い足りなかったら声をかけてくだせえ」

亭主は言い残し、階下へ下りて行った。

一刻前、山王町の山辰を出た十一ら三人は、享保十年の取り締まり以前の、町内の比丘尼らが集まる中宿のあった八官町の裏店へ廻った。享保十年の取り締まりによって中宿がとり壊された明地《あきち》に、新しく建て替えられた店の家主を訪ねた。

その家主は、取り締まり以前の中宿の家主も務めていた。十一は、取り締まりのあと、八官町から姿を消した比丘尼らの行方を家主に訊いたが、

「あんな所も定めずさまよう者らの行き先は、わかりかねます。あの女どもは、他人の迷惑などお構いなしに何処にでも勝手に住みついて、埒もない生業で世渡りしており、人別も宗門改めもあるはずなく、生死の沙汰《さた》も存じません」

と、年配の家主はすげない返答だった。

家主は、比丘尼らが店に住んでいる間は比丘尼らの生業に目を瞑《つむ》っていた。住み替えの折りは、家主から家主への送り状がいる。だが、比丘尼たちはみなひっそりと追われるように、店を出て行ったのだろう。

百日の手鎖の処罰が許されたあとの土田庫之助は、一年足らず、八官町の大鶴の世話になっていた。

そうして、享保十一年、大鶴に看とられ最期を迎えた。

庫之助の倅半左衛門が、霊岸島町の河岸場人足を束ねる満次郎ともめ事を起こして命を狙われ、江戸から逃れた享保八年から三年後の、六十四歳だった。

同じ年、大鶴は八官町から姿を消し、どこへ移り住んだか行き先も不明である。

あのころ四十三、四の大鶴は、六十代の半ばに近かった庫之助とは、親と子ほども歳は違っていた。

けれども、庫之助は木挽町七丁目の隠売女商売の傍ら、八官町の比丘尼の大鶴と懇ろだった。

「盛んなもんだ」

と、女医者の渋川慶安は言っていた。

六

赤茶けた染みが模様になった障子戸を空けた格子窓から、夕七ツごろの心地よい川風が流れてきた。まだ日は西の空に高くとも、川端は急に涼しくなった。

亭主の民次は、呑み食いを終えた三人の蒸籠やうつわなどを折敷に重ね、一旦階下へ下りたあと、再び段梯子を軋ませ上がってきた。五合徳利《ごごうどつくり》を提げて、

「こいつはあっしの奢りだ。濁酒《どぶろく》だ。呑みながら聞こうじゃねえか」

と、十一と相対する恰好で胡坐《あぐら》をかき、四人で車座になった。

「おやじ、済まねえな。けど、客がきたらどうするんだい」

浜吉が言うと、民次は気にかけるふうもなくうす笑いを見せた。

「客がきたら接客するさ。客商売だ。当然だろう。話の続きは待つしかねえ。待てねえなら次にするか諦《あきら》めるかだな。はは。だが大抵でえじょうぶさ。この刻限にくる客は、広小路の豆蔵《まめぞう》かしけた博奕打ちか、浜吉さんみてえな老いぼれの酔っ払いぐらいさ。ひと声かけておきゃあ、勝手に呑んでいくし、どうせあるとき払いのつけだ」

「てやんでい。つけはちゃんと済ましてるだろう。それに、おやじだって老いぼれじ

やねえか」

「そうだったかい。いいから、浜吉さんも呑みな」

民次はうす笑いのまま、浜吉の碗に徳利を傾け、

「それで、古風さま。土田庫之助の何をお訊ねなんで」

と、十一と金五郎の碗にも白い濁り酒を満たした。

「土田庫之助が木挽町七丁目の友三郎店で、隠売女商売を始めたのは元禄の十五年、庫之助が四十歳ごろと聞いております。土田庫之助とは、そのころからのお知り合いだったのですか」

十一がきり出した。

民次は自分の碗に濁酒を注ぎ、ひと口嘗《な》めてから言い始めた。

「七丁目の友三郎店に女郎がいるらしいぜと、お客さんから聞いて知ってはおりやした。けど、土田庫之助の名前も歳も知らなかったし、見かけたこともなかった。ただし、浪人者抱えの女郎衆が四、五人らしいというのを聞いて、二本差しも隠売女商売をするのかいと、ちょいと意外でしたね。あっしは二十歳をすぎたばかりの盛んな年ごろだから、そっちの話はやっぱり気になりやしたんで。庫之助がこの店に、ふらっと呑みに現れたのは、隠売女の話を聞いて半年かそこらです。あのころはまだこんな

ぼろじゃなかったが、庫之助の値の張りそうな黒羽二重の着流し姿が、貧相な店に不似合いに感じたのを覚えてますよ。一本独鈷《どっこ》の博多《はかた》帯《おび》へ、黒鞘の一本を落とし差しにした上背のある骨太な身体つきがいかにも強そうでね。それでいて、案外に目鼻だちの整った優男の見た目が、なんとなく景気もよさそうだったんで、隠売女商売は儲《もう》かるんだと、馬鹿なあっしは勝手に思いこんでおりやした」

「そのころ庫之助は、どんな話をしていたのですか」

「どんな話？　無理ですよ。三十年以上前の、こっちはまだ二十歳すぎの洟垂《はなた》れ小僧のころですから。ちびちびと燗酒を呑みながら親父と低い小声を交わし、二合ばかり呑んだら、現れたときと同じようにふらっと出て行きやした。隠売女商売の浪人者だとわかってやしたが、親父に誰だいって訊いたら、七丁目の友三郎店の土田庫之助だと名前を聞きやした。お袋が、女郎の生き血を吸う商売をしてるのに、存外物静かで見た目も悪くないじゃないかとか、けど、ああいう姿の優しそうなのが、商売になったら抜け目がなくて酷薄なんだ、正体はきっと恐い男だよ、気をつけなとか、妙に感心したり貶《けな》したりしておりやした。はは……それからごく稀《まれ》にですが、呑みにきやしたね。親父が亡くなり、あっしがこの酒亭を継いでからも、二度か三度、きたかな。やっぱり二町内の世間話みたいなことをしやしたが、あっしとはそれだけでしたね。

合ほど呑んで、引きあげやした」

「七丁目で隠売女商売を始めたとき、庫之助には十八歳になる倅がおりました。ご亭主とさほど変わらない年ごろです。倅の名は土田半左衛門。十代のころから盛り場の無頼な者らと馴染み、遊興に耽《ふけ》る日々を送って、父親の庫之助に会うのは金をせびるときだけだったようです。倅の半左衛門について、何かご存じでは……」

「知ってるったって、父親の庫之助でさえそんなもんなのに、倅がいたことは、今、古風さまに言われるまで知りやせんでした。半左衛門の名前に聞き覚えもねえし。倅の半左衛門のことはあっしは何も存じやせん。まだ生きてるのか、生きてたらどこにいるのかとか、行方をお訊ねなんで？」

と、民次は首をひねった。

「半左衛門は今、裁きを待つ身になって、牢屋敷におります」

「お裁きを待つ身になって、牢屋敷に？　なのに、半左衛門のことを何か知らねえかとお訊ねで？　ほう、こいつはだいぶこみ入った事情がありそうだね」

民次が浜吉に向いて言い、浜吉はこくこくと首を頷かせた。

するると金五郎が言った。

「ご亭主、享保八年の春の夜ふけ、汐留橋で倉橋弥八郎という若い侍が斬られた事件が起こりやした。それは覚えておりやすか」

「あったね。倉橋弥八郎の名前を聞いて思い出した。倉橋弥八郎は、愛宕下の旗本倉橋家の部屋住みだった。下手人は確か……」

「下手人は、こっちも旗本の名前は内藤斎樹。軽子橋に拝領屋敷がありやす」

「そうだ内藤斎樹だ。あれは七丁目の火の番のじいさんが、倉橋弥八郎が汐留橋で斬られたすぐあとに、汐留橋のほうから駆けてくる内藤斎樹と出会った。内藤斎樹は七丁目の火の番のじいさんに顔を知られていた。だから、内藤斎樹に弥八郎殺しの嫌疑がかかったのを覚えてますぜ。行きずりのただの喧嘩《けんか》が斬り合いにまで及んだのか、双方に遺恨があったのか、そいつはわからねえが、何日かがたって内藤斎樹が病気で急死し、内藤斎樹にかかった嫌疑は有耶無耶《うやむや》に終っちまった。確かそうでしたね」

「内藤斎樹は庫之助の隠売女商売の定客だった。だとしたら、火の番のじいさんに顔を知られていたとしてもおかしくねえ。十一さま、庫之助と定客の内藤斎樹が、互いによく知った間柄だったと考えて、こいつは間違《まちげ》えなさそうですね」

「金五郎さん、そこに半左衛門もいたはずですが……」

十一は言いかけて、民次に向きなおった。

「ご亭主、弥八郎が斬られた一件の二年後の享保十年に、友三郎店の隠売女は町奉行所の取り締まりに合って、隠売女の抱主の土田庫之助は家財没収と百日手鎖の処罰を受けました」

「へえ、それも覚えてますよ。あれは、京橋南から新橋までと築地一帯の町家の隠売女商売が総浚《そうざら》いになった、南北両町奉行所の一斉取り締まりでしたね。当然、七丁目の友三郎店にも手入れが入らねえわけがありやせん。庫之助が家財没収と手鎖の憂き目に合った噂は聞いておりやしたから、着流しに一本落とし差しの粋な風体の庫之助もとうとう観念するときがきたかと思いやした。そのころはここにも現れることはなくなって、何年も見かけなくなっておりやした。だから、六十を二つ三つすぎたいい歳のはずなんで、そんな歳で無一文同然になって手鎖は厳しいねと思いやした」

そこへ、表戸が引かれ階下に客の声がした。

「やいやい、おやじぃ、いねえのかい。おやじぃ」

「おやじぃ、顔出せ」

「おっと、客がきやした」

立ちかけた民次を浜吉が止めた。

「おれに任せろ。ありゃあ豆蔵の新左《しんざ》と又平《またへい》だろう。おやじは十一さまと金五郎さんに話を続けてくれ」

と、浜吉はよろよろと立って、段梯子を派手に軋ませた。

「おう、新左、又平、おれだ」

「なんでえ。浜吉さんか。どうしたんだい」

「おやじはお客なんだ。お客の用が済むまで、店番はあっしが代わるぜ。酒は何にする。いつもの濁酒かい。それとも、たまには値の張る下り酒にするかい」

「よせよ。下り酒は盆と正月に決まってるんだ。第一、この店に下り酒なんておいてねえだろう。濁酒のこってりしたのを二、三杯、夕飯代わりに引っかけて、またひと稼ぎさ。肴は塩でいいぜ、塩で……」

「肴は塩かい。塩ならただだ。ちょいとしょっぱいがな」

あはは、あはは、と浜吉と豆蔵らが馬鹿笑いをたてた。

十一は民次に言った。

「同じ一斉取り締まりにより、八官町の比丘尼の中宿も町方の手入れを受け、商売ができなくなった比丘尼らは、八官町から姿を消しました。それもご存じですね」

「知っておりやす。八官町の比丘尼の中宿もやられた、八官町の中宿にはいい比丘尼がいたんだがなと、客が惜しがって噂をしておりやした」

「八官町の比丘尼の中で、大鶴小鶴の母娘の比丘尼が評判だったそうです。大鶴が四十前後の魔性の妖艶さで客を虜にし、小鶴は十五歳とかの若枝のようにほっそりしているのがいいというお客も、結構いたようですね。ところが、小鶴が客とご報謝の額でこじれたのかどうかは不明ながら、殺された事件が享保七年の冬にありました。ご亭主は覚えておりますか」

「そりゃあもう、覚えておりますよ。八官町の小鶴たあどんな比丘尼なんだ、残された大鶴は娘が殺されて頭が変になっちまったらしいぜとか、かえって大鶴小鶴が色々取り沙汰されやした。金五郎さん、読売もずい分書きたてたんじゃねえのかい」

民次は金五郎に言った。

「へえ。あっしが雇われていた読売も、八官町の比丘尼殺しの一件はだいぶ書きたてました。ただ、下手人は町方の探索虚しく不明のままお縄にならず、そのうちに熱が冷めたと言いますか、みなの関心がうすれて忘れちまいましたね。読売のくせに、あっし自身もそうでした」

「みなの関心がうすれちゃあ、読売種にはならねえな」

と、濁酒の碗をひとすすりした民次に、十一は続けた。

「それでご亭主、享保十年に土田庫之助が家財没収と手鎖の処罰を受け、処罰を終えたあと、翌年の享保十一年に亡くなるまで、無一文の身で八官町の大鶴の世話になっていた事情はご存じでしたか。土田庫之助は八官町の大鶴に見とられ、六十四歳の生涯を閉じたそうです」

「噂でやすが、土田庫之助が八官町の大鶴の店で亡くなったのは聞いておりやした。それを聞いたとき、大鶴と懇ろだったことより、まずは、まだ二十代初めごろの若蔵のあっしに、値の張りそうな黒羽二重の着流しに一本独鈷の博多帯へ黒鞘一本を落し差しの素っ気ない風体が、中年の男盛りを感じさせた土田庫之助も、ついに亡くなったのかいと、ちょいとほろっとしやした。親父もお袋もとっくにおりやせんし、あのときあっしは秋風の身に染む四十代の半ばをすぎ、つくづく二十数年の季《とき》が果敢なく流れちまったんだなと、妙に身につまされやした。しかも、あれからまた十数年だ。堪《たま》りやせんね……」

「この界隈で、土田庫之助でも、あるいは倅の半左衛門についてでも、ほかにどなたか、かかり合いのある方をご存じなら教えていただけませんか。どんな些細なかかり合いでもかまわないのです」

「かかり合いのある方ねえ。土田庫之助が中年の男盛りを感じさせたと言っても、所詮《しょせん》は隠売女商売の日陰者なんでね。ましてや、倅がいたことすらあっしは知らなかった。庫之助と大鶴が懇ろだったなら、人伝《ひとづて》に噂を聞いただけのあっしより、大鶴のほうが庫之助の身辺には詳しいはずですよ。牢屋敷で裁きを待つ身の倅の事情も、庫之助から何か聞かされてるかもしれねえし、大鶴に訊きゃあ、庫之助と倅の半左衛門のもう少し詳しい身の上話が、聞けるんじゃありませんか」

「八官町で比丘尼商売ができなくなっていた大鶴は、土田庫之助の最期を見とってから八官町を去っています。比丘尼たちはみな、人知れず姿を消していきました。大鶴の越した先も不明です」

階下より、浜吉と豆蔵らのあけすけな遣り取りが聞こえていた。やおら、

「あの、これも所詮人伝の、四、五年ほど前に聞いた古い話ですがね」

と、亭主が口ぶりを変えて切り出した。

「新大橋を東へ渡った御舟蔵前町《おふなぐらまえちょう》のとある路地の見世に、御幣《ごへい》と牛王《ごおう》の看板を立て、夕暮れになると小比丘尼の小女《しょうじょ》が、御舟蔵前の往来に出て客引きをし、若えころはさぞかし妖艶な器量だったに違いねえが、今じゃだいぶ歳をとった婆さんの比丘尼が客の相手を務めたそうで。どうやらその比丘尼が大鶴じゃねえかと、そんな話があっしの耳にも届きやした。もしそれが大鶴なら、たぶんそのころでも、五十になるかそれに近《ちけ》え歳です。まだ比丘尼商売をやっていたかい、因果だねと思いやした。親父から受け継いだだけのぼろの酒亭の老いぼれ亭主が、他人のことは言えやせんが。そこら

辺で探ってみたら、大鶴の居どころがつかめるかもしれませんぜ」

赤茶けた古畳に垂れるような含み笑いを、民次がこぼした。ふと、十一は二階の格子窓を蔽う夕方の赤い空に気づいた。

階下の三人の馬鹿笑いが、またたった。


十一と金五郎、浜吉の三人が木挽橋の東袂まできたとき、ほぼ真っすぐ西へ続く大通りの彼方に、山下御門と北側の西の丸、そして本丸の二層三層の櫓《やぐら》が、青空の残る赤味を帯びた空の下に、くっきりと見えた。

木挽橋を行き交う人の賑《にぎ》わいは、夕方のその刻限になってもまだ続いていた。涼しい川風がそよぐ三十間堀を、荷船が帰りを急ぎ、早や明かりを灯した屋根船が客を乗せて賑やかに木挽橋をくぐって行った。

木挽橋の袖に、すでに火が入り明かりのまたたく常夜灯の側まできて、十一は金五郎と浜吉へふりかえった。

「金五郎さん、浜吉さん、もう夕方です。今日はここまでにしましょう」

「わかりました。で、明日の調べの段取りはどのようにいたしますか」

金五郎が質した。

浜吉は唇をへの字に結んで頷き、十一の指図を待った。

「金五郎さん、妙だと思いませんか。今日一日だけの調べとは言え、土田庫之助と少しでもかかり合いのあった界隈の住人に話を聞いて廻り、誰ひとり倅の半左衛門を知る人がおりませんでした。それどころか、みな庫之助に倅がいたことさえ知らなかった。読売屋の浜吉さんも知らなかった」

「え？　し、知りやせんでした」

浜吉がこくこくと首をふった。

「庫之助が木挽町七丁目で隠売女商売を始めたころ、倅の半左衛門は十八歳にして築地界隈や霊岸島の賭場の渡世人ややくざらと交わり、酒、博奕、女との放埒《ほうらつ》な日々に馴染んでいた。七丁目の庫之助の店には寄りつかず、金が欲しいときだけせびりに足を向けていた。庫之助にかかり合いのあった住人が、倅の半左衛門を見かけなかったのはわかります。ですが半左衛門の、元服前の可吉の消息すら庫之助から聞いていなかったのは、なぜでしょうか。庫之助は自分にも倅がいると、誰にも一切話さなかったのでしょうか」

「それはあっしも、気になっておりました。どんなに仲の悪い親子でも、あいつの話はしたくねえとか、あいつとは親でもねえ子でもねえとか、親ならひと言ぐらいは漏らしそうなもんです。十一さま、このまま庫之助をあたっているだけじゃあ、半左衛門に行きつけそうにありません。享保八年に江戸から姿を消す前の半左衛門を知っている者を見つけねえことには、埒が明きませんぜ」

金五郎が言った。

「金五郎さん、調べは明日と明後日のみです。金五郎さんと浜吉さんの一手、そしてわたしの一手と二手に分かれましょう。明日、金五郎さんと浜吉さんは霊岸島町の人寄せ稼業の満次郎にあたり、半左衛門の遊蕩ぶり、馴染みの仲間、姿形や気だて、できれば、絵師としての半左衛門を知っている者にたどりつければありがたい」

「承知しました。霊岸島町の満次郎が囲っていた大富町の妾に手を出したため、満次郎に命を狙われ、半左衛門が江戸から姿を消すきっかけになりました。あっしと浜吉さんは、満次郎を手始めに、江戸から姿を消す前の半左衛門がどこで何をやっていたか、それから、半左衛門は絵師としてどれほどの腕前だったか、絵師仲間はいなかったのかを探ります。十一さまはどちらへ」

「わたしはこれから岡野さまにお会いし、今日の調べの報告をいたします。岡野さまにある首尾のことで、お訊ねすることもあります。明日は愛宕下の倉橋家を訪ね、享保八年に倉橋弥八郎が汐留橋で内藤斎樹に斬られた一件の真相を、倉橋家が内藤斎樹病死により突き止めずに引き退ったわけを訊くつもりです。できれば、軽子橋の内藤家も訪ね、内藤斎樹と倉橋弥八郎とのかかり合いが聞ければと思うのです。浜吉さんが言われたように、十五年前のあの夜、内藤斎樹と倉橋弥八郎は、汐留橋で斬り合わなければならないわけがあった。しかし、そのわけが表沙汰になるのは内藤家も倉橋家もはばかった。内藤斎樹は切腹して果て、支配役に病死と届けが出され、倉橋家はそれで引き退り、一件が有耶無耶のまま収められました。土田半左衛門が江戸を欠け落ちしたのは、その同じ春のころです。内藤斎樹の倉橋弥八郎斬殺と、土田半左衛門の江戸欠け落ちになんらかの因縁があるのかもしれません。金五郎さん、浜吉さん、両家とも大家の旗本です。両家が何を手打ちにしたのか、あるいはなぜ手打ちにしなければならなかったのか、わたしはその事情を訊ねることにします」

「どんなわけがあろうと、天下の旗本だから何をやっても許されると思ったら大間違いだってとこを、十一さまがびしっと決めてやってくだせえ」

と、浜吉が意気ごんだが、金五郎は冷静だった。

「十五年前に手打ちにしたわけを、両家が今さら明かすでしょうか」

「半左衛門が捕えられ、十五年前とは事情が変わりました。門前払いを喰わされるかも知れませんが、両家に当たらないわけにはいきません」

「で、ですよね」

浜吉が相槌《あいづち》を打った。

「十一さま、明日の落ち合う場所を決めておきましょう。あっしのほうも、土田半左衛門がどんな男か何かつかめたら、すぐにお知らせします」

「はい。金五郎さん、浜吉さん、落ち合う場所は民次さんの酒亭で……明日は新大橋東の御舟蔵前町へも行くつもりです。御舟蔵前町の比丘尼が大鶴なら、土田庫之助半左衛門親子のことが聞けるはずです。大鶴にも会わなければなりません」

「民次さんの酒亭で。承知しました」

金五郎が言った。

七

山下御門を外桜田に出て、御濠端を西へとり、板倉《いたくら》家、松平家の上屋敷の角を二曲がりして、大通りを大岡邸を目差した。

霞《かすみ》が関《せき》の高台の空に、夕日が赤く燃えていた。

岡野雄次郎左衛門は、大岡邸内に瓦葺《かわらぶき》の屋根門と形ばかりの玄関式台を設えた一戸を普請し、雄次郎左衛門の老妻と、すでに岡野家を継ぎ大岡家の番方に仕えている倅の新五の家族とともに暮らしていた。

岡野家の邸内屋敷は、主人の忠相の寺社奉行転出が決まって、数寄屋橋の南町奉行所住まいから外桜田の屋敷に戻り、南町奉行の目安方として奉行所住まいだった雄次郎左衛門も大岡邸に戻った一昨年、忠相より邸内一角に普請を許されたのだった。

その一戸に、形ばかりとは言え玄関式台を設えることを、「それがしごとき者が」と雄次郎左衛門は遠慮した。それを、

「気軽にではあっても、玄関がないのは訪ねづらい。玄関を備えよ」

と、忠相に命じられたのだった。

岡野家は、三河以来代々大岡家に仕える旧家である。家禄は二百俵ながら、倅の新五はそのほかに番方の職禄を得ており、家中では中級の家柄である。

つげの垣根が屋敷を廻り、綺麗に掃き清められた小さな庭には、石灯籠が一基と垣根際に一本の柿の木が、夕景色の中に濃い葉色を放っている。

顔見知りの中間の案内で、十一は濡縁ごしの小庭に面した床の間と床わきを設えた六畳間に通された。

垣根の外の往来を、長屋へ戻る侍らの話声が通りすぎて行った。

その日、忠相は寺社奉行の相役、井上正之、松平信岑、牧野貞通との臨時の寄合が月番の井上邸において行われ、帰邸が夕六ツすぎになる知らせが届いていた。

大岡邸の本家より戻った雄次郎左衛門が座敷に顔を出し、納戸色《なんどいろ》の羽織を着けた分厚い短軀を運び、床わきの刀架《とうか》に長刀を架けながら、忙しそうに言った。

「今日は旦那さまに臨時の御用が入って、まだお戻りではないゆえ、また本家に戻らねばならん。慌ただしくて済まんな、十一」

床の間を背に着座すると、雄次郎左衛門は破顔した。

「お気遣いなく。岡野さま、上戸田村の清吉まさ夫婦解き放ちの首尾を、うかがいに参ったのです。戸田筋御鷹場鳥見役平河民部さまは、大岡さまのご意向にどのようなご返答をなされたのでしょうか」

「まずは、上戸田村の清吉まさ夫婦は遠からず解き放たれる。それは間違いない。清吉の過料もさほどの額にはならん。心配にはおよばぬと、子供らと老母にも伝えてやれ。ただし、遠からずというのは、今日明日になるとは限らぬかも知れぬのだ」

雄次郎左衛門は真顔になった。

「昨日も言うたな。平河民部は癖の強い鳥見役だ。元々、過料で済ますべき程度の咎めを、いきなりお縄にしてしょっ引くのは許されん。だからすぐに解き放てばよいものを、早急に処置を命じるが、何分御留場の密猟が多いため、密猟の咎めを表向きの手続きを踏まずないがしろにすれば、密猟者をつけあがらせかねない。鳥見役は、将軍さまの御鷹場が荒らされ苦慮しているなどと、くどくどしく申したておった。鳥見役は日ごろより頭を悩ませておるとか、鳥見役の面目が施せぬとか、旦那さまの申し入れに勿体《もったい》をつけ、つまりは旦那さまへの貸しにする肚《はら》なのだ。だが、六日や七日とかかることはあるまい。こちらも、支配役の若年寄の本多伊予守さまにお手数をおかけいたすのは気が引けますのでなと、言うておいたので、遅くとも明後日には解き放たれると思う。明日もう一度、志村の役宅を訪ねて念押しをするゆえ、こちらのほうは任せておけ」

「よろしく、お願いいたします」

十一は頭を垂れ、才槌頭の広い月代を照れ臭そうになでた。

「それで、内藤斎樹の調べはどういう具合だ。今日一日でどれほど進んだ」

雄次郎左衛門が訊ねた。

「内藤斎樹が切腹して果てた享保八年以前、内藤斎樹にかかり合いがあったと推量できるのは、土田半左衛門と倉橋弥八郎の両名です。しかし、当人の内藤斎樹と倉橋弥八郎はすでになく、土田半左衛門は牢屋敷にて評定所のお裁きを待つ身です。十五年前、もしもこの三名にかかり合いのある窃事《ひそかごと》があったのなら、三名の周りにいた誰かに問い質すしかありません」

「いかにも、そういうことだな」

「ですが、隠売女商売で稼いでいた父親の土田庫之助や、内藤斎樹が倉橋弥八郎を斬った汐留橋の事件を覚えている住人はいるのに、土田半左衛門を覚えている住人が見つかりませんでした」

十一はそう言って、しばし考えた。

「土田庫之助は、黒羽二重の着流しに一本独鈷の博多帯へ黒鞘一本を落とし差しの風体が、中年の男盛りを感じさせたと、木挽町で生まれ育った酒亭の亭主が言っておりました。おそらく木挽町界隈の住人らの間では、土田庫之助を隠売女商売のいかがわしい浪人者と見る一方、亭主のような見方をする者もいたと思われ、どちらにせよ、庫之助を覚えている者や、日陰者でありながら、庫之助がいかなる人物だったかを知る者は、十五年をへてなお案外におりました」

「ふむ。父親の庫之助は目だつ男だった。にもかかわらず、倅の半左衛門は父親のようには目だたぬ男だった。ゆえに、半左衛門を覚えている者は見つからなかった、というわけだな」

「と申しますより、庫之助に倅がいることを知っている者がいなかったのです。半左衛門本人が評定の場で言うところによれば、放蕩暮らしが災いして人に命を狙われ江戸から欠け落ちしたのは、三十九歳でした。三十九歳にもなった男が、誰の倅かも、そもそもいたことさえも知られていなかった。そのようなことがあるのでしょうか」

ふうむ……

と、雄次郎左衛門はうなった。

「半左衛門は放蕩の限りをつくし、木挽町七丁目の庫之助の店には金をせびるときしか寄りつかなかったのだし、もう十五年以上前ゆえ住人に忘れ去られた。そういうことがないとも言えん」

十一は築地界隈に詳しい浜吉の手を借りた事情を伝え、

「明日、金五郎さんとわたしは二手に分かれて調べを進めます。金五郎さんと浜吉さんの一手は引き続き、土田半左衛門を知っているか、あるいは覚えている者を、霊岸島から八丁堀、日本橋南の町家まで広げて捜し出し、内藤斎樹のみならず、倉橋弥八郎と半左衛門のかかり合いも洗います」

と言った。

「誰をどのように使うか、それは十一が判断して決めたらよい。で、十一の一手はどうするのだ」

「享保八年に倉橋弥八郎が汐留橋で内藤斎樹に斬られた事件は、内藤斎樹が切腹して果て病死の届けが出されたことで、両家は斬り合いになった事情をそれ以上は詮索《せんさく》せぬまま手打ちにして事件を収めました。その事情を、わたしは愛宕下の倉橋家と軽子橋の内藤家を訪ねて訊くつもりです」

「そうか。だが、両家は十五年も前に手打ちにして収めた事情を蒸しかえされては、迷惑と思うだろうな。いらざることをと、門前払いになるかもな」

「金五郎さんにも、両家がその事情を今さら明かすでしょうかと言われました。ですが岡野さま、今日一日の調べでわかりました。内藤斎樹と倉橋弥八郎の両名が顔見知りの間柄だったことは、ほぼ間違いありません。両名は木挽町七丁目の隠売女の裏店で、あるいは比丘尼らの中宿があった八官町の裏店で行き合わせ、互いを見知っていたはずなのです。汐留橋の斬り合いは、顔見知りの両名の間になんらかの遺恨か子細があったと思われます。内藤斎樹がいかなる者か、屠腹して果てる前と果てたあとを調べるためには、土田半左衛門とのかかり合いのみならず、汐留橋の事件を手打ちにした倉橋家と当の内藤家の事情を訊かずに、済ますことはできません。門前払いになれば、そのようにご報告いたします」

「それもそうだ。旦那さまにはわたしから伝えておこう。それでだ……」

雄次郎左衛門は、小さな飾りのような白髪髷を載せたつるりとした月代を、骨張った太短い指の掌でひたひたと鳴らしつつ、

「内藤家は知らぬが、倉橋浩右衛門《ひろえもん》はあまりいい評判を聞かん。気をつけよ」

と、ぼそりと言った。

「倉橋家に、いい評判を聞かないと申しますと」

ふうむ……

と、雄次郎左衛門はまたうなった。

「今、倉橋家を継いでおる浩右衛門は、弥八郎の兄だ。浩右衛門が小納戸頭取役に就いた享保十六年のころ、よって七年前のことだ。倉橋家お出入りの骨董商に、慶長より倉橋家に伝わっておる家宝の茶器を、数百両の高額で売り払ったのちに偽物と判明した。茶器を戻すので返金を求めた骨董商に、茶器が倉橋家の家宝であることに相違はない、それを買いたいと骨董商が求めたゆえに売ったまでで、売買が済んだのちに返金を求められても、一旦売った家宝の茶器を今は必要としておらぬゆえ求めに応じられぬと、浩右衛門は拒んだ。やむを得ず、骨董商は倉橋家を評定所に訴え出たが、訴えを評定所は受理しなかった。評定所は、茶器の売買は双方納得ずくで行われたも

のであり、売買が行われたあとにそれをとり止めたいとの申し入れについては、評定所の審議にはなじまず、相対で決着を図る事柄であるという判断だった。評定所が骨董商の訴えを受理しなかったのは、倉橋浩右衛門は勘定奉行の誰かと知己の間柄らしく、そちらのほうから評定所に骨董商の訴えを受理せぬよう圧力をかけた、と噂が聞こえたが、それは定かでない。ただ、浩右衛門と骨董商の交渉では、骨董商が茶器を戻して返金を受けるにあたって、当初の金額の三割もの迷惑料を浩右衛門へ支払わされたのはまことだ。三割とは、高利貸の利息一割五分の倍だ。よくそんな真似ができるというか、厚顔無恥というか、騙《かた》りまがいのことをしたうえに、おのれの都合のよいように事を運ぶためには手段を選ばぬ。浩右衛門はそういう男だ。あまり良い噂は聞かん。十一、それを覚えておけ」

「心得ました」

十一は言った。

第三章　御勧進《おかんじん》

一

　翌日四月二十三日午前、十一は愛宕下の広小路を桜川《さくらがわ》に沿って南へとり、愛宕神社男坂下の鳥居前をすぎた。桜川を背にしてもやいの辻番《つじばん》があって、六尺棒を手にした番士らが愛宕下の通りを見守っている。

　その辻番の前を切通し坂のほうへすぎ、曹洞宗《そうとうしゅう》青松寺《せいしょうじ》門前に長屋門を構える倉橋家の屋敷を訪ねた。

　倉橋家は家禄二千石余の大家であり、代々小納戸頭取役に就く家柄である。

　まだ四十前の当主浩右衛門は、十年前の享保十三年、先代の右京より家督を継ぎ、およそ三年、小納戸衆を務めたあとの享保十六年、小納戸組頭に昇任した。

享保八年春、汐留橋で斬殺された倉橋家の三男弥八郎の長兄である。

うす曇りながら、その日はじめじめした暑い日になった。

山門より高く松林が繁る青松寺境内で、ひきがえるの群が盛んに鳴き声をたて、じめじめした暑気をかき乱していた。

十一は長屋門の屋根庇下《ひさしした》に入り、片番所の格子ごしに数度呼びかけたが、番人の返答はなかった。脇門をくぐり、紫陽花《あじさい》が花を咲かせている間の石畳を玄関の式台のほうへ行きかけたところに、紺看板に梵天帯《ぼんてんおび》の中間《ちゅうげん》風体が現れた。

「おっと……」

中間が意外そうに、深編笠の十一を見廻し、

「ど、どちらさまで、ございますか」

と、勝手に邸内に踏み入った無礼を咎める口調で質した。

「番所で声をおかけしましたが、ご返答がなかったので、お許しもなく失礼いたしました。寺社奉行大岡越前守さまの御指図を受け、大岡さまの御用を務めております古風十一と申します」

「寺社奉行大岡さまの？」

中間は、深編笠をとった十一の月代が青い才槌頭《さいづちあたま》と、花色の単衣と小楢色の質実な

裁っ着け、黒足袋草鞋掛、黒鞘の小さ刀一本のみを帯びた青竹のような痩身を、まじまじと見廻した。

十一は胸元に差していた書付を包んだ折封を抜きとり、中間に差し出した。

「これは、大岡越前守さまに遣《つか》わされましたその旨の書付でございます。お改めのうえ、ご当家ご隠居さまの倉橋右京さまにお取次を願います」

「えっ？　旦那さまではなく、ご隠居さまにでございますか」

「はい。ご隠居さまの右京さまが倉橋家のご当主であった十五年前の、倉橋家にかかり合いがある一件について、右京さまにお訊ねいたします」

「いや、困ったな。そういうことでは……」

中間は戸惑い、書付を受けとらなかった。

「わたくしの一存で、古風さまの書付をお預かりするわけには参りません。こちらは小納戸頭取倉橋浩右衛門さまのお屋敷にて、旦那さまはただ今、お役目にてご出仕でございます。旦那さまのお許しがなければ、たとえ寺社奉行大岡越前守さまの御用でございましても、お取次はいたしかねます」

「ならば、当家にお仕えのご用人さまに取り次いでいただき、ご用人さまにお願いするわけには参りませんか」

二千石余の大家ならば、必ず用人役を置いているはずである。

それでも中間は、御用の役目らしからぬ十一の若さや素朴な風体に躊躇《ちゅうちょ》したが、自分の判断で追いかえすわけにもいかぬと思ったらしく、

「では、少々お待ちを」

と玄関ではなく、紫陽花の植えこみの間を抜け、中の口のほうへ庭を廻って戸内に姿を消した。

それから、十一は門内の庇下でだいぶ待たされた。

うす曇りのむしむしする空の下で、邸内の楓や赤松の木の間を飛び交う鳥の、妙に甲高いさえずりが聞こえてくる。

やがて、中庭のほうから、銀鼠《ぎんねず》の上衣に細縞の半袴《はんばかま》、黒の長羽織を着けた長身の侍が、先ほどの紺看板の中間に導かれ、門庇下の十一から目をそらさず、身軽そうな大股の歩みを運んできた。

十一は深編笠を脇に抱えたまま、侍へ丁寧《ていねい》な辞儀をして見せた。

侍は紫陽花の植えこみの間から石畳を踏んで、門庇下の十一と五間ほどをおき、玄関を背に佇んだ。すぐ後ろに控えた先ほどの中間が、侍に何事かを言いかけ、侍は切れ長なひと重の鋭い眼差しを、十一へ凝《じ》っとそそいだまま頷いた。

長身痩軀ながら肩幅があって、白皙《はくせき》に目鼻だちの整った相貌は冷やかだった。胴に帯びた黒鞘の二刀が、肩幅のある痩軀に似合っていた。

「そちらが、古風十一さんですか」

庭の鳥のさえずりを払い除け、張りのあるやや高い声を先に投げてきた。

「古風十一でございます。これは寺社奉行大岡越前守さまより、寺社役助《すけ》を拝命いたしております。これは寺社役助の書付でございます。何とぞお改めを」

十一は改めて名乗り、折封を差し出した。

中間が小走りで駆け寄り、折封を受けとって侍へ届けた。

侍は手早く折封から出した書付に長い指をからめ、はら、と鳴らし一読した。そして、束の間表情をゆるめ、そのまま十一へ切れ長な目を戻した。

「これ式の書付が何なのだと思いますが、これをまがい物、と断ずるつもりはありません。古風さんは寺社奉行大岡越前守さまより寺社役助に任ぜられ、当家に大岡さまの御用があって、ただおひとりで参られたのですね。御用の役目の方にしては、ずいぶんお若く見える。おいくつですか」

「二十三歳に相なりました」

「すなわち、その若さでも務まるその程度の御用、ということなのですね」

侍は中間に閉じた折封をわたし、それとなく皮肉を言った。

中間はそれを十一に戻すと、侍はなおも訊ねた。

「つまり、古風家は代々大岡家にお仕えのご一族なのですね」

「いえ、わが一族は大岡家に代々仕える者ではありません。わが父は千駄木組鷹匠組頭の古風昇太左衛門と申す鷹匠です。わが兄弟はみな鷹匠になりましたが、わたしはなりませんでした。今は、御鷹部屋の鷹の餌を捕る餌差を務めております」

「餌差？　鳥刺《とりさし》ですな。鳥刺と鷹匠はずいぶん違う。なぜですか」

「父の許しを得て、親鳥とはぐれた雛鳥を育てた隼《はやぶさ》を一羽、飼育しております。千駄木の野に鷹を追って育ち、鷹を追って走るのは苦ではありません。山野に雄々しく羽ばたく鷹は好きですが、鷹匠屋敷の鷹匠は性に合いません。よって、鷹匠にもならず父の郎党に甘んじているのは肩身が狭く、せめてもと思い、餌差を始めました」

「鷹匠の倅の鳥刺が何ゆえ、寺社奉行大岡越前守さまの寺社役助なのです」

「一昨年、中野筋の御鷹場にて大岡さまにお言葉をかけていただきました。大岡さまはわたしの育てた隼が獲物を捕えた様子をご覧になられ、見事、と申されました。以来、大岡さまの扶持をいただく身となり、かつ、ときに大岡さまの臨時の御用を申しつかっております」

侍の後ろに控えている中間が鼻先で笑い、首をひねった。

臨時の御用？　と侍も首をかしげたが、そこでようやく言った。

「わたしは、瀬名弁之助《せなべんのすけ》です。当家倉橋浩右衛門さまのご相談役を申しつかっております。この者が申した通り、主の浩右衛門さまのお許しがなくば、当家にかかり合いのある事柄についてのお訊ねに、当家のどなたさまにもお取次いたしかねます。しかしながら、寺社奉行大岡越前守さまの御用の向きに、助力を惜しむのではありません。仮令《たとい》、臨時の御用であっても、旦那さまが不在の折りには、相談役のわたしの判断で応対してよいとお許しをいただいております。今ここでよろしければ、古風さんのお訊ねに、わたしがお応えできることはお応えいたしますが……」

「それで結構でございます。では、おうかがいいたします」

十一は、五間先の石畳に佇む弁之助へ頭を垂れて言った。

「先代の右京さまがご当主だった十五年前の享保八年の春、倉橋家三男の弥八郎さまが夜ふけの四ツごろ、汐留橋において何者かと刃傷に及び、落命なされました。その直後、汐留橋の方角より、内藤斎樹と申される小普請組旗本が肩に疵を負って駆けてくるのを、木挽町七丁目の火の番が見ておりました。火の番の証言によって、内藤斎樹に弥八郎さま斬殺の嫌疑がかかり、それがご当家の倉橋家に聞こえ、ご当主の右京さまが、嫌疑のかかった内藤斎樹を即刻捕え断固たる処罰を申し入れ、また倉橋家にも一族の方々が集まり、軽子橋の内藤家に押しかけて内藤斎樹を直ちに問いつめ、弥八郎さま斬殺が明らかならばただちに討つべしと、不穏な声が聞こえておりました。

一方、町方の調べに内藤斎樹は、弥八郎さまが汐留橋で斬殺された当夜は宵より八官町の比丘尼の店にいて、比丘尼の店を出たのは夜半近い四ツ半すぎ。また肩口の疵も、その前々日、どこの誰かも知らぬ地廻り風体が八官町の比丘尼の店に現われ、先客の内藤斎樹に因縁をつけもめ事になった末、いきなり斬りつけて逃げ去った。八官町の比丘尼も町方の調べにそれを裏づけ、弥八郎さまを斬ったのは自分ではない、火の番が見た者は自分ではないと申したてました」

するとﾞ、眉ひとつ動かさず冷やかに聞いていた弁之助が、

「ああ、享保八年のあれですな。覚えておりますよ」

と、微かな笑みを浮かべて言った。

「わたしと弥八郎さまは、築地の多沼兵庫之助《たぬまひょうごのすけ》先生の道場に通っていた同い年の道場仲間でした。弥八郎さまとわたしは二十一歳。弥八郎さまが軽子橋の旗本内藤斎樹に斬られたと伝わり、われら道場仲間もこの屋敷に集まって、ご一門の方々が内藤家に押しかけ、弥八郎さまの仇を晴らすときはわれらも加勢すると、気勢を上げておりま

した。八官町の比丘尼ごときの裏づけで、内藤斎樹の嫌疑が晴れるわけがありません。しかも、内藤斎樹のそれまでの怪しい素行が次々に明るみに出て、内藤斎樹は変人だと噂がたっておりましたので」

「倉橋家の方々は、家禄千五百石の旗本の当主が、夜ふけに比丘尼の店で戯れておるのは不謹慎極まりない、内藤斎樹は頭がおかしいと貶《おとし》める狙いで、声高に言いたてられたようです。もしかして、弥八郎さまと同じ道場仲間の方々も、その狙いに加わっておられたのですか」

「ははは。何を言われる。古風さん、無礼ですね。倉橋家は、家禄二千石余の由緒ある旗本の旧家ですよ。内藤斎樹を貶めるために、そのような卑怯な手だてを用いるはずがないし、用いる必要もない。われら、弥八郎さまの道場仲間も同じです」

弁之助は微かな笑みを消し、鋭い眼差しを寄こした。

「弥八郎さま斬殺は町家で起こった一件ゆえ、町方が探索にあたるのは当然ですが、旗本に嫌疑がかかれば裁きは評定所扱いとなり、評定所留役も調べにあたっておりました。これは、評定所の審理にあたる留役の方から、のちになって直《じか》に聞いたことです。留役は、嫌疑のかかった内藤斎樹の言い分、八官町の比丘尼の証言だけで疑念を解いたのではありません。むしろ、内藤斎樹と比丘尼とのかかり合いを怪しみ、内藤斎樹の日ごろの素行や身持ちを探っていた。内藤斎樹が比丘尼の見世を出たあとの足どりを洗い直し、弥八郎さまは何ゆえ汐留橋におられたのか、そもそも、弥八郎さまと内藤斎樹には両人だけのなんらかの因縁があったのではないかとか……」

「弥八郎さまの普段の行状も念のため調べ、弥八郎さまが木挽町七丁目の隠売女商売の店や、八官町の比丘尼の店にも出入りなされていたことは、評定所留役も町方もつかんでいたはずなのです。すなわち、弥八郎さまの怪しい素行が明るみに出て、不謹慎極まりない、弥八郎さまは変人だと、内藤斎樹同様の噂がたってもおかしくはなかったのではありませんか」

「若いな、古風さん。そう先走っては、大岡さまより命じられた大事なお役目を為損《しそん》じ、手柄をたて損ないますよ。よく考えてごらんなさい。十五年前の享保八年、弥八郎さまはわたしと同じ二十一歳。わが主の浩右衛門さまの下の弟君にて、部屋住みの身でした。ご身分に縛られても、若い身を持て余すのは仕方がなかった。わたし自身もそうだったし、若い古風さんもわかるのではありませんか。しかし、弥八郎さまがこっそり隠売女と戯れることと、内藤斎樹の場合は違う。歴《れき》とした旗本千五百石の当主にして、奥方がおられ、すでに跡継ぎもいた。歳はまさに分別盛りの三十九歳。身を慎んで当然の立場だった。古風さんはそう思いませんか」

「人にはそれぞれの事情があります。その事情を質すつもりはありません」

「それぞれの事情ですと？　ふん、代々続く千五百石の御公儀の家禄を食《は》んでいるのですよ。当然、身分をわきまえ、慎むべき立場があってしかるべきでは……」

十一は答えなかった。

あははは……

不意に弁之助の高笑いが起こり、庭の木々に止まっていた鳥が驚いたように、うす曇りのむしむしする空へ飛びたった。弁之助は、うす曇りの空を飛び廻る鳥影を追っていた眼差しを、十一へ再び向けた。

「まあいいでしょう。寺社奉行大岡越前守さまの御用を務める寺社役助の古風さんを遣りこめても、小納戸組頭の倉橋家になんの益もありませんので。留役によれば、内藤斎樹に嫌疑はかかっても、確かな証拠もないのに軽々しく召し捕るわけにはいかなかった。一度、内藤斎樹を評定所に召喚し、嫌疑に対する審理が開かれましたが、それ以後の審理は開かれませんでした。嫌疑が晴れたからではありません。審理を進める留役も、むしろ、内藤斎樹への容疑は深めていた。ところが、調べが続いていたそのさ中、内藤斎樹病死の届けが小普請支配に出されたのです。実情は内藤斎樹切腹とすぐに伝わりました。つまり、弥八郎さま斬殺の追及がいずれわが身に迫り、もはや逃れられずと観念した内藤斎樹は、家禄千五百石の内藤家に咎めが及ぶことを恐れ、そうなる前に屠腹いたし、内藤家の奥方より、病死と届けが出されたのは明らかでした。よって、右京さま始め倉橋家一門の方々も、弥八郎さまの仇を晴らさんと勇みたっていたわれら道場仲間も、内藤斎樹追及の矛を収めざるを得ませんでした。町方の調べも評定所の審理も、嫌疑のかかった当人の病死の届けが出され受理されたのですから、弥八郎さま斬殺の一件はそれで終ったのです。それがわたしの知っている限りの、享保八年のあの一件の顚末《てんまつ》です」

「それでは、弥八郎さまと内藤斎樹は、いかなる意趣遺恨があって夜ふけの汐留橋で斬り合い、弥八郎さまは斬られ落命なされたのか、わからぬまま不問に付されたのですか。それでよかったのでしょうか」

「侍のような、侍でないような鳥刺の古風さんには、お判りにならないのは無理もない。しかし、侍とはそういうものなのです。侍が自ら腹かっさばき相果て罪を償ったのであれば、それ以上の詮索をしない、そこまでで追及の矛を収めるのが侍の情けなのです。ですから、いかなる意趣遺恨があってか、わが主の浩右衛門さまも、先代のご当主であった右京さまもご存じではありません。ところで、古風さん……」

と、弁之助は切れ長な鋭い目を、十一に凝っと向けた。

「寺社奉行の大岡さまは、何ゆえ今、十五年も前に終った古い一件を持ち出されて、一体何をお調べなのですか」

「はい」

と、十一は言った。

「土田半左衛門という旅の絵師が、武州栗橋の関所を偽の関所手形を使って通り、それが発覚して捕えられました。江戸送りとなった半左衛門は、只今《ただいま》は牢屋敷にて評定所のお裁きを待つ身です。半左衛門は、江戸生まれの江戸育ちでしたが、事情があって江戸を出たのが、十五年前の享保八年、汐留橋で弥八郎さまが内藤斎樹に斬られた事件があった、同じ春の終りのことだったようです。じつは、土田半左衛門が江戸を出る以前、切腹して果てた内藤斎樹とのかかり合いを疑わせるある事態が、評定所で行われた関所破りの審理の途上で持ち上がったのです」

「ほう。関所破りの土田半左衛門と、切腹して果てた内藤斎樹とのかかり合いを疑わせる事態とは、どのような……」

「それはお裁きが下されておりませんので、今はまだ申せません。すべてが落着したのち、お望みならばお知らせにあがりますが」

「ならば結構です。今さら十五年も前の昔話を聞いても、倉橋家には毒にも薬にもなりますまい。なるほど、それで弥八郎さま斬殺の一件を蒸しかえせば、内藤斎樹と土田半左衛門なる浪人者とのかかり合いの謎を解く手がかりが何か見つかるのではと、わが倉橋家に見えられたのですね」

「いきなりお訪ねいたしましたご無礼、お許し願います」

「いいでしょう。主の浩右衛門さまにもご隠居の右京さまにも、大岡さまのお指図を受けた古風さんが、内藤斎樹とかかり合いがあった土田半左衛門の訊きこみに参られたと、お伝えしておきます。もし手がかりになることがわかれば、お知らせします」

「ありがとうございます。ではこれにて」

弁之助に一礼し、踵《きびす》をかえしかけた十一の背中に、弁之助が声をかけた。

「軽子橋の内藤家へは、すでに行かれたのでしょうな」

「今日、この足で軽子橋のお屋敷へうかがう所存です」

「今日これからですか。そうそう。内藤家の跡を継がれた内藤芳太郎どのは、七年ほど前、小普請抜けで小十人衆に就かれ、去年、小十人組頭になられました。家禄千五百石の旗本が小十人組頭は不相応ですが、あと一両年、組頭を務めたのち、小十人頭へ昇任が内定しており、ようやく内藤家の家柄相応の御役が命ぜられるそうです。芳太郎どのはまだ三十歳前で、なかなか優秀と将来を嘱望され、千五百石の内藤家に相応しい跡継ぎと、城中の評判も高いらしい。三年前娶《めと》られた奥方が、この春男子を出産なされたとか。内藤斎樹は切腹して果て、見事、内藤家を守り抜きましたな」

弁之助が遠廻しに皮肉をこめた。

二

新町から汐留橋を木挽町七丁目へ渡り、すぐに築地の大名屋敷地の往来をとった。

仙台橋《せんだいばし》、続いて三ノ橋、と築地川を越え、武家屋敷地と西本願寺西側の境の土塀が続く往来を北へ、十一は大股の歩みを進めた。

饅頭笠《まんじゆうがさ》に墨染《すみぞめ》の衣をまとった僧侶の一団が、草鞋をさわさわと鳴らして行き違い、菅笠をかぶった両天秤の大根売りの行商が、でえごでえご、と気だるげな売り声を流し通りすぎて行くほかは、武家屋敷地に人通りはなかった。

やがて、築地の北側に築地川が紺色の水面を横たえる土手道まで出ると、川沿いに東の軽子橋のほうへ折れた。

旗本千五百石の内藤家の屋敷は、軽子橋の袂の枝垂れ柳が見える土手道に表門を並べる屋敷地の一画にあった。

内藤家の長屋門の屋根庇《びさし》へ、楠《くすのき》の高木が覆いかぶさるように枝葉を広げ、むぜえ、むぜえ、と春蟬《はるぜみ》が重たげな鳴き声をうす曇りの夏空へ放っている。

長屋門の片番所に、縦格子の障子戸を透かし、看板を着けた番人の影が見えた。

十一は深編笠をとって片番所の番人に声をかけた。

「お頼み申します。こちらは内藤芳太郎さまのお屋敷とお見受けいたし、お訪ねいたしました。わたくしは寺社奉行大岡越前守さまより寺社役助を拝命いたしております古風十一と申します。本日、内藤家ご母堂さまの……」

片番所の番人は見かえって、透かした障子戸を一尺ほど開け、格子ごしに深編笠をとった長身痩軀に小さ刀一本を帯びた才槌頭の十一へ会釈を寄こした。そうして、

「はい。こちらは小十人組頭をお勤めの内藤芳太郎さまのお屋敷でございます。畏れ入りますが、お客さまのご姓名ご身分を、今一度お聞かせ願います」

と、供も従えない年若く質実な風体を、少し訝しんで問い直した。

番人との遣りとりののち、十一は脇の小門をくぐって、前庭の踏石の先の軒庇下に立ち、応対に出た若侍が、十一を縁廊下ごしの庭に面した客座敷に案内した。

さほど広い庭ではなく、ただ綺麗に掃き清められ、白塗りの土塀際にさつきの灌木《かんぼく》を植え、梅と柿が土塀の上に葉を繁らせているだけの質素な庭だった。土塀の上に広

がるうす曇りの白い空が、梅や柿の枝葉を墨絵のようにくっきりと隈どっていた。

「間もなく、ご母堂さまが参られます」

十一に茶を出した若侍が言った。

邸内は人気を感じさせないほど静かだった。屋敷のどこかで、赤子の小さな泣き声が、静けさをかすかに破っている。

倉橋家の弁之助が言っていた、三年前、主人の芳太郎が娶った奥方が、この春出産した赤子の声に違いなかった。やがて、

「ご母堂さまです」

と、若侍の声がかかり、次の間の間仕切が引かれた。

畳に手をつき低頭した十一の視界に、着衣の裾と静かに進む白足袋が見えた。

衣擦れの音とともに着座し、低くやわらかな声が言った。

「お手を上げてください」

十一は改めて名乗り、突然の訪問を詫びた。そして手を上げると、つぶし島田の髪形に、青鼠に古風な扇文を散らした芳太郎の母刀自《とじ》の和代《かずよ》が、才槌頭に広い額の下の目のぱっちりした十一の童顔が意外そうに、表情をやわらげた。

享保八年に切腹した内藤斎樹の奥方であった和代は、内藤家当主の芳太郎の母刀自

ながら、まだ五十歳前の落ち着いた女らしさを感じさせた。

十一はふと、四十八歳で自分を産んだ母親の秀を思い出した。

「大岡越前守さまの書付を、拝見いたしました。古風さまはまだ、お若いのですね。それで寺社奉行の大岡さまの寺社役助とは、どのようなお役目なのでございますか」

和代は書付の折封を膝の傍らにおいて訊ねた。

「はい。寺社にかかわる諸事情に限らず、大岡さまのお指図があれば、どのようなことでも調べます。本日、大岡さまより申しつかりおうかがいいたした役目は、十五年前のある事件にかかり合いのある方についての、再調べでございます。事件は享保八年の春、汐留橋において愛宕下の旗本倉橋家の三男弥八郎さまが刃傷の末に落命なされ、刃傷に及んだお相手は……」

「お待ちを」

言いかけた十一を、和代が白い手を差し出して制した。そして、

「菅谷《すがや》、古風さまと先代の存命のころの古い話になります。こちらはよいので、そなたは退《さが》っていなさい。それから、清一《せいいち》がまだ泣いています。気になります。奥方さまに様子をうかがってきなさい」

と、次の間の間仕切ごしに声をかけた。

「承知いたしました」

次の間に控えていた若侍の返事があって、座を立って行く気配が間仕切ごしにかえってきた。赤子の小さな泣き声が、まだ聞こえていた。

次の間の足音が消えると、和代は低くやわらかな声で訊いた。

「享保八年の、汐留橋の事件の再調べと申しますと、わが内藤家の先代の斎樹がまだ存命だったころの、すでに落着した事柄について、なのでございますね」

「さようです」

「あれはあのときにもう終って、人も世も変わっておりますのに、なぜなのでございますか。大岡さまは只今、寺社奉行さまにお就きでございますね。寺社奉行さまが寺社の事柄ではないかつて町家で起こった一件の、それも武家同士の刃傷沙汰の再調べとは、少々合点が参りません。しかも、失礼を申しますが、あの当時の事情を何もご存じないお若い古風さまが、なぜなのでございますか」

「ご懸念はごもっともです。大岡さまは当時、南町の御奉行さまに就いておられ、汐留橋の事件は今でもよく覚えておられます。申されたように、享保八年の汐留橋の事件は、倉橋弥八郎さまを斬った、と嫌疑のかかった内藤斎樹さまが急な病により身罷《みまか》られ、落着したのではなく、両名にいかなる意趣遺恨があったとしても、もうそれ以上は詮索せぬと、倉橋家と内藤家が納得し終ったと申せば申せると、わたくしはそのように聞いております。しかし、汐留橋の事件から十五年がたった一昨日、四月二十一日の評定の折り、このたびは寺社奉行として出座なされた大岡さまが、評定所の審理を受けるある旅の絵師に不可解な疑念を抱かれました。わたくしは、大岡さまが旅の絵師に抱かれたその疑念を解くため、先代の内藤斎樹さまと旅の絵師とのかかり合いを明らかにする役目を申しつかりました。ただし、評定所の審理はすでに終わっており、明後日の二十五日にはお裁きが下されますので、それまでに……」

和代のやわらいだ表情が急に消えて、強張《こわば》ったかに見えた。だが、和代は言葉つきを抑え、十一との間の畳に目を落として言った。

「それは、寺社役のお役目とは思えませんが」

「今ひとつ、申しておきます。この役目はわたくしひとりで務めているのではありません。当時の事情を知る年配の相役がおります。ただし、大岡さまのご指示により、明後日のお裁きが下される期限までに調べを果たさなければならず、相役とわたくしの二手に分かれて調べを急いでいます。申された通り、季《とき》がすぎ去り人も世も変わりました。わたくしはわが役目を果たし、ありのままを大岡さまにご報告いたします。ご判断なさるのは当時を知る大岡さまです」

和代は庭へ目を遣った。うす曇りの白い空の彼方を、いく羽もの鳥影がしきりにかすめて行く。遠くのかすかな鳥の声が、まだ午前の静かな刻限を乱していた。屋敷のどこかの、赤子の泣き声は止んでいた。

「そうなのですか。ではそのお役目を、果たさねばなりませんね」

庭へ目を遣ったまま、和代は物憂げに言った。

「享保八年の春の夜ふけ、内藤斎樹さまと倉橋弥八郎さまが汐留橋において刃傷に及ばれた事情をお訊ねいたします」

十一は切り出した。

和代が庭へ遣っていた目を戻した。

「古風さまが、すでに仰いましたよ。倉橋弥八郎どのを斬ったと嫌疑のかかった内藤斎樹が病により身罷り、両者にいかなる意趣遺恨があったとしても、それ以上は詮索せぬと倉橋家と内藤家が納得し終った。そのように申せば申せると。両家が交わした約束ですから、そのお話はいたしかねます」

「汐留川に架かる土橋北の八官町に、十五年前はまだ比丘尼らの集まる中宿がありました。その中に大鶴小鶴と呼ばれていた母娘の比丘尼がおり、比丘尼商売を母親の大鶴が務め、娘の小鶴が小比丘尼となって客引きをしていたそうです。ところが、小鶴に不運があって亡くなり、母親の大鶴はひどく悲しんだようですが、と言って、比丘尼商売以外に生きる方便を知らず、小鶴亡きあとも、大鶴はひとり比丘尼商売を八官町の裏店で続けておりました」

「哀れな……」

和代は呟《つぶや》きをもらした。

「汐留橋で倉橋弥八郎さまが斬られた夜ふけ四ツごろ、汐留橋のほうから駆けてくる内藤斎樹さまを、木挽町七丁目の火の番が見ておりました。しかも内藤斎樹さまは肩口に斬り合いの疵を負った様子だったため、倉橋弥八郎さま斬殺の疑いがかかったのです。事件を調べた町方が、内藤家に当夜の内藤斎樹さまの所業を糺《ただ》したところ、内藤斎樹さまは当夜は八官町の大鶴の店へ出かけており、大鶴の店を出たのは汐留橋の事件があった半刻余のちの四ツ半すぎにて、倉橋弥八郎さま斬殺は身に覚えがない、とのご返答でした。実際、それに違いないと大鶴も町方に裏づけ、肩口の疵もその二日前、大鶴の店でほかの客とのもめ事の末に負ったとの返答を、それも大鶴が裏づけました。和代さまは、内藤家のその返答をご承知だったのですか」

「わたくしは斎樹の妻ですから、夫の命ずるままに従いました。申しあげられるのはそれだけです」

「内藤斎樹さまは当夜、肩口に疵を負われました。その疵の手当は和代さまがなされたのですか」

「わたくしは疵の手当をしておりません。たぶん、夫が自分でしたのだと思います。自分で疵口を洗い、晒《さらし》を巻いて。何事も自分でするとても器用な人でした。ですからわたくしは、夫の疵すら見ておりません」

「小普請支配が町方に代わって、内藤斎樹さまに当夜の所業の聞き取りを行ったはずです。それについても、何もお聞きになっていないのですか」

「夫からは何も聞いておりません。支配役のお呼び出しを受け、役宅に向かい、半日ほどで戻って参り、そのあとは普段通りに」

「内藤斎樹さまが倉橋弥八郎さまを斬ったと、知ったのはいつなのですか」

「当日の真夜中、屋敷に戻ってきてからです。そうしなければならなかったと、夫は申しました」

「なぜそうしなければならなかったのか、わけをお訊ねになられたのでは」

「訊ねました。妻ですから」

「内藤斎樹さまが倉橋弥八郎さまを、斬らねばならなかったわけは……」

「古風さま、もう一度申します。内藤斎樹は病により身罷りました。倉橋家はならばいたし方なし、これ以後は内藤斎樹と倉橋弥八郎さまの意趣遺恨を詮索せぬと、引き退りました。両家が交わした約束なのです。そのわけは、お話しいたしかねます」

和代は、物静かな居ずまいをくずさず言った。

十一はあしらわれているような気がして、もどかしさを抑えかねた。

すると、和代が訊ねた。

「大岡さまが評定の場で不可解な疑念を抱かれた、その旅の絵師は名の知られた方なのですか」

「土田半左衛門と申される、江戸生まれのご浪人です。享保八年の汐留橋の事件があった同じ春のころ、物騒なやくざ相手のもめ事に巻きこまれ、江戸から姿を消されたそうです。元々絵心があったらしく、旅先で絵を描き、それを求める方に売り払って路銀に替え、諸国を放浪しておられたのです。和代さまはもしかして、土田半左衛門の名をご存じですか」

「いいえ、存じません。でも、土田半左衛門さんはどのような罪を犯して捕えられたのですか」

「関所を通る往来手形が、偽物だったのです。放浪の旅に出て十五年、往来手形が偽物とは見破られなかったのですが、武州栗橋の関所でたまたま発覚したのです」

「手形が偽物ですと、どのような処罰を受けるのでしょう」

「関所破りは磔です。栗橋に戻され、そのように」

「絵を描いて、旅をしていただけなのに……」

和代のつぶやきが聞こえた。

十一は暇《いとま》をするときだと思った。

しかし、和代はなおも訊ねた。

「大岡さまは土田半左衛門さんに、どのような疑念を抱かれたのでございますか」

「わたくしが今ここで、それを申すことはできません。お裁きが下されたあとなら、お知らせはできますが」

和代はわずかに眉をひそめ、膝においた自分の手元を見つめた。

そのとき、次の間に足音がして、若党の声が間仕切ごしに聞こえた。

「ご母堂さま、昼の支度が調《ととの》っております。いかがなされますか」

「わかりました。古風さんの膳も調っておりますか」

あっ、と十一は思わず声を出したが、若党の声がすぐにかえった。

「お申しつけ通りに」

「古風さま、昼の膳と申しましても、蕎麦に簡単な物を添えただけです。折角わが家にお見えなのですから、どうぞ召しあがって行ってください」

「このような刻限に、ぶしつけなことをいたしました。わたくしはこれにて……」

「いいではありませんか。わが家は蕎麦が多いのです。蕎麦の日は、わたくしが朝から打ちます。じつは、蕎麦の打ち方は夫の斎樹に教わりました。申しましたように、斎樹は何事にも器用な人でした。倅の芳太郎は、子供のときから父親の打つ蕎麦が好きでしてね。父親が亡くなってからは、わたくしが夫に教わった通りに蕎麦を打ち、芳太郎に食べさせました。わたくしも今はそれが自慢なのです。今日は蕎麦を打ってよかった。ですから古風さん、どうぞ、遠慮なさらずに」

「は、はい。それでは遠慮なく、いただきます」

　十一は言った。そして何げなく、

「それでは、何事も器用な内藤斎樹さまは、絵もお上手だったのでしょうね」

と、言い添えた。

だが、和代は頰笑んだまま何も言いかえさなかった。

三

昼八ツすぎ、三十間堀に湿り気をおびた川風が吹き始めていた。

小千鳥が川端の水草の間で鳴き、川面を滑るように飛翔した数羽の白鷺が、くわぁ、くわぁ、と鳴き声を川筋に響かせ、土手蔵の瓦屋根の彼方へと飛び去って行った。

高曇りの白い空が昼をすぎて次第に厚みを増し、今は少し低くなっていた。

三十間堀にたつ小さな波にゆれている古い茶船に乗りこむとき、金五郎が川端の歩みの板を踏みながら菅笠を持ち上げ空を仰ぎつつ、十一の背中に言った。

「今日一日、このままはっきりしねえ天気が続くかと思いましたが、少し雲が低くなってきました。夕方は雨になるかも知れませんね」

「風も少し出てきました。野山ではこういうとき、よく雨に遭います」

深編笠をかぶらず脇に抱えた才槌頭の十一も、一面の曇り空を仰ぎ見た。

先に茶船に乗った頰かむりの浜吉は、水押《みよし》と表船梁《ふなばり》の間の板子で棹を手にし、船寄せの杭《くい》の艫綱《ともづな》を解いている民次に、ひと声投げた。

「おやじ、手伝うぜ」

「そうかい。じゃあ、あっしがよしと声をかけたら、思いっきり岸を突いて船を出してくれるかい」

艫綱を解いた民次は、艫の板子に乗りこみ、櫓床《ろどこ》のまりぐちに櫓を掛けた。

十一は胴船梁の前の板子に敷いた茣蓙《ござ》に端座し、十一の左手の小縁を背にした金五郎は片膝を立てた恰好で、二人は人通りの多い木挽橋のほうを見守っていた。

棹をもって舳《へさき》の板子に立った浜吉の、尻端折りの裾から下の蟹股《がにまた》が、小波にゆれる茶船に合わせて枯れ枝のようにゆれている。

「よし。浜吉さん、出してくれ」

艫の民次が舳の浜吉に呼びかけた。

「よしきた。せえい」

浜吉は枯れ枝のような蟹股を震わせて、棹を懸命に突いた。

ゆっくりと、よろよろと、茶船を川中へ押し出して行く。

「おらおら、もっと力を入れて突かねえか」

民次が喚《わめ》き、船が川中へ出るまで櫓をとって待っている。

木挽町五丁目の民次の酒亭で落ち合った十一と金五郎、浜吉の三人は、二手に分かれたその刻限までの双方の訊きこみを突き合わせ、次に享保十一年、八官町より姿を消した比丘尼の大鶴が、新大橋東の御舟蔵前町で比丘尼商売を続けているらしいと、酒亭の民次に聞いた噂を頼りに、大鶴の行方を追う手筈《てはず》だった。

生きていれば、元文三年の今年は五十代半ばすぎになっているはずの大鶴は、十五年前の、内藤斎樹、倉橋弥八郎、そして土田庫之助の倅半左衛門の、三人のかかり合いを知っているのに違いなかった。

十一が木挽町五丁目の民次の酒亭に行くと、酒亭には金五郎と浜吉が十一を待っていた。金五郎はいきなり、十一に急くような口調で言った。

「十一さま、昼飯がもう済んでるなら、すぐに御舟蔵前町へ大鶴を捜しに行きましょう。大鶴の話を聞かなきゃあ、嘘か真か、ちょいと筋の通らねえ妙な事情が聞けました。亭主の民次さんが、店のほうは大丈夫だからと、新大橋の深川の河岸場まで船を出してくれるそうです。今日の訊きこみの突き合わせは、途中の船で……」

これでもうちは船宿仲間の船宿なんだと、民次が冗談とも本気ともつかぬ口ぶりで言う古い茶船は、やがて、民次の漕ぐ櫓が櫓床に軋り始め、湿り気を帯びた川風に吹かれつつ、川面に波をたてた。

木挽橋をくぐると、舳の浜吉は棹を寝かせ、板子へ片膝立ちにしゃがみ、水押の先を見つめた。

「あっしは頭がまだ少々こんぐらかっていますんで、まずは十一さまから、倉橋家と内藤家の訊きこみでわかったことをお聞かせ願います」

珍しく、金五郎が十一を先に促した。

「はい。ではわたしが……」

十一は、金五郎に、倉橋家では主人浩右衛門の相談役瀬名弁之助に、内藤家では芳太郎の母刀自の和代に訊いたが、享保八年の倉橋弥八郎と内藤斎樹の事件及び、両名と土田半左衛門とのかかり合い、また土田半左衛門が何者なのかや、その身辺などはやはり何もわからなかったと、話して聞かせた。

すると意外にも、金五郎が十一を物思わしげに見つめて言った。

「十一さま、もしかすると、それでいいのかもしれませんよ」

「どういうことですか。金五郎さん」

茶船は三十間堀の真福寺橋《しんぷくじばし》をくぐり、八丁堀を鉄砲洲稲荷の稲荷橋へととって稲荷橋をすぎ、そのまま本湊町沖の海へ出るのではなく、水押を北側へ転じて霊岸橋川に漕ぎ入り、高橋《たかばし》をくぐっていた。

金五郎は言った。

「まず申しますと、霊岸島町の新川で人寄せ稼業の請人だった満次郎は、もう亡くなっておりました。十五年前の築地の大富町に妾《めかけ》を囲っていたころでも、六十をすぎておりましたんで、亡くなって何年もたち、当時の人も変わって、満次郎を覚えている者を捜すのに少々苦労しました。満次郎の人寄せ稼業を継いだ倅がいたようですが、十年ばかり前、箱崎《はこざき》の博奕渡世のやくざともめ事があって刺されましてね。その疵がもとで命を落とし、それから満次郎はめっきり弱ってしまい、二年もたたずに亡くなったんだそうです。新川の人足らの人寄せも今は別の請人がおり、その親分は満次郎の名は聞いていても、顔見知りでもありません。けれど、満次郎が使っていた喜八郎《きはちろう》という手下が、瀬戸物町《せとものちょう》の堀留河岸にいるとどうにか聞け、堀留河岸の喜八郎さんに会い、十五年前の享保八年、満次郎が大富町に囲っていた妾に手を出し、それがばれて満次郎に命を狙われ、江戸を逃げ出した土田半左衛門という浪人者を、ご存じではありませんかと訊ねました」

茶船は亀島橋《かめしまばし》をくぐって、左岸には亀島町河岸通りの問屋の土手蔵や町家がつらなり、右手は霊岸島町の土手道と蘆荻《ろてき》の蔽《おお》う川原が、はるか先の霊岸橋のほうまで続いている川筋を漕ぎ進んでいた。

「ところが喜八郎さんは、あのころ自分はまだ満次郎親分の手下の中では新参者の三下で、満次郎は確かに怒ると本途に恐ろしかったが、滅法《めつぽう》酒好きで、酒を呑んで案外に陽気に騒ぐ親分だったという覚えは、今もあるそうです。ただ、大富町に親分が妾奉公の女を囲っているのは知っていたけれど、妾に手を出したのがばれて、土田半左衛門と満次郎親分の手下らが、真福寺橋で斬り合いになったことはまったく知らないし、そもそも土田半左衛門という浪人者が、どこの誰かもわからない。喜八郎さんが言うには、真福寺橋の斬り合いが、親分の妾に手を出した土田半左衛門に焼を入れるためだったら、自分ら血の気の多い若い者らが、真っ先に長どすを手に行かされるはずだと。自分ら三下に知らせず、年上の兄さん方だけに行かせるなんてことはあり得ねえ。それに、人寄せ稼業は柄の悪い者らばかりが集まったやくざ稼業で、確かにごたごたやもめ事は初中終《しよつちゆう》だが、そのたびに長どすをふり廻して喧嘩騒ぎを起こしていたら、町奉行所に目をつけられ、請人稼業なんてすぐに差し止めになっちまう。隙があれば河岸場の人寄せ稼業をとって代わる請人は、いくらでもいますからとも言っておりました」

「真福寺橋の土田半左衛門と満次郎の手下らの、享保八年の斬り合いはなかった。そうなのですか」

十一が問いかけ、ふうむ、と金五郎はうなった。

「あっしもそのときは、これは一体どういうことなんだと思いました。ですが、おいぼれのこんなあっしの頭にも、こつんと、そういうことじゃねえのかと、思い当たる節がありましてね。若い十一さまは、もうとっくに気づいていらっしゃったのかも知れませんが、あっしらは土田半左衛門の影を追っているんじゃねえかと、思えてきたんです。もしそうなら、影は影にすぎませんから、その影が誰かってことで、もしかしたら土田半左衛門は……」

「金五郎さん、評定所のお裁きを待つ土田半左衛門は、間違いなく小伝馬町の牢屋敷におります。わたしたちは昨日今日と、内藤斎樹と倉橋弥八郎の両名が汐留橋で斬り合った事件と、土田半左衛門とのかかり合いを探ってきました。内藤斎樹と倉橋弥八郎は、十五年前の享保八年に亡くなっています。では、牢屋敷の土田半左衛門は誰の影だと、金五郎さんは思われますか。土田庫之助の倅の半左衛門ではないのですか」

「それでですね、喜八郎さんがある人物を教えてくれたんです。満次郎親分が亡くなり手下らは散りぢりになって、みな行方は知れません。ただひとり、年はもう六十代半ばの十五年前は手下らの頭だった五呂助《ごろすけ》という爺さんが、船松町《ふなまつちょう》で佃島の渡しの船人足をしているそうで、五呂助さんなら満次郎親分のそこら辺の事情は詳しいはずだと言うんですよ。すると偶然なんですが、佃島の渡しの五呂助さんと浜吉さんが知り合いだったんです。浜吉さん、五呂助さんから聞いたさっきの話を、十一さまにお聞かせしてくれるかい」

「よしきた。おやじ、仕事の話があるから、船は任せたぜ」

舳の浜吉が、艫の民次に声を投げた。

「ああ、任せろ。もう箱崎だ。すぐ大川に出るぜ」

と、櫓を漕ぎながら民次が言った。

浜吉は表船梁を跨《また》いで、両膝を板子に敷いた莫蓙について畏まった。

「へい。じつは五呂助爺さんはあっしの顔見知りって言いやすか、たまたま、船松町の煮売屋で言葉を交わす間柄になりやしてね。五呂助さんはあっしより七つばかし年上の爺さんで、人寄せ稼業の人足らに睨みを利かしていた若えころとは大違いの船人足稼業で、こっちも五十をすぎて仕事がなくなったも同然の読売屋、というのがなんとなく気が合ったんですかね。顔を合わせたら、まあ一杯やるかいと誘うぐらいの呑み仲間でやす。この前呑んだのは、去年の秋ごろでやした。このごろは、船人足の爺さんに奢ってもらってばっかりなんで、心苦しかったんでやすが」

「いいから、五呂助さんに聞いた土田半左衛門のことをさ」

金五郎が浜吉を促した。

「おっと、そうだった。というわけで、金五郎さんとあっしは堀留河岸から船松町へ行き、渡し場の休み茶屋で、五呂助爺さんに土田半左衛門を知ってるかいと訊ねやした。するってえと、禿《は》げ頭にねじり鉢巻きの老いぼれ爺さんでも、禿げ頭の中身はまだ案外にしっかりしておりやしてね。煙管《きせる》を吹かしながらちょいと首をかしげ、吸い殻をぽんと土間に落とすと、知らねえな、とあっさり言いやした。で、五呂助爺さんが霊岸島の満次郎さんの下で人寄せ稼業に就いてたころ、土田半左衛門が満次郎さんの囲っていた大富町の妾に手を出し、それがばれて、五呂助さんら満次郎さんの手下が土田半左衛門に焼を入れるため、三十間堀の真福寺橋で土田半左衛門と斬り合いになったんじゃあなかったのかい、十五年前の享保八年の春のことなんだがねと念押ししやした。けど、そんな覚えはねえ。満次郎親分の下で三十年以上も河岸場人足の人寄せ稼業を務め、もめ事やごたごたは初中終だったが、どすを抜いて斬った張ったの喧嘩騒ぎは一度もねえ。でやすから、土田半左衛門も知らねえと、五呂助爺さんは笑って言っておりやした」

しかし、浜吉は身を乗り出して続けた。

「ですがね。そのあとで、けど土田庫之助という木挽町七丁目の友三郎店で、隠売女を抱えていた浪人者なら知ってるぜと、言ったんでやす。で、あっしは五呂助爺さんに、その庫之助の倅が半左衛門なんだ、知らねえかいと質しやした。すると、爺さんは、そこの隠売女の中に馴染みがいて、その馴染みに倅のことを聞いた覚えがあるそうでやす。抱主の庫之助は、元は会津のお侍の家の生まれだとか、父親が禄を失い、十七歳のときに奉公先を求めて江戸へ出てきたとかの身の上話の中で、茶汲女が産んだ可吉と名づけた倅を、茶汲女と別れたあとも男手ひとつで育てていたのが、可吉が五、六歳のころ、流行病で亡くしたらしいよと、馴染みが言ったそうでやす」

「土田半左衛門の幼名は可吉です。庫之助は倅の可吉を、五歳か六歳で亡くしていたのですか」

十一が繰りかえすと、金五郎が言った。

「ということは、十一さま、牢屋敷にいる土田半左衛門は、土田庫之助の倅じゃありません。それはもう間違いねえ」

「なら、牢屋敷にいる土田半左衛門は……」

「さっき、じゃあ土田半左衛門は誰だと十一さまは言われましたが、十一さまは誰だと思われますか」

金五郎に問われ、十一の脳裡に不審が渦を巻いた。

十一は言った。

「わたしは大岡さまに、それを調べよと御指図を受けました。それを調べ、大岡さまにご報告いたします」

「わかりました。あっしも最後まで、十一さまの御用聞を務めます」

「へ、へい。あっしも、お役にたてるよう、なんでも言いつけてくだせえ」

金五郎と浜吉が言った。

茶船は箱崎をすぎ、永久橋をくぐった。

中州の先の大川に新大橋の橋脚が、対岸の深川まで木組みの文様のようにつらなり、大川を漕ぎ上る荷船が何艘も見えた。うす墨色の深川の空には、黒い小さな鳥影が舞い、三ツ又の中州の藪でも、いそしぎが、ちいりいりい、と鳴いていた。

四

やはり、夕方から細かい雨になった。

虎之御門を出た小納戸頭取倉橋浩右衛門の網代黒漆駕籠《あじろくろうるし》が、その小雨の中、供侍《ともざむらい》三名に紺看板に梵天帯の中間二名を従え、愛宕下広小路の南方、青松寺門前の倉橋邸へ戻ったのは夕七ツすぎであった。

「旦那さまのお戻りぃ」

供侍の声とともに、奉公人らが当主浩右衛門の帰宅を出迎え、駕籠から式台に出た浩右衛門は、まだ四十前にしてはぼってりと肥満した体軀をゆすって、いつもの不機嫌面で玄関の間に上がった。

「旦那さま、お戻りなされませ」

浩右衛門より四つ年下の、用人と相談役を兼ねた黒羽織の瀬名弁之助が、恭しく手をついて言った。

「ふむ。変わったことはないか」

浩右衛門は若党に佩刀《はいとう》を預けながら、弁之助の頭の上から、ぼそりとした口調でかた通りに問うた。

「大旨つつがなく、とりたててご報告いたす変事はございません。ただひとつ、本日午前、旦那さまのご登城ののち、寺社奉行大岡忠相さま配下の寺社役助と申す者が訪ねて参り、ご隠居さまに取次を申し入れました」

かた通りのつもりだった浩右衛門は、かた通りを乱されたのが不快そうに眉間にしわを寄せ、

「うん、父上にだと？　寺社奉行大岡忠相配下の寺社役助が、何ゆえ父上になのだ」

と、聞きかえした。

「いかにもでございます。供も連れずただひとりのうえ、年も若く、胡乱《うろん》な野廻りのような風体でございました。初めは門前払いにいたすべきかと思われましたが、寺社奉行大岡忠相さまの寺社役助の書付を所持しており、御用の者の用件を確かめぬまま追いかえして、のちのち当家の障りになってはと考慮いたし、旦那さまのお許しがなければご隠居さまにであってもお取次はいたしかねる、相談役のわたくしでよければ御用の向きをうかがい、旦那さまが下城なされたのちにお伝えいたすがと申しました。そうしますと、その者はそれでもよいと申しましたので、玄関前の立ち話でそのようにいたしました」

「立ち話でか。その者の名は」

「古風十一と申す、若い侍でございました。ただ、両刀ではなく、裁っ着けに小さ刀一本を帯びた軽装でございました」

「なんだその者は。まことの侍かどうかも怪しいな。ただの騙《かた》りかも知れん。大体、大岡忠相は、一昨年、元文御吹替の失政で南町奉行を解かれたのに、いかなる手だてを使ったか、旗本の身で大名衆が就く寺社奉行にもぐりこんだ、抜け目のない老いぼれだ。能力もないくせに寺社奉行職を笠に着て幕政に要《い》らざる口出しをして、評定所一座の顰蹙《ひんしゅく》を買っておると聞こえておる」

浩右衛門は、考えるときにやる癖で格天井へ向けた不機嫌面を、弁之助へ戻した。

「で、どんな用件だったのだ」

「はい。それがでございます。ここでははばかりますゆえ……」

弁之助は玄関の間から玄関前へ、それとなく目配せした。

玄関の間には佩刀を預かった若党が控え、玄関前の敷石には侍衆や中間や出迎えの奉公人らが、主人が奥へ入るまで紫陽花の灌木《かんぼく》と同じく、小雨に打たれていた。

四半刻後、裃を平服の小袖に着替えた浩右衛門と弁之助は、まだ明るみは残しているものの、夾竹桃《きょうちくとう》の枝葉を雨が静かに鳴らし、火の入った石灯籠《いしどうろう》が雨に濡れる庭に面した居室に対座し、互いに前かがみになってひそひそ話を交していた。

声をひそめて話すのは弁之助だった。浩右衛門は、不快そうに眉をひそめた顔を庭のほうへむけ、ふむ、ふむ、と頷くばかりである。

黒塗組子の腰付障子を一枚だけ引き開け、黄昏どきの湿り気を帯びた雨の庭の涼気が、板縁ごしに流れてきた。やがて、

「古風十一の用件はそれのみにて、わが倉橋家の次に、軽子橋の内藤家にもうかがうと申しておりました」

と、弁之助が言った。

浩右衛門は、喉を絞ったようなうめき声をもらした。

「それで父上に取次をか。何ゆえだ。十五年も前に落着した一件だぞ。大岡は疾《と》うに終った顚末《てんまつ》を、今さらほじくりかえして何を調べておる。解せんな」

「すなわち大岡さまは、弥八郎さまと内藤斎樹が汐留橋で斬り合いになった意趣遺恨と、江戸生まれ江戸育ちの土田半左衛門が、江戸を出て旅の絵師になった事情に、なんらかの因縁があるらしいと疑っておるのでございます。もしかして大岡さまは、弥八郎さまと内藤斎樹の意趣遺恨を、わが倉橋家が隠しているのではと、古風に探らせておるのかもしれません」

「それしきの若蔵が、天下の旗本に無礼だな」

「ともかく、侍が自ら腹を切って相果て、罪を償った。よって、それ以上の詮索をせず追及の矛を収めるのが侍の情け。いかなる意趣遺恨があってか、わが倉橋家はまったく与り知らぬ。侍とはそういうものなのだと言うておきました」

「それで若蔵は納得したのか」

弁之助は切れ長な鋭い目を伏せ、浩右衛門からそらした。

「納得したふうには、見えませんでした。言葉つきやふる舞いは穏やかでしたが、執念深そうな若蔵でございました」

「その牢屋敷にて、評定所のお裁きを待つ土田半左衛門なる浪人者とは何者だ。切腹して果てた内藤斎樹と、なんらかのかかり合いを疑わせるある事態が持ち上がったとはなんのことだ。江戸生まれの江戸育ちで、汐留橋の事件があった同じ春、江戸を出て旅の絵師になった浪人者だと……」

浩右衛門は首をひねり、束の間をおいて言った。

「弁之助、そのほうは弥八郎と同い年で、築地の多沼兵庫之助の道場に通っていた道場仲間だったな」

「はい。十三の歳から、弥八郎さまとともに稽古《けいこ》に励みました」

「だが、おぬしらは弥八郎の道場仲間であったが、築地界隈の芝居町や芝《しば》の神明町《しんめいちょう》あたりで遊蕩しておった弥八郎の、不良仲間でもあっただろう」

「いや、わたくしは貧しい浪人者の倅です。倉橋家の御曹子の弥八郎さまとともに、築地界隈や神明町などで遊蕩するというわけには……」

「今さら何を言う。おぬしら貧乏侍の倅らが、弥八郎の小遣《こづかい》をあてに遊蕩しておったのは存じておる」

「そ、そういうわけでは決して。金銭を借りたことはございますが」

「かまわん。気にするな。おぬしがいかなる家柄の生まれであれ、あのできの悪い弥八郎の不良仲間の中で、最も有能な若侍だった。弥八郎が軽子橋の内藤斎樹に斬られたと聞きつけ、何人かの道場仲間らとともにわが屋敷に駆けつけ、倉橋家の一族とともに弥八郎の仇を晴らすと気勢を上げていたのは頼もしかった。わたしは、有能で若いおぬしを見こんで、わが家臣にとりたてたのだ。それはよい。でだ、おぬしら若侍が弥八郎の仲間だった享保八年以前のあの当時、土田半左衛門と弥八郎のかかり合いに、何か思いあたる節はないか。かかり合いがなかったとしても、土田半左衛門がどこの誰か、あるいはどこそこで見かけた、名前を聞いた覚えがあるとか、どんなことでもよいが、心当たりはないか」

弁之助は切れ長なひと重の眼差しを、しばし、浩右衛門との間の宙に泳がせ、

「申しわけございません。土田半左衛門に心当たりはございません。のみならず、弥八郎さまが土田半左衛門の名を口にされた覚えもございません」

と、殊勝な素ぶりを見せて言った。

「土田半左衛門は、江戸を出て旅の絵師になった。十五年の旅暮らしが、武州栗橋の関所を偽の関所手形を使って通り、それが発覚して捕えられ江戸送りとなった。只今は牢屋敷にて評定所のお裁きを待つ身なのだな」

「さようです。土田半左衛門が江戸を出て旅の絵師になった事情と、弥八郎さまと内藤斎樹が汐留橋で斬り合いになった意趣遺恨に因縁があるらしく、大岡さまが何をよりどころに疑っておられるのか、評定所のお裁きが下され一件が落着したのち、お望みならばお知らせに上がります、と古風は申しておりました」

「一件が落着したなら、そんなものはどうでもよいわ」

浩右衛門は、庭のほうへ目を遣ったまま、垂れかけた頰をむっちりとした指の掌でしきりに擦った。

庭に残っていた黄昏どきの、わずかな空の青みもいつしか消え果て、夜の帳《とばり》が小雨の降る庭を閉じこめ、ただ石灯籠の小さな火が宵闇の寂しさをかきたてた。

やがて、浩右衛門がぼそりと言った。

「浪人者の土田半左衛門は、絵師なのだな」

「はい。旅先で輿に乗るままに、あるいは求められるままに絵を描き、それを売り払って路銀に替え、諸国を放浪していたと思われます」

「旅先の話ではない。江戸生まれの江戸育ちならば、江戸での暮らしは画業を生業にしていたのではないか。弁之助、土田半左衛門の歳はいくつだ」

「確か、五十四歳と古風が申しておりました」

「元文三年の今年が五十四歳なら、十五年前の享保八年は三十九歳だな。弥八郎と弁之助は、同い年の二十一歳だった。弥八郎は手に負えん弟だった。父上が弥八郎を甘やかした。盛り場で毎夜放蕩し、乱暴狼藉を働き、賭場でうつつを抜かしておったのを、わたしもまずいと思いつつ、父上が好きにさせておくのだからと放っておいた。それが、わが一門の存続すら危うくしかねぬ事態を招いた。気づいたときは何もかもが手遅れだった。考えようによれば、弥八郎が内藤斎樹に斬られ、わが倉橋家は弥八郎の重荷から解き放たれたのだ。内藤斎樹も腹を切った。手打ちにし、何もかもが済んだこと、終ったことにするしかなかった。弁之助、わたしがおぬしを相談役にとりたてたのは、おぬしが弥八郎の仲間の中でもっとも優れた若侍だったこともある。だが何よりも、弥八郎におぬしほどの器量があれば、兄弟で当主と相談役を分け合い一門を守りたてていけたと、おぬしを弟のように思うからだ」

「畏れ入ります。弥八郎さまの一件があったのち、倉橋家郎党に加えていただきました。旦那さまが小納戸頭取に昇任なされ、ありがたくも相談役にとりたてていただきましたのは、八年後の享保十六年、二十九歳の春でございました。こののちも、わが身命を賭してお仕えいたします」

「わが一門は安泰だ。こののちもな。大岡め。十五年も前に済んだこと、終ったことを蒸しかえす気か。弥八郎の亡霊が甦《よみがえ》ってきたような気分だ。不愉快な男だ」

そのとき、

「あ、そう言えば……」

と、弁之助が言った。切れ長な目を曇らせ、首をかしげた。

「なんだ」

「画業を生業にする絵師ではありません。ただ、絵を描いていた者がおりました」

「誰だ。弥八郎とかかり合いのあった者か」

「軽子橋の内藤斎樹でございます」

浩右衛門は押し黙った。

「人伝に聞いたのみにて、確かめてはおりません。一件がすべて落着し、内藤斎樹は病死ではなく、内藤家の存続のために切腹して果てたと噂がささやかれていたころでございました。内藤斎樹は武芸より画業をよくする好事家《こうずか》であった。だが、最期は絵師ではなく武士らしくふる舞った、という噂を聞いた覚えがございます。画業など埒もないと思ったばかりにて、わたくしは気にかけませんでした」

するると、浩右衛門が言った。

「内藤斎樹に絵師仲間、あるいは画業の師匠はいたのか」

「さあ、それは……ですが、鍛冶橋の狩野派に連なる門弟の絵師と、以前より親交があって画業の手ほどきを受け絵師の真似事を始めたと、噂にはそれらしい尾鰭《おひれ》がついておりました」

「鍛冶橋の狩野派は、幕府の奥絵師の家柄ではないか。まさかな。しかし気になる。弁之助、鍛冶橋の画業を生業にしておる絵師らの中に、内藤斎樹を存じておる者がおらぬか調べよ。もしいたら……」

浩右衛門はしきりに首をかしげた。

「もしいたら、内藤斎樹にまつわる何もかもを、洗い浚い訊き出せ」

「心得ました」

弁之助は答えた。

五

ぽつぽつと笠に音をたて始めた雨粒が、夕六ツをすでに半刻近くすぎたころには、地面や町家の板屋根をしっとりと濡らす、小雨ながら本降りになった。

夏の小雨でも、深編笠の十一と菅笠の金五郎、そして水玉の手拭を頬かむりの浜吉の三人が着けた紙合羽を、ぱらりぱらりと鳴らして雫《しずく》を垂らした。

三人の前を行くのは、夜目にも小葱色《こねぎいろ》が映える小袖に紅梅色の半幅帯を締めつけ、赤い鼻緒の足駄《あしだ》を素足に履《は》き、真っ白で艶やかな脹脛《ふくらはぎ》の膝下まで見えるほど、前身頃をぞんざいにつかんでたくし上げたお半《はん》である。

お半はやや下膨れに真っ赤な紅を注《さ》した唇をすぼめ、島田に結った黒髪へかけた浅《あさ》葱《ぎ》の手拭を吹き流しにかけていた。

お半よりやや前に、これは裸足で並びかけた短足がに股のがま吉《きち》が、大柄なお半の頭ひとつ下に、太い首と小さな頭の境目が定かではないが、白地に水玉の置手拭をおいているのでそこが頭だとわかる、着流しの千筋縞を下帯が見えるほどの尻端折りの恰好《かっこう》で、片手はお半に蛇の目を差しかけ、片手に提灯を提げて道を照らしていた。

民次の茶船が新大橋の深川の河岸場に着いたのは、午後の八ツ半すぎだった。

十一ら三人が向かった深川御舟蔵前町は、御舟蔵の一ツ目橋の通りを挟んだ東隣に、寛文《かんぶん》のころ町家になった土地である。

この町家の一隅に、《あたけ》と呼ばれている局見世ばかりの岡場所があった。

民次が聞いた話では、岡場所の安宅かどうかは不明ながら、享保十一年に八官町から消えた大鶴が、御舟蔵前町の裏店で御幣と牛王の看板を立て、小比丘尼に御舟蔵前の往来で客引きをさせ、比丘尼商売をやっていた。

そのころ大鶴はもう五十になるかそれに近い歳のはずで、その歳でまだ比丘尼商売をやっている噂話を聞いて、民次は因果だねと思った。

大鶴が五十になるかそれに近い歳なら、享保十七年前後のことと思われ、その話を聞いたころからも、すでに六年ほどの年月をへている。

大鶴がその御舟蔵前町の裏店で、比丘尼商売を働いていたことは噂通りだった。

しかし懸念は当たって、大鶴はもう三年前の享保の終りごろ、御舟蔵前町の裏店からいつの間にか姿を消していた。

「どこへ流れて行ったのやら、存じやせんね」

うす笑いを見せて言ったのは、安宅の局女郎を束ねる店頭だった。そこで、

「金五郎さん、深川のことはお半さんに訊けば、わかるかも知れません」

と十一が言い、金五郎が即座に応じた。

「あっしもそう思います。八名川町《やながわちょう》へ行ってみましょう」

深川北六間堀町に古くからある岡場所の防ぎ役の茂吉郎《もきちろう》が、卒中で急逝《きゅうせい》したのは十一年前の享保十二年だった。

その岡場所の防ぎ役のみならず、六間堀町と北六間堀町、西隣の八名川町の賭場の

貸元、すなわち、茂吉郎の縄張りを継いだのが、十一年前はまだ十九歳だった茂吉郎のひとり娘のお半である。

茂吉郎が急逝した当時、深川六間堀を挟んだ両岸の町家を縄張りにする貸元や親分衆らは、やくざ渡世に小娘の出る幕はねえ、何もわからねえお半が縄張りを継いだ気でいやがったら、鼻っ柱をへし折って恥をかかせてやるしかねえな、と茂吉郎の縄張りは好き勝手に取り放題と高をくくっていた。

ところが、茂吉郎の縄張りを継いだお半は、茂吉郎の代からの年寄りや頭らを、表向きには、縄張りの賭場の貸元や岡場所の防ぎ役にたて、自分は陰に隠れて手下らを操るという、十九の娘らしくないしたたかな手腕を見せたのだった。

そんな古参の手下らの中には、お半を見くびり余所《よそ》の親分と手を組んで、縄張りの乗っ取りを目論んだ者もいたが、お半は歯向かう者を容赦なく痛い目に遭わせた。

深川界隈のみならず、江戸からも姿を消し、行方知れずになった手下もいた。

お半が父親の茂吉郎から継いだのは、六間堀界隈の縄張りだけではなかった。

茂吉郎の代から手足となって働く命知らずの若い者らも受け継ぎ、その若い者らがお半のとり巻きになった。

お半がまだ童女だったころ、茂吉郎にお半の子守役を命じられた小僧だったがま吉は、お半のとり巻きの若い者らを束ねる頭だった。

命知らずの若い者らを率いたがま吉が、お半に歯向かう者らを次々に始末した。

お半は六間堀界隈の縄張りを固めると、手下の若い者らに縄張りを任せ、その一方で町方の御用聞を務め、女だてらにと言われながらも腕利きの岡っ引として頭角を現し、岡っ引仲間のみならず、南北町奉行所の町方の間にも、《六間堀のお半》の名が知られ始めて、もう六年がたっていた。

去年の元文二年、お半は外桜田の大岡邸を見張って、寺社奉行大岡越前守の日々の動向と、大岡邸に出入りする幕府高官、諸大名の家臣や旗本御家人、商人や町民らと大岡越前守との繋《つな》がりを探る密偵役を請けた。

「どうだ。やってみねえか」

と、北町の本所方《ほんじよかた》同心の加賀《かが》正九郎《しようくろう》と西川公也《にしかわきんや》に誘われ、本町一丁目の巨大両替商海保《かいほ》半兵衛《はんべえ》に雇われたのは、怪しげで不穏な、もしかすると身に危険が及ぶかも知れないその密偵役を指図しているのが、北町奉行の稲生正武だったからだ。

稲生正武は、幕府内でその辣腕《らつわん》を恐れられていた切れ者で、南町奉行大岡越前守の相役の北町奉行だった。

稲生正武は、元文元年の大岡越前守が中心になって推し進めた元文御吹替に抵抗した海保半兵衛始め巨大両替商らと手を結び、南町奉行から寺社奉行に転出した大岡越前守を、評定所一座とかいうお上の偉そうなお役目からの追い落としを狙っているらしいのは、お半にもわかっていた。

けれど、そんなことは構やしなかった。

「相手が白だろうと黒だろうと斑《まだら》だろうと、金の色に変わりはないからさ」

そもそもお半の狙いは、北町奉行稲生正武の職権と、両替商海保半兵衛の財力を後ろ盾に、六間堀を挟んだ南北六間堀町や南北森下町《もりしたちょう》どころか、竪川《たてかわ》から小名木川までの町家全部に縄張りを広げることだった。

もしも、お半のその狙いが少しつっかえているとすれば、外桜田の大岡邸に出入りする誰や彼やの中の、才槌頭の妙な若侍の古風十一が、ここのところ気になってならないことが原因だった。

「あ、お半さん……」

と、なんの屈託も見せず声をかけてくる十一の所為《せい》だった。

まったく何だろうね、あの子は、と思う自分をお半は少々持て余していた。

その十一が、天気のぐずつき始めた夕方、元読売屋の金五郎と浜吉を従え、八名川町のお半の店に現われた。

三年ばかり前まで、御舟蔵前町の路地奥で比丘尼商売で世渡りしていた大鶴の行方を尋ねて、お半が大岡越前守を探っている密偵と承知していながら、大岡越前守の御用にお半の手を借りにきたと、ぬけぬけと言うのだから呆れる。

「おっと、古風十一さま、お連れのみなさまもお珍しい。ほう、大鶴とかいう比丘尼をお捜しで……」

と、こっちはがま吉が気味の悪い笑顔を見せて愛想よく応対している。

けれど、大岡越前守の御用を務める十一に手を貸してやれば、こっちはこっちで大岡の肚《はら》の裡《うち》をわざわざ出かけなくとも探ることができるのだから、渡りに船じゃないか、と言えなくもなかった。

そこで、お半はがま吉に言った。

「御舟蔵前町で比丘尼商売の大鶴？　聞いた覚えがあるね。がま吉はどうだい」

「思い出しやした。そうそう、確か三年か四年前でやした。人に聞いた話でやすが、夕暮れになると年端も行かねえ小比丘尼が御舟蔵前町の往来で客引きをして、路地奥の葭簀《よしず》をたてかけ、御幣と牛王の幟《のぼり》やら看板を出した店で、どう見ても五十をすぎたころ合いの比丘尼が相手をして、酒を酌んで比丘簓《びんざさら》をかき鳴らし、唄うんだそうでやす。梅は匂いよ桜花、人はみめよりたゞ心、さして肴はなけれども、ひとつあがれよこの酒を、と枯れた声ながら、最後に、おかあん、と長く引いてね。ちょいとうっとりするような節廻しだったとか。その婆さんの比丘尼が大鶴だったんじゃねえかな」

「詳しいね、がま吉。それって、人に聞いた話じゃなくて、あんたが客だったんじゃないのかい」

「やめてくだせえ、姐さん。これでもあっしはまだ四十前なんですぜ。もうちょっと若えのがいい」

「若いのがいいのかい。なら仕方がないね。わかりました、古風さん。まったく当てがないわけじゃないんで、早速当たってみましょう。がま吉、以前、平三《へいぞう》が亥《い》の堀のほうで年寄りの比丘尼が客を引いてる話をしてたね。覚えているかい」

「しておりやした。覚えておりやす。ありゃあ、亥の堀の末廣町《すえひろちょう》でやした」

「すぐに末廣町へ人を遣って、その年寄りの比丘尼が大鶴かどうか確かめてきておくれ。たとえ大鶴じゃなくっても、大鶴の噂や行き先とか安否とか、ほかにも比丘尼がいるかどうかも聞けたら、聞いてきておくれ」

「承知しやした。古風さま、みなさん、飯でも食ってちょいとお待ち願いやす。ひとっ走り、行ってきやすんで」

夕六ツを半刻近くすぎ、小雨ながら本降りになったぬかるんだ道を、お半とがま吉が前を行き、十一、金五郎、浜吉の三人が続いている。

がま吉の提げた提灯の小さな明かりが、道の先の雨粒を映していた。

「せっかくですから、あっしも古風さんとご一緒して、大岡さまの御用の顚末を見届けさせていただきます。ようござんすね」

お半は言うと、十一の返事も待たず、浅葱の手拭を島田に吹き流し、着物の裾を膝下までたくし上げて足駄をつっかけ、真っ先に八名川町の店を出たのだった。

裸足のがま吉が提灯をゆらして追いかけ、蛇の目をお半に差しかけた。

小名木川北側のその道は、新大橋から東へ深川元町と御籾蔵《おもみぐら》の境を通り猿子橋《さるこばし》、常盤町《ときわちょう》、元町をすぎ、小名木川の土手道に出て、猿江橋を渡り、中川、そして江戸川の行徳《ぎょうとく》へ向かう行徳街道である。

武家屋敷地を抜け、小名木川の真っ暗な土手道に出ると、土手の松林を小雨がかすかにさわさわと鳴らしていた。

がま吉の提げる鬼火のような提灯の青白い明かりが、深川西町から小名木川の新高橋を南の扇橋町《おうぎばしちょう》へ渡るとすぐに、亥の堀に架かる扇橋を東側の町家へ渡った。小名木川も亥の堀も、川面は真っ暗で見えない。

「もうすぐそこでやす」

がま吉が後続の十一らへ見かえり、暗闇の静寂を妙に甲高い声で震わした。

扇橋町から亥の堀の土手道を南へとって、石島町《いしじまちょう》の次が末廣町である。

石島町と末廣町の境に、幅二間ほどの葭の繁った横道が東側へ通っていた。

「この横道を抜けたらもう町家はありやせん。十万坪の千田新田《せんだしんでん》でやす。ここら辺は日が暮れると物騒でね。葭が邪魔ですが、大鶴の店はこの先でやす」

横道へ折れながら、がま吉は背の高い十一をふり仰いで言った。

町影を抜けた先の十万坪は、天と地がひとつにくるまれた広大な暗黒が一切を閉ざしていた。

その暗黒の彼方から、ぼうっとかすかな響きが聞こえた。

「あれはがまの群ですよ。十万坪で鳴いてやがる。気味が悪いね」

がま吉が喉を引きつらせて笑った。

「がま吉、真っ暗でよく見えないよ。どの店だい」

前を行くお半が、がま吉を急かせた。

「へい。こちらで」

がま吉は葭をかき分け、横道が葭の藪《やぶ》に閉ざされたような、奥のみすぼらしい一軒を提灯で差した。その店に閉てた板戸の隙間と、煙出《けむりだ》しの生木の格子窓にうすく心細そうな明かりが漏れて、人の気配があった。

低い軒先から滴《したた》る雨垂れが、がま吉がお半へ差しかけた蛇の目に音をたてた。

お半は十一らに断りもせず、古い板戸をいきなり叩いた。

「ごめんなさいよ。大鶴さん、いらっしゃいやすか。八名川町の半と申しやす。大鶴さんにちょいとお訊ねしてえことがございやしてね。こんな夜分に恐れ入りやす」

お半の張りのある声が、横道の暗がりに響いた。

店の中から戸惑いの沈黙がかえってきたが、町内のどこかの犬が、お半の声を聞きつけ吠《ほ》え始めた。しかし、お半は構わず板戸を叩き、

「大鶴さん、いらっしゃいやすか」

と、遠慮なかった。

「お半さん……」

やがて、戸内で若い女の声が聞きかえした。

「へえ。八名川町の半でございやす。こちらの大鶴さんに御用のお客さんをお連れいたしやした。御用と申しやしても、お上のお調べじゃあございやせん。十五年ばかし前、大鶴さんが八官町で渡世なさってたころの話をお訊ねの、お客さんをお連れいたしやした」

また戸惑いの沈黙があった。

「お客さんは……」

と、お半が言いかけたとき、少し傾いた店の板戸が、咳《せ》きこむような音をたてた。
十四、五歳と思われる痩せた娘が戸口に立って、軒下の大柄なお半を恐る恐る見上げた。お半に蛇の目を差しかけたがま吉と目を合わせ、その背後の十一らの人影に気づき、娘は怯《おび》えた様子を見せた。
「怪しい者じゃないから、心配いらないよ。大鶴さんはいるのかい」

お半は頬笑み、声を静めて娘に言った。

娘はお半に頷き、狭い土間から後ろのひと間に駆け上がった。

そして、黄ばんだ染みで汚れた行灯《あんどん》の傍らの、頭を丸めた老比丘尼に隠れるように寄り添った。

老比丘尼も痩せて衰えた様子ながら、枯れたように白く穏やかな顔だちだった。

老比丘尼は、戸口のお半とがま吉を、行灯のそばから凝っと見つめた。

土間の一隅に竈《かまど》があって、白くなった薪《まき》に夕餉《ゆうげ》の支度の温もりが残っていた。

竈わきの棚に、味噌《みそ》壺《つぼ》や小盥《こだらい》、笊《ざる》、碗や皿や鉢、擂鉢《すりばち》に擂粉木《すりこぎ》などが並び、流し場に水瓶《みずがめ》と桶、盥、柄杓《ひしやく》を備え、四畳半の隅の枕屏風の陰に重ねた布団、米櫃《こめびつ》に柳行李と小簞笥《こだんす》、丸鏡。

そして、壁の衣紋掛《えもんかけ》にかけた木綿の着物と破れた菅笠、比丘簓《びんざさら》、御幣と牛王の幟が、煤《すす》けたうす暗い屋根裏の下に見えた。

「大鶴さんですね。改めやして、八名川町の半でございやす」

お半はたくし上げていた身頃を直し、吹き流しの手拭をはらりととって、狭い土間に足駄を鳴らした。

「古風さま、金五郎さん、中へどうぞ」

がま吉がささやきかけて、十一と金五郎を戸内へ進め、

「浜吉さんとあっしはここで」

と、がま吉と浜吉は戸口の外の軒下に、蛇の目を差したまま立った。

十一と金五郎は土間のお半に並びかけ、雫の垂れる笠をとった。

大鶴は不思議そうに、若い十一と年配の金五郎をまじまじと見較べている。

「古風十一と申します。寺社奉行大岡越前守さまの御指図を受け、寺社役助の役目を申しつかっております」

「あっしは金五郎と申します。古風さまの御用聞を務めております」

事情がわからぬ大鶴は、沈黙を守った。

「十五年前の享保八年春、旗本倉橋家の三男倉橋弥八郎が、同じく旗本の内藤斎樹に汐留橋で斬られた事件があった当時、八官町で比丘尼商売を渡世にしておられた大鶴さんにお訊ねしたい御用があって、うかがいました」

十一が言うと、老いて血色が抜けたような白い大鶴の容顔に、行灯のうす明かりでもわかるほどの、ほんのわずかな赤らみが差した。

「同じ享保八年の春、木挽町七丁目の友三郎店に隠売女をおいて客をとらせていた土田庫之助の倅半左衛門が、江戸から姿を消しました。大鶴さんは木挽町七丁目の二十歳上の土田庫之助と馴染みで、隠売女商売が享保十年に町方の取り締まりを受け無一文になった庫之助を、八官町の大鶴さんの店に住まわせて世話をし、翌年の十一年、庫之助の最期を見とったのち、八官町を去られました」

十一が言うと、大鶴は果敢《はか》なげな吐息をもらした。それから、

「京橋の八官町には、あのころ比丘尼の溜場の中宿がございました。今はお取り締まりを受けて影も形もございませんが。はい。大鶴に相違ございません。八官町で比丘尼商売を渡世にしておりました」

と、嗄《しわが》れてはいるが、低くやわらかい声で言った。

「では、土田庫之助の馴染みだった大鶴さんなら、土田庫之助のひとり息子の半左衛

門とは一体何者なのか、享保八年の春、倉橋弥八郎が内藤斎樹に汐留橋で斬られた事件のあった同じ春、土田半左衛門が何ゆえ江戸から姿を消したのか、その事情をご存じですね。土田半左衛門とは何者なのか、一体誰なのか。享保八年のあの春、土田半左衛門が江戸から姿を消したわけを、大鶴さんにお訊ねいたします」

「古風さん、なぜなのですか。もう十五年も前の、土田半左衛門と言われてもはっきり顔を思い出せない人の事情を、老いたわたしになぜお訊ねなのですか。寺社奉行の大岡越前守さまは、古風さんに何をお命じになったのでしょうか」

大鶴は十一を穏やかに見守っていた。

「享保八年に江戸から姿を消した土田半左衛門が、今年の春の初め、武州栗橋の関所を偽造の往来切手で通った関所破りの罪により捕えられました。土田半左衛門は江戸送りとなって、ただ今は小伝馬町の牢屋敷にて、評定所の下す裁きを待つ身です。一昨日、土田半左衛門の三手掛の評定が行われました。大岡さまは寺社四奉行のおひとりとして、土田半左衛門の評定に出座なされ、出廷した土田半左衛門をご覧になって、目を疑われるほど驚かれました。なぜなら、その土田半左衛門が、十五年前、当時は南町奉行として大岡さまが出座なされた、ある評定の審理に出廷した侍だったためです。十五年の歳月は侍の風貌容姿に刻まれておりました。しかし、大岡さまは、土田半左衛門がそのときの侍に相違ない、まぎれもないと思われました。ある評定の審理に出廷した侍とは、汐留橋の倉橋弥八郎斬殺の嫌疑がかかった旗本内藤斎樹です。ただし、内藤斎樹はその審理のあと切腹して果て、病により急死と支配役に届けが出されております。大岡さまは、内藤斎樹がいかなる者か、屠腹して果てる前と果てたあとを調べよと、お命じになりました」

大鶴は行灯のうす明かりを頼りに、繕《つくろ》い物をしていたらしかった。膝の廻りに木綿の着物と黒縮緬の投頭巾が見え、裁縫の道具箱があった。それをわきへ片寄せ、

「古風さん、金五郎さん、よろしければお半さんも、狭くてみすぼらしい店ですが、掃除は毎日しておりますので汚くはありません。お上がりください。外でお待ちのお二人も、どうぞ中へ。茶はなくとも、商売柄お酒がございます。濁酒ですけれどね。お鈴《すず》、お客さまにお酒をお出ししなさい」

と言った。

うん、とお鈴とよばれた娘が、痩せた小柄をひそめていた大鶴の陰からすばしこく立って行き、米櫃のそばの酒の徳利をとり、支度にかかった。

六

歌比丘尼や船比丘尼、売比丘尼などと言われ、法体の比丘尼商売がもっとも賑わったのは元禄の世だった。

享保の初めごろ、土橋北の八官町の中宿を溜場にする比丘尼を、地廻りらが誰彼と評判をたてる中に、大鶴小鶴と呼ばれる母子の比丘尼がいた。

母比丘尼の大鶴は、色無地の木綿の着物に黒桟留の投頭巾へ菅笠かぶって、比丘簓を鳴らして唄い、同じく色無地の木綿と黒縮緬の投頭巾と菅笠に装った小比丘尼の小鶴は、牛王の起請文を入れた手文庫、客にふる舞う酒壺の木箱を首にかけ、米銭などの喜捨《きしや》を受ける柄杓を手にして、母比丘尼の大鶴に従っていた。

母親の大鶴は、豊満な身体つきが妖艶な女で、一方の娘の小鶴は、母親に似たか、それともどこの誰かも知れない父親に似たか、きりりとした目鼻だちもほっそりした身体も、ひなげしのように美しく可憐な小女《しようじよ》だった。

そんな大鶴小鶴の母子が、地廻りの若い者らの評判を呼び、若い者らは勝手に大鶴小鶴が中宿入りするのを送り迎えしたほどの評判を呼んだ。

享保七年の冬、大鶴の妙《たえ》は三十九歳、鈴と名づけられた小鶴は十四歳だった。

しかし、そのころ妙は、人知れず胸を痛めていた。

起請文を配って米銭の喜捨を受け、母が比丘簓を鳴らして妖艶に唄い、おかあん、と勧進を乞う娘の若やいだ声を聞くとき、母の内心はちくちくと痛んだ。

妙は、傍《はた》から見ればこんな商売女が傍《かたわ》ら痛いと知りつつ、愛くるしい童女だった鈴が、見るたびに子供離れして娘へと育ち、いつかは、いやもう遠からず、母と同じ商売女の濁世《じょくせ》にまみれるしかないのだとしても、母とは違う生き方を娘にと、内心では願っていたからだった。

享保七年のその冬の日、肌を刺す冷たい空っ風が吹きすさんだ。

びゅうびゅうと風がうなり、土埃を舞い上げ黄ばんだ薄日が射した空には鳥も鳴かず、町家に吠える犬の声もなく、棒手振りの売り声も通らず、どこかの店の桶が風に煽《あお》られ往来をからからと転がる昼下がりだった。

こんな日に比丘尼商売はならないが、妙は町内の中宿の請人にちょっとした用があったため、鈴をひとり店に残して中宿へ出かけた。

請人の用が四半刻ほどで済んだ戻り、こんな風の日でも久しぶりの休みにのんびりした気分になった妙は、鈴に卵入りの堅巻煎餅《かたまきせんべい》を買って行ってやろうと思いたち、山《やま》城河岸《しろがし》に寄り道をして菓子処佐七《さしち》の店に寄った。

菓子処で竹皮に包んだ堅巻煎餅を買い求め、風の吹きすさぶ中、八官町に戻ったのは出かけてから一刻後だった。

八官町の小路を行き、裏店の路地へ入る木戸口まで数間のところにきたとき、どぶ板を踏み鳴らし、木戸口から慌てて飛び出した萌黄《もえぎ》の上衣に縞袴の侍がいた。

「お侍さま……」

妙は思わず声をかけた。

慌てて飛び出したところに声がかかって、侍はついふりかえった。

愛宕下に拝領屋敷のある旗本の御曹子《おんぞうし》、と聞く倉橋弥八郎だった。

築地界隈の芝居町や芝の神明町あたりで不良仲間らと遊蕩し、近ごろは、八官町でも水茶屋の茶汲女をめぐる喧嘩騒ぎや、酒亭の代金の支払いでしばしばもめ事を起こしている性質《たち》の悪い若侍と聞いていた。

妙の客になったことはなかった。だが、妙と鈴が八官町の往来で、昼間から酔っ払った倉橋弥八郎と仲間らが屯《たむろ》しているところへ行き合った折り、蔑《さげす》みの嘲笑と血走った不穏な眼差しを妙と鈴に寄こし、

「大鶴小鶴だと。売女が法体などしおって御仏を汚すか。罰当たりが」

と、怒声を浴びせられた覚えがあった。

あの風の日、妙を見かえった倉橋弥八郎の赤黒い顔が、奇妙に歪《ゆが》んでいた。

弥八郎はすぐに背を向け、吹きすさぶ風の中を走り去って行った。

妙は弥八郎のふる舞いに不審を覚えつつ、木戸口をくぐった。

この風の所為《せい》か、路地にも井戸端にも住人の姿はなかった。ただ、路地奥の鈴が待つ店の腰高障子が、半ば開いたままになっていた。

こんな風なのに戸を開けたままにして、と胸騒ぎがした。

小走りにどぶ板を鳴らし、半ば開いた腰高障子を引いた。

狭い土間続きに三畳の寄付きがあって、奥の四畳半との間仕切も二、三尺ほど開いたままだった。間仕切の隙間より、うす暗い四畳半に横たわっているらしい鈴のつけた白足袋がのぞいていた。

「鈴、戻ったよ。鈴……」

不安に胸がときめいた。

妙は寄付きに駆け上がり、間仕切を引いた。

うす暗い四畳半に立ったその瞬間、妙に声はなかった。

菓子処佐七で買った堅巻煎餅の竹皮の包みが落ち、包みが解けてうす暗い四畳半に煎餅が散らばった。妙は慄《おのの》き、一歩二歩と鈴に近づいて、鈴へ震える両手を差しのべた。そして、膝から崩れ落ちた。

獣の低くうなるうめきのような、溢《あふ》れ出る悲嘆と凄まじい怒りの咆哮《ほうこう》のような鈴の名を呼ぶ妙の絶叫が、店を震わせた。妙の絶叫は、路地へ響きわたり、吹きすさぶ風の中で渦を巻き、土埃に黄ばんだ空へ舞い上がった。

裏店の住人から八官町の自身番へ、自身番の町役人から町奉行所へと知らせが走って、四半刻後、御用聞をぞろぞろと引き連れた町方が検視に出役した。

町方の古崎弥兵衛《ふるさきやへえ》は鈴の惨《むご》たらしい絞殺体を、不機嫌そうなしかめっ面で検視し、寄付きで泣き叫ぶ妙に聞き取りをした。妙は町方の聞き取りに、涙で顔をくしゃくしゃにしながらも、懸命に事情を話した。

「倉橋弥八郎？　その若侍が路地を飛び出してきたところを見たのかい」

妙は震える拳をにぎり締め、首が折れそうになるほどしっかりと頷いて、涙を堪えて声を絞り出した。

「鈴の、仇を。倉橋弥八郎をお縄に……」

「ああ、わかったわかった。気を静めろ。ただおめえ、倉橋弥八郎が娘の細首を絞めたところは見てねえんだろう。事情を調べてみなきゃあ、まだなんとも言えねえ。弥八郎って野郎が下手人に間違いなけりゃ、ふん縛《じば》ってやるさ。ただし、相手が侍ってえのはちょいと厄介だがな」

町方は、御用聞らが路地と周辺の町内の訊きこみを簡単に済ませると、

「よし。ここの調べは済んだ。仏を弔《とむら》ってやりな」

と、半刻余で引きあげて行った。

鈴の亡骸は早桶に収められ、通夜の翌日、深川の東、砂村新田の火葬場で荼毘《だび》に付された。そして、深川海辺《うみべ》大工町《だいくちよう》の浄土宗法禅寺《ほうぜんじ》に葬られた。

鈴の墓前に掌を合わせ、必ず恨みを晴らしてやるよ、と妙は誓った。

それから妙は、比丘尼商売をやめて、倉橋弥八郎がお縄になるときを、今日か明日かと、八官町の店でひたすら待ち続けてすごした。

しかし、南町奉行所からはなんの知らせもなかった。

極月《きわまりづき》の半ば、妙は数寄屋橋の南町奉行所へ行き、町方の古崎弥兵衛に倉橋弥八郎の調べの進み具合を訊ねた。

「訊きこみを続けている最中だ。おめえが気にかけてもしょうがねえ。心配すんな。下手人を挙げたら知らせてやる。それまで待ってろ」

古崎弥兵衛は、比丘尼風情が御番所にのこのこ顔を出すんじゃねえ。てめえがお縄

にかけられるぜ、と言わんばかりのしかめっ面を寄こした。

しかし、妙は年が明けた享保八年、町奉行所が仕事始めの正月十七日、再び南御番所の古崎弥兵衛を訪ねた。弥兵衛にどんなに蔑まれ、罵《のの》られようと、下手人の倉橋弥八郎が捕えられ、打首になるのを確かめねばならなかった。

ところがその日、弥兵衛は比丘尼風情の妙が御番所に顔を出しても、前ほど不機嫌ではなかった。

「大鶴……」

弥兵衛は妙を、比丘尼商売の名で呼んだ。

「どうやらおめえの見間違えだな。いいか。鈴が殺された日、おめえが見かけたと言う路地から出てきた倉橋弥八郎は、愛宕下に拝領屋敷のある小納戸頭取倉橋右京の倅だ。家禄二千石余の大家の御曹子だ。小納戸頭取は若年寄さま支配で、支配役を通して事情聴取をしなきゃあならねえ。だから手間がかかった。若年寄さまの家臣が愛宕下の屋敷に向かい、鈴殺しの一件の事情を弥八郎に糾《ただ》した。ところが、弥八郎は身に覚えがないときっぱりと言ったそうだ。確かに、あの日は八官町の酒亭で、剣術道場の傍輩《ほうばい》らと酒宴を開いていた。昼すぎから夕刻まで、その酒亭でずっと仲間六名と一緒だった。酒亭の亭主も知っているはずだから、仲間と亭主に訊いてもらえばわかると、そういう返答だった」

「そ、そんな。弥八郎は八官町の盛り場で不良仲間と屯して、もめ事をよく起こしていたんです。不良仲間に訊いて、本当のことを言うはずがないじゃありませんか。わたしは弥八郎を町内でたびたび見かけました。見間違えはしません。酒亭のご主人だって、ずっと弥八郎を見張っていたわけじゃないでしょう」

妙はかっとなって言いかえした。

「落ち着け。訊いたのはそいつらだけじゃねえ。裏店の住人やら、あそこら辺の界隈でも一軒一軒訊いて廻った。だがな、あの日は空っ風が吹き荒れて、昼間でも人通りは殆《ほとん》どなかった。裏店の住人も、人が路地を駆ける足音は聞いたが、誰が通ったかは見てねえ。つまりな、弥八郎を見たと言うのはおめえひとりだ。だが、酒亭では弥八郎とずっと一緒だったと言う者らが六名。酒亭の亭主もそうだと答えた。合わせて七名が言うのと、おめえひとりが言うのじゃあ、どっちが本当か、明らかじゃねえか。しかも、おめえは比丘尼商売で、言葉巧みに客を誘ってきたんだろう。おめえら、嘘も商売道具なんだろう」

「娘を殺されたわたしの、母親の言葉が嘘だと言うんですか」

「嘘だとは言ってねえ。見間違えだと言ってんだ。倉橋弥八郎は下手人じゃねえ。そいつは動かしようがねえんだ。それと、調べはまだ終っちゃいねえ。下手人がわかったら知らせてやる。言うことはそれだけだ。こっちはほかにも抱えている用があって忙しいんだ。うるさくつきまとうんじゃねえ。帰れ帰れ」

妙は、余りの激しい怒りに血の気が引くのを感じた。唇の震えと歯がかちかちと鳴るのを止《と》められなかった。表門で激しい遣りとりを交わす妙と弥兵衛の様子を、門番や表門の番所の同心が凝《じ》っとうかがっていた。

鈴の四十九日、中陰《ちゅういん》が満ちた法要を、妙は深川の法禅寺で営んだ。二月初旬の、春は名のみの肌寒い日だった。

法要には、妙のほかに二人の男が参列していた。

ひとりは、土田庫之助という老いた浪人者。

今ひとりは、内藤斎樹という中年の旗本だった。

土田庫之助は、木挽町七丁目の友三郎店で隠売女商売の渡世をしており、女房も子もない六十一歳の老侍だった。

鈴が十歳の小比丘尼小鶴、妙は三十五歳の比丘尼の大鶴が、八官町で大鶴小鶴の比丘尼と評判になり始めた享保三年ごろ、五十代の半ばをすぎた土田庫之助が妙の馴染みになり、いつしか双方の気心が通じた二人の間柄は、商売の枠をはずれて懇ろに語り合う仲になっていった。

やがて、庫之助は妙を女房のように思い、鈴を娘同然に可愛がるようになった。

鈴が命を奪われてから満中陰のその日まで、深い疵を負った妙の心身を陰になり陽になり支えていたのは庫之助だった。

今ひとり、その年三十九歳の内藤斎樹は、比丘尼商売の妙と鈴、隠売女商売の土田庫之助と、少々変わったかかり合いがあった。

内藤斎樹は大鶴小鶴の客ではなく、軽子橋に拝領屋敷のある数代続く旗本だった。

そんな身分ある侍ながら、斎樹は肉筆により婦女子の姿態を描くことを自らの嗜好とし、八官町界隈で大鶴小鶴と評判だった比丘尼に魅せられ絵筆を執ったのが、三人とのかかり合いの始まりだった。

妙も鈴も、比丘尼の装いで勧進をしながら行く先々で、とき折り見かける侍風体に気づいていた。侍風体は大鶴小鶴をちらちら見ては、帳面に何かを記していた。

「おっ母さん、またあのお侍がいるよ」

「うん、そうだね。なんだろうね」

「こっちを見て、帳面に何か書いてるよ。気味が悪い」

「いいから、見ちゃいけない。放っておいで」

妙と鈴は侍に気づいて言い合い、知らぬふりを装っていた。

ところがある日、その侍が八官町の妙と鈴の裏店を訪ねてきたのだった。

内藤斎樹と名乗った侍は、自分は御用絵師や町絵師ではないが、三十をすぎたころより、わが心の赴くままに絵筆をとる画業を好み、時俗風俗を描くことを手慰みにしてきたことを縷々《るる》述べた。そして、

「卒爾《そつじ》ながら、これを差し上げたいと思い、おうかがいいたしました」

と、彩色を施し表具した一幅のうつし絵を妙に差し出した。

それは、江戸の町家を比丘簓《びんざさら》を鳴らし唄い勧進を乞うて行く、大鶴小鶴の比丘尼姿を、墨の濃淡の線描に、丹色、黄土、草色などを、これは濃淡なく筆彩色した華麗な肉筆の一枚絵だった。

妙は、あっ、と息を呑んだ。

「これは……」

と訊ねると、内藤斎樹は言った。

「半年ほど前、八官町やその界隈で大鶴小鶴と呼ばれている比丘尼姿のお二方の噂を聞き、いかなる風情か、一度会ってみたいものだと思っておりました。それが先月、偶然、京橋北の畳町の往来を行くお二方の艶やかな比丘尼姿を見つけ、言葉にはなら

ぬ感興を覚え、その思いに任せて絵筆を走らせました。のみならず、それからも数度お二方を捜しあて、あとについていく枚も絵筆をとり、気に入った一枚に彩色いたしました。何とぞ、お受けとりいただきたい。お気に召さねば、破り捨てるなり、焚《た》き木代わりにしてくださって結構です」

さらに、内藤斎樹は続けた。

「ですが、もしもこの絵をお気に召していただけるなら、改めてお二方の姿を描かせていただきたいのです。わたくしの感興の赴くままにお二方を描き、それを画商に見せたいと思っております。画料を求めるのではありません。わたくしは御公儀より家禄を得ておる侍ですので、町絵師の真似は許されません。ただ、わたくしはおのれの絵にどれほどの値打ちがあるのか、おのれがいかほどの者か、それを知りたいだけなのです。むろん画料とはかかわりなく、絵を描かせていただいた礼はいたします」

妙は内藤の差し出した大鶴小鶴を描いた一枚絵に、日々の母と娘を越えた消えることのないまったく別の、新しい命の幻影を見ている気がした。

ふと、妙は愛おしい娘のまだ萌えいずる前の、いずれは消える今このときの果敢ない姿を、自分のものに残しておきたいと思った。

それを妙は、不吉とは思わなかった。

「わかりました。では、娘の今ある姿の一枚絵を、母親のために描いていただけますか。それを描いていただければ、あとのことは内藤さまが思うようになさって構いません。わたしにできることがあれば、お手伝いもいたします」

妙は言った。

翌月、内藤は白い用紙へくっきりとした墨の線描に、木綿の着物に黒縮緬の投頭巾をかぶり、比丘尼雪駄を履いて比丘簓を提げた、青竹のようにほっそりとした凛々しく美しい鈴が真っすぐに観る者を見つめている、紅色を主調に筆彩色したうつし絵を届けにきたのだった。

それは、本物の鈴に似ていなかった。本物の鈴の姿はもっと優しく、ぱっちりした目もつんとした鼻も、ぷっくりとした唇も愛らしかった。

にもかかわらず、その一枚絵の鈴は、妙の身体の中にいる果敢なげな鈴そのものだった。思わずあふれる涙を、妙は堪《こら》えることができなかった。

内藤が訪ねてきたその日、妙のそばには土田庫之助という浪人者がいた。

「土田さんはわたしの長い馴染みでしてね」

妙は、内藤斎樹に土田庫之助を会わせた。

「木挽町七丁目で、女たちを抱え商売をしております。この歳になって、ようやくこのごろ、この商売がわたしの性に合っておったと、迂闊《うかつ》にも気づきました。妙はこんなわたしを憐れんでくれる同行者です」

もう六十に近い土田庫之助が、内藤斎樹に言った。

「小普請組の旗本、すなわち無役の内藤斎樹です。もう若くもない三十歳をすぎたこの歳になって、侍より画工が性に合っておることに気づかされました。迂闊でした」

三十七歳の内藤斎樹が土田庫之助にかえし、両者は腹の底から笑った。

それが享保六年のことだった。

七

「鈴の四十九日の法要が済んだのち、小名木川の高橋が見える海辺大工町の茶屋で、庫之助と内藤さんの三人で、鈴を偲《しの》んでお酒をいただきました。小名木川を多くの船が行き交い、高橋を渡る人影もつきなかったのに、なんとも言えない寂《しん》とした昼下がりでした。三人ともずっと黙って、交す言葉はありませんでした。そうして、長い午後のときがすぎてから、それを言ったのは庫之助でした。杯を手にして、鈴の恨みを晴らさねばならんな、と独り言を呟き、お酒を乾したのです。そうしますと、内藤さんが、倉橋弥八郎はわたしが斬る、倉橋弥八郎におのれが犯した罪を償わせる、これは武士としての義と、人としての理の話だと仰ったのです」

妙が言った。

十一と金五郎が部屋に上がり、妙と相対していた。

お半は部屋の上がり端に腰かけ、がま吉と浜吉は土間にしゃがみ、妙の話に耳を傾けている。

みなの傍らや手には、濁酒を酌《く》んだ碗があった。

訪ねてきた客に馴れると案外に愛嬌のある鈴が、濁酒の壺を抱え「どうぞ」と酌をして廻った。浜吉とがま吉は、「おう、済まねえな」と鈴の酌を受けた。お半の碗に注ごうとするのを、

「ありがとう。でもまだいいよ」

と、お半は鈴に頰笑んで止めた。

小雨が寂しげなざわめきを板屋根にたて、軒先に落ちる雨垂れの音は絶えない。

十万坪のどこかで、がま蛙の群が低いうなりをたてている。

行灯のうす明かりを開くように、妙は続けた。

「でも、庫之助はまた申しました。内藤さんには守るべき代々の家がある。こっちは

隠売女商売。四十の歳にこの商売を始め、悪運強く二十年以上も取り締まりを逃れ続けてきた。鈴は妙と懇ろになったわたしを受け入れてくれた、気だてのよい優しい娘だった。五十代の半ばをすぎた老いぼれになって、わたしは愛しい女房と娘を持った。そしてこの春、六十一歳の還暦を迎えることができた。もう十分生きた。娘の仇を討つのは父親の務めだと。それでも内藤さんは、倉橋弥八郎は二十歳をすぎたばかりの若い盛り。自堕落《じだらく》な日々を送っていても、老いた身にはむずかしい相手にかわりはない、ここはわたしがと譲りませんでした。庫之助は庫之助で、もうおのれの寿命を閉じてよいころ合い、相打ちで挑めば打ち漏らしはせぬと、二人の言い合いが続きました。けれどあのとき、わたしには何も言葉がありませんでした。わたし自身が、ただ鈴への思いで胸が苦しいほどでしたので……」

「享保八年の春の夜ふけ、汐留橋で倉橋弥八郎を斬ったのは内藤斎樹でした。土田庫之助さんと妙さんが、手を貸されたのですね」

十一が質すと、妙はかすかに笑みを浮かべ、剃髪した頭を上下させた。

「庫之助が、わたしは何も知らないほうがいいと申しまして、内藤さんと二人ですべて手筈を講じ、わたしのすることとは、もしも、町方が訊きこみにきたら、弥八郎が汐留橋で斬られた刻限に、内藤さんは八官町の比丘尼の大鶴の客であったと言うようにと、ただそれのみでした。あの夜ふけの汐留橋で、内藤さんは弥八郎を見事、討ち果たされました。けれど、ご自身も手疵を負われ、また汐留橋から戻る途中の木挽町七丁目で火の番にも姿を見られ、手筈通りに事は運ばなかったのです」

「木挽町七丁目の火の番は、内藤斎樹の顔を町内で見かけていたようです。手筈を決めるために、土田庫之助さんを訪ねる機会が何度かあったからですね」

「そうなのだと思います。内藤さんは隠売女商売のお客を装い、木挽町七丁目の庫之助の店を訪ねていたようです。真夜中すぎに庫之助が八官町の店に忍んできて、倉橋弥八郎が討たれたと知らせてくれました。けれど、事情が変わって、内藤さんは前から馴染みだったとか、前々日、内藤さんが一見《いちげん》の客と鉢合わせ、諍《いさか》いになって手疵を負ったとか、口裏合わせをしたときに子細を聞いたのです」

しばし考える間があり、それから妙は続けた。

「翌日、南町の古崎弥兵衛が訊きこみに現れ、わたしは口裏を合わせた通りに申してましたが、あの町方はわたしを疑って、比丘尼風情がいつでもしょっ引けるんだぜと、脅しめいた言葉を浴びせて引き上げました。でも、それから町方は誰もきませんでした。庫之助もしばらく姿を見せず、内藤さんの消息も聞けませんでした。ただ、倉橋弥八郎を斬ったと疑われた内藤さんが、日ごろより女郎屋に入り浸る不届きな旗本だとか、内藤家と愛宕下の倉橋家一門が対立を深め、今にも両家の間で斬り合いが始まりそうな不穏な成り行きを読売が書きたてておりましたので、心配でなりませんでした。毎日、鈴の位牌に掌を合わせ、内藤さんの無事を祈ってすごしました」

「妙さんは、内藤斎樹が切腹して果て、病死と支配役に届けが出されたことを、いつ知ったのですか」

それは金五郎が訊ねた。

「知ったというのは、少し違います。内藤さんの病死の届けが出され、内藤家と倉橋家の、今にも斬り合いが始まりそうな対立が収まってだいぶあとになってから、内藤さんは病死ではなく切腹して果てた、一門を守るため詰腹《つめばら》を切らされたと、その噂が聞こえてきました。けれど、その前にわたしは聞いておりました。内藤さんの無事を毎日祈っていたある日、庫之助が八官町の店にきて申したのです。内藤家と倉橋家の対立を収めるために、無念だが内藤斎樹は切腹して果てるしかないと。わたしは驚き胸が潰れ、内藤さんは鈴のために命を落とされるのですか、と訊ねました、すると、武士の習い、武士ならばそういう身の処し方もあると、庫之助は申しました」

ふと妙は、行灯のうす明かりの中に眼差しを泳がせた。

そして言った。

「それから庫之助は、こう言い添えたのです。以前、わたしには倅がいて、幼いころに病により亡くしたと話したことがあった。だが、倅を亡くしたというのは嘘だ。倅は今も生きており、名は半左衛門、歳は内藤斎樹と同じ三十九歳になる。生来無頼な気性のため、勘当同然の身だった。昨日、その倅の半左衛門が何十年ぶりかに訪ねてきて、事情があって江戸に居られなくなった。旅に出て、江戸へは二度と戻らず、今生の暇乞《いとまご》いにきた。庫之助が、旅に出て世を渡る方便は如何にするのかを訊ねたところ、おのれはこれまで無頼に生きてきたが、唯一、誰にも師事することなく気ままに絵筆をとって画業を嗜《たしな》んできた。こののちは旅先で描いたわが絵を路銀に替え、できれば画業をたずきにして諸国を廻るつもりである。それがならずば、旅路の果てに野垂れ死にしても悔いはない。そう言い残して去って行ったそうです」

十一も金五郎も、それ以上は訊ねなかった。

上がり端に腰かけたお半は、濁酒の碗を黙って口に運んだ。土間にしゃがんだ浜吉とがま吉は、何かしら物足りなげな顔つきを、十一と金五郎へ向けていた。鈴が酒壺を抱え、土間に凝っと佇んでいた。

小雨の音と行灯にゆれる炎が、夜ふけのときを物寂しく刻んでいた。

やがて、十一が沈黙を破った。

「八官町を出てから、御舟蔵前町に行かれたのですね」

「享保十年に、庫之助の隠売女が町奉行所の取り締まりにあって、庫之助は家財没収と百日の手鎖の処罰を科せられ、手鎖が解けたあと、無一文の着の身着のままで八官町の店に転がりこんできたのです。庫之助はたぶん、気落ちしたのでしょう。そのころからめっきり弱って、八官町にきて一年もたたない享保十一年に、六十四年の生涯を閉じました。ほかに身寄りのない庫之助の遺骨も、深川法禅寺の鈴と同じ墓所に納めました。そのあと、八官町の中宿も町奉行所の取り締まりを受けて、比丘尼商売はできなくなり、みな八官町を追われましてね。でも、八官町を追われる前から、鈴と庫之助の墓所のある法禅寺に近い深川のどこかの町家にと、思っておりましたので、深川の御舟蔵前町の裏店に越し、路地に御幣の幣串と牛王の看板を出して、また比丘尼商売を始めました。わたしはもう四十三でしたから、せめてあと一年でも二年でもと思っていたのですが、あれからまた十二年の月日がたってしまい、わが身の浅ましさに呆れております」

妙は剃髪した頭を静かに上げて、土間に酒壺を抱えて佇んだ鈴を呼んだ。

「鈴、こちらにおいで」

鈴は妙の傍に坐り、妙の身体に摺《す》り寄った。

「この子は五つのころ、万年橋の袂でひとりぽつんと、汚れたぼろを着た姿で坐りこんでいたのです。どうしたのと声をかけますと、何も言わず首を横にふりましてね。家は、ととかかは、なぜここにいるの、名前は、と訊いても、同じでした。歳はと訊いたら、汚れた片手を広げて見せ、お腹が空いたかいと訊いたら、やっとうんと頷いたのです。それで、御舟蔵前町の店へ連れて帰り、まずはご飯を食べさせ、それから身体を綺麗にしてやって、娘の鈴が幼いころ着ていた小比丘尼衣装を、すこし大きかったけれど着せてやったら、鈴が生きかえったような気がしましてね。おまえは今日からここにいて、わたしを手伝ってくれるかいと言ったら、うん、と初めて声を出してうなずいたのです。それでわたしは、孫ほど歳の離れたこの子を鈴と呼んで、この子の母になることにしたのです。この子も、もう十三歳の娘です」

　と、妙が頰笑みながら目に浮かべた涙を、行灯のうす明かりが照らした。

　末廣町からの戻りの、もう五ツ半すぎと思われる雨の夜道を、手拭を島田に吹き流し足駄を履いたお半と、がま吉がお半に蛇の目を差しかけて前を行き、深編笠の十一と菅笠の金五郎、そして頰かむりの浜吉が続いた。

　蛇の目や笠や紙合羽に、雨が呟きかけていた。

十一は、後ろに続く金五郎に言った。

「金五郎さん、わたしは明朝、大岡さまのご登城前に外桜田へうかがい、大岡さまに鈴の一枚絵をお見せし、昨日今日の調べで判明したことをご報告します。そののち、金五郎さんの店へ行きます。それまで待っていてください」

十一は金五郎に言った。

妙は道具屋に作らせた桐の箱に、内藤斎樹が小女の鈴を描き表具した一枚絵を仕舞っていた。十一は妙よりそれを預かって、紙合羽の下の背中に括《くく》りつけた。内藤斎樹が描いた鈴の絵を、大岡忠相に見せなければならなかった。

「承知しました。十一さまをお待ちします」

金五郎が言い、浜吉が続いた。

「あっしも、明朝、金五郎さんの店へ行きやす。明日、この仕事の仕舞を見届けさせてもらいやすぜ」

「なら浜吉さん、今夜はうちへ泊まりな。十一さま、じつはちょいと思うところがあって、明日、訪ねたい方がおります。旗本の内藤斎樹ではなく絵師の内藤斎樹を、もしかしたらその方はご存じかもしれません。十一さまをお連れしたいんです」

「わかりました。是非、お願いします」

十一の若い声が、前を行くお半とがま吉に聞こえた。

「ふん。真面目だね。ついてけないよ」

お半が呆れつつ、だがちょっと可笑しそうに呟いた。

お半に蛇の目を差しかけ、小提灯でお半の足下を照らしているがま吉が、

「まったくで。あんなに馬鹿正直じゃあ、ついてけませんよね」

と、ぐふぐふと含み笑いをしながら、お半に同調した。

「まあ、本人がそれでいいなら、こっちがとやかく言うことはないんだけどさ」

「けど、気になりやすね。ひょろひょろした若蔵が危なっかしくて、つい手を貸してやりたくなりやすね」

がま吉がちょっとからかったが、お半は、ふん、と鼻で笑って受け流した。

「今夜のことは、本町一丁目の旦那に、お知らせしやすんで？」

本町一丁目の旦那とは、巨大両替商の海保半兵衛のことである。

「しなきゃあね。大岡越前守の何もかもを探る仕事を、請けてんだからさ。けど大岡さんも物好きだね。まさか、比丘尼のことまで気にかけてあれこれ探らせるなんて、思わなかったよ。何事にも手の抜けない殿さまなんだね」

「まったくで」

がま吉がぐふぐふと笑い、お半はまた、ふん、と鼻を鳴らした。

第四章　奉行と絵師

一

昨夜の雨は夜半に止《や》んで、翌日は白い雲の浮かぶ青空が広がった。

じっとしていても汗ばむ、というのではなかったが、初夏らしい陽気だった。

朝五ツ半、寺社奉行大岡越前守忠相は、紺青の裃を着け登城し、大岡忠相のみに設けられた控の間である竹之間に入った。竹之間は芙蓉《ふよう》之間の隣にあった。

諸役の者は、それぞれの控の間で携帯品をおいて休息し、弁当も使う。

芙蓉之間は、寺社奉行、町奉行、勘定奉行のほか、留守居年寄、大目付《おおめつけ》、奏者番《そうじゃばん》、作事《さくじ》奉行、普請《ふしん》奉行等々、職禄三千石から二千石の重役の控の間である。

忠相が南町奉行から寺社奉行に形のうえでは栄転した元文元年、寺社奉行の控の間の芙蓉之間に入ろうとした初出仕の日、寺社奉行の相役の井上正之に、ここは奏者番の控の間ゆえ、奏者番を兼ねていない忠相が入ることはできないと拒まれ、忠相はその日一日、大いに難渋した。

寺社奉行は本来、奏者番を兼ねる大名の役職で、家禄五千九百二十石の旗本の忠相は、足高の四千八十俵が加増され、実質一万石の大名格にはなったものの、奏者番を兼ねていない旗本のため、井上正之に意地悪をされた。

将軍吉宗がそれを聞いて同情し、忠相の控の間に竹之間をあてたのである。

忠相が兼ねているのは、関東地方《じかた》御用掛である。

控の間に入った忠相は、城中では、蘇鉄《そてつ》之間などに控える供侍《ともざむらい》に代わって身の廻りの用を務める表坊主に、檜《ひのき》之間の小十人組頭を務める内藤芳太郎へ、内々にお伝えいたす子細があって、湯呑処《ゆのみどころ》までお越し願いたい、と伝言を頼んだ。

ほどなく、表坊主が戻ってきて、「内藤芳太郎どのが、中の口の湯呑処でお待ちでございます」と言った。

忠相はすぐに座を立った。

中の口の湯呑処は、東側の中の口側に幅二間の大廊下、南側は幅一間半の蘇鉄之間へ通ずる御廊下に向いており、登城した諸大名や諸役人が、数寄屋《すきや》坊主の世話で、茶を喫することができた。

内藤芳太郎は、湯呑処の一隅に端座し、湯呑処に入った忠相へ膝を向けて手をついて、頭を深々と垂れた。

黒茶の裃が似合う、番方らしい精悍な風貌の侍だった。

茶釜をかけた炉のわきに数寄屋坊主が端座し、芳太郎のほかには、忠相の顔見知りではない黒裃と紺裃の侍が二名、それぞれ黙然と茶を喫しているばかりだった。

忠相は一間ほどをおいて、芳太郎と対座した。

「小十人組頭を務めます、内藤芳太郎でございます。大岡さまの御用命と承り、お待ちいたしておりました」

芳太郎が手をつき、小声ながら、歯切れのいい口調で言った。

「大岡忠相でござる。朝のこの刻限に、このような処へお呼びたていたし申しわけない。内藤どの、手を上げられよ」

忠相が言い、芳太郎は手を上げたが、目を畳へ落としていた。

歳は二十七歳と聞いていた。なるほど、面影がある。色白はもしかして母親譲り、整った目鼻だちは父親譲りか、と忠相は思った。

湯呑処の数寄屋坊主が、忠相と芳太郎の茶を調《ととの》えた。

「御用の筋なら、内藤どのにわが控の間にきていただくのだが、じつはそうではないある事情について、内々にお伝えすることがござる。と申して、御用の筋でないというのでもなく、少々こみ入っておるゆえ、湯呑処で茶でも喫しながらがよかろうと思い、お呼びたていたした。内藤どの、気を楽にしてくだされ」

忠相は表情をやわらげて言った。

しかし、芳太郎は目を伏せた姿勢を保ったまま言った。

「お気遣い、畏れ入ります。小十人衆を申しつかり、出仕いたして間もないころ、城内にてご高名な大岡さまを初めて遠目にお見かけいたし、胸が高鳴り、身の引き締まる思いがいたしました。昨日昼近く、大岡さまご配下の寺社役助の古風十一さまが、軽子橋のわが屋敷に見えられ、応対いたしました母の和代に、十五年前、わが父内藤斎樹が亡くなった当時の経緯《いきさつ》などを、お訊ねになられました」

「古風十一より、報告は受けております。いきなりお訪ねし、すでに落着した十五年前の事情にもかかわらず、お母上には丁寧にお答えいただいたうえ、昼の蕎麦まで馳走になったと言うております。礼を申します」

「いいえ。母は蕎麦を打つのが得意なので、わが家ではよくあることでございます」

「お父上の内藤斎樹どのが蕎麦打ちをなされ、内藤斎樹どのに手ほどきを受けられたとも、古風の報告にはありましたな」

　はい、と芳太郎は首肯し、それから言った。

「じつは本日、大岡さまのお呼びたてを予期しておりました。昨日下城いたし、母から古風さまが見えられた話を聞いた折り、明日、すなわち今日、大岡さまのお訊ねが再びあるかもしれませんと、母が申しておりました。そして、こうも申しました。今のあなたは、内藤家本家の当主として、侍の習いとして、妻子一家のみならず、内藤家本家の家名を守る務めがあります。そのことを心して、大岡さまのお訊ねにお答えするように、とでございます」

「それでよいのです。申したように、御用ではないが、御用の筋でないというのでもありません。今朝、古風の報告により、ある人物の確かな事情がほぼ知れましてな。その人物は、内藤家にかかり合いのある者ではありません。さりながら、内藤家のご当主である芳太郎どのに、その者の事情をお伝えしておくべきではないかと忖度《そんたく》したのでござる。むろん、内藤家にかかり合いのない者の事情など聞く謂れがない、迷惑だと、内藤家ご当主の芳太郎どのがお考えなら、芳太郎どののみならず、どなたにも一切、この事情を伝えるつもりはござらん。この話はこれまでにいたす。ただ、その者に残された日はもう多くはない。そのことはお伝えしておきます」

芳太郎は沈黙し、考える間があった。

湯呑処の腰付障子に、中の口の大廊下を通る人影がよぎって行った。やがて、

「母から聞きました。その人物とは、古風さまが母に言われた、土田半左衛門と申される、大岡さまが評定の場で疑念を抱かれた、旅の絵師なのでございますか」

と、芳太郎が問うた。

「さよう。土田半左衛門は江戸で生まれ江戸で育った浪人者にて、享保八年、お父上の内藤斎樹どのが亡くなられた同じ春、やくざ相手のもめ事に巻きこまれ、江戸から姿を消したのです。元々絵心があったらしく、旅先で絵を描き、それを求める方々に与えて路銀に替え、諸国を放浪していた旅の絵師です。内藤どのは、土田半左衛門の名を、以前に聞かれた覚えはござらんか」

「ある朝目覚め、父が切腹して果てたと、母に聞かされたあの年の春、わたくしは十二歳でございました。わたくしは少年ではございましたが、父が何ゆえ切腹しなければならなかったのか、母が小普請組の支配役に父を何ゆえ病死と届けたのか、うすうす気づいてはおりました。実事《じつじ》は何か、真実はなんだったのか、母に問い質さなかったのは、問い質しても母を困らせるだけであろうと、わかっていたからです。あれから十五年、わたくしは二十七歳でございます。幸運に恵まれ、二十歳の折り小普請抜

けをいたし、小十人衆として御番入りがかない、三年前、妻を迎えこの春倅が生まれて、去年、小十人組頭を命じられました。すなわち、わたくしはこの歳になって今もなお、十二歳の春の真実を存じません」

「さようか。ならばこの話はやはりここまでと、いたしたほうがよろしいか」

忠相が言うと、芳太郎は、「いや」と忠相を遮《さえぎ》った。

「土田半左衛門の名を、聞いた覚えはありません。しかしながら、確か父が存命だったあのころ、土田庫之助という者の名を父が口にしていたのを、うろ覚えに覚えております。父が土田庫之助の名を口にしていたのですから、土田半左衛門と申される旅の絵師も、父となんらかのかかり合いがあった方と思われます。大岡さま、土田半左衛門が何者にて、生前のわが父と土田半左衛門の間に一体何が、いかなる事があったのか、わが十二歳の春の真実をお教え願います」

忠相は首肯した。そして、

「では内藤どの、今少し近づきますぞ」

と、忠相は芳太郎へひと躙《にじ》りした。

忠相がそれを話し終え、湯呑処より控の間に戻ってほどなく、城中に午前四ツの御太鼓が打ち鳴らされた。

忠相は、腹の底に覚えるほんのかすかな気鬱《きうつ》を拭えぬまま、午前と午後の刻限をすごした。どうにもならぬ、とおのれに言い聞かせると、いつもそれだ、とおのれをなじる声が聞こえた。

午後八ツ、下城の支度を調え、控の間を出た。

雁《がん》之間の御入側《いりかわ》を菊《きく》之間の御入側へと通る忠相は、紅葉《もみじ》之間の御入側から菊之間の御入側へと向かってくる南町奉行の松波正春の黒裃を認めた。

松波はまだかなり離れた先より、ひと重瞼《まぶた》の細い目を凝っと忠相へ据え、頬が垂れて口角が下がった紫がかった唇を、不機嫌そうに尖らせていた。

中背の背中を丸め、少し小首をかしげた癖のある歩みを進めてくる。

元文三年のこの春六十二歳の忠相より二歳上の男である。

数間まで近づいたところで、忠相は先に歩みを止め、膝に両掌をあて松波に辞儀をした。対する松波は、素っ気なさを露わにやや斜に体を傾け、しかしわざとらしく丁寧な辞儀を寄こした。

辞儀を直し行きすぎようとした忠相の行手を阻むように、松波は小幅の歩みを、忠相の正面へ進めてきた。

そうくるだろうと、忠相はなんとなく感じていた。

「これは大岡さま、よい具合にお会いいたした。少々、お訊ねいたしたいことがござる。手間はとらせませんので、こちらへ」

松波の特徴のある、やや高い声が言った。

ただ、細いひと重の白目がちな目つきは、言葉つきほど穏やかではなかった。

「さようですか」

と、諸役の方々の行き交う御入側から、黒光りのする拭板の縁側へ出た。

察しはついているが、仕方ない。

那智黒《なちぐろ》の小石を敷きつめた広い庭の四周を縁側が廻り、遅い午後の日射しの下に梔子《くちなし》の灌木が花を咲かせている。

石灯籠が点々とおかれ、一隅に井戸が見えている。

「昨日、大岡さまの手の者が、小納戸頭取倉橋浩右衛門《ひろえもん》どのの愛宕下の屋敷を、大岡さまの御用と称して唐突に訪ね、今はご隠居の身の倉橋右京さまに取次を申し入れたそうですな。しかも、下賤《げせん》な身形の者がただひとりにて、あまりにも怪しく無礼ゆえ、倉橋家の用人が応対して引きとらせ事なきを得たと、今朝方、倉橋浩右衛門どのよりうかがいました。それを聞き、わたしは怒りというより、不快感を覚えました。

相役の稲生どのに伝えますと、稲生どのもなんたることだと呆れておられた。それでここはひと言、ご身分に障りますぞ、お気をつけなされと、あえて大岡さまに苦言を呈しておくべきだと思いましてな」

「それは、痛み入ります」

忠相は慇懃《いんぎん》に言った。

南町奉行の松波が言った稲生とは、北町奉行の稲生正武である。

松波正春も稲生正武も、町奉行に就く前は勘定奉行を務め、当時は南町奉行だった忠相が中心になって推し進めた元文元年の金銀御吹替の施策に、御吹替に反対する巨大両替商や大商人側に立って、忠相ら御吹替派と激しく対立した。

両者の対立の結果、御吹替は五月に断行されたが、その八月、忠相は南町奉行から寺社奉行に転出し、身分は栄転であり評定所一座の役目は変わらぬものの、幕政の一線より一歩遠ざけられた恰好で落着した。

そして、忠相のあとの南町奉行職に、二歳年上の松波正春が就いたのである。

まあ、こちらも六十をすぎたし痔もあるしな。

と、今は寺社奉行の忠相は淡々と思っている。しかし、

「のみならず」

と、松波は尚《なお》も言った。

「大岡さまの手の者は、もう十五年も前の一件をほじくり再調べをしているとかで、当時、倉橋家のご当主だったご高齢の右京さまに話を聞きたいと、身分違いをはばかりもせず申したそうですな。一体、大岡家では手の者にどんな仕付けをなさっておられるのかと、申さざるを得ない。大岡さまがその不束者《ふつつかもの》にお命じになられたのだからご承知だろうが、その一件とは、倉橋家の三男の弥八郎どのが、軽子橋の内藤斎樹なる小普請組の旗本の狼藉に遭って斬殺された、享保八年に汐留橋で起こった事件でござる。弥八郎斬殺を廻り、倉橋家と内藤家が対立し、当然、評定所においては内藤斎樹の取り調べが行われておるさ中、内藤斎樹が腹を切って病死と届けられた。なぜなら、これ以上両家の対立が深まっては、新たに怪我人や死人が出る恐れがある。ここは倉橋弥八郎、内藤斎樹両名の意趣遺恨は詮索せず、両家の対立を収めるために落着を図ったからでござる。当然、南町奉行の大岡さまもご承知だったはずの事件でございましたな。そうではありませんか」

「さようです。内藤斎樹の切腹により斬り合った両名が亡くなり、両名にいかなる意趣遺恨があったにせよ、町方が武家の詮議はできず、またおそらく、対立していた両家に和解が成立いたしたため、事件の調べはそこから進んではおりません」

「つまり、汐留橋の事件はそれで終ったのですな。それを今、大岡さまは何ゆえほじくり出そうとなさっておられるのか、なんのためにそんな無益なことをなさろうとするのか、合点が参らん。大岡さまほどのご身分の方が、埒もない外連《けれん》のふる舞いをなさるのは、感心せぬと申しますか、みっともないし、倉橋家、内藤家の両家にとってもはた迷惑も甚《はなは》だしい。おやめになってはいかがか」

「松波さまのお気に障りましたなら、お許し願います」

「気に障ったことなど、どうでもよろしい。大岡さまほどのご身分の方が、みっともないと言うておるのです。言うておきますが、そう思っておるのはわたしひとりではございませんぞ」

そして、松波は執拗に忠相の行く手を遮り、なおも言った。

「大岡さまは先日の、武州栗橋の関所破りの廉《かど》で捕えられた土田半左衛門と申す旅の絵師の評定にて、関所破りの審理にかかり合いのない妙なことを、土田半左衛門に質されましたな。あれも十五年前の一件でございました。十五年前の享保八年、江戸生まれ江戸育ちの浪人土田半左衛門が、江戸を欠け落ちいたす前に負った腕の疵の痕が今も残っておるかどうか見せよと。それから、土田半左衛門に軽子橋の内藤斎樹を存じているか、とも質されました。内藤斎樹と申せば、汐留橋の事件の倉橋弥八郎を斬殺いたした当人ではありませんか。それで昨日、大岡さまの手の者が、内藤斎樹と倉橋弥八郎が斬り合った意趣遺恨をほじくり出すため、倉橋家のご隠居の右京さまを唐突に訪ねたのでござるか。もしかして大岡さまは、倉橋家と内藤家の両家が十五年前に図った落着を覆すおつもりか。両家が意趣遺恨に蓋をし、この年月つつがなく存続しておるのに、今になってそれを覆そうとは、大岡さまは一体何を目論んでおられるのか。両家の迷惑をどのようにお考えか」

「松波さま、何も目論んではおりません。決して外連で調べているのでもございません。それに気づいたのは、偶然でございました。すなわち、十五年前の汐留橋の事件にかかり合いのあるわが覚え、わが存念に疑いが生じるある事態に、思いがけず気づかされたのでございます。今さら十五年も前のことをと、思わないのではございません。だといたしましても、それに気づかされたうえは、人を裁く評定の場に出座いたしております一手の寺社奉行の役目を果たすべきだと、思うただけでございます。あくまで気づかされた疑念を解くため、わたくしの役目を果たしております。あくまでこれが御公儀の、わが役目と思っております」

それではこれにて、と忠相は松波に言った。

「お待ちください。まだござる」

松波は尺扇を抜き、行きかけた忠相の紺青の裃に触れた。

忠相は尺扇を払わず、声を低くして松波に言った。

「松波さま、城中にてそのようなおふる舞いは無礼ですぞ。お除《の》けください」

背の高い忠相は、中背の松波をやや見おろす格好だった。

菊之間の御入側を通りかかった表坊主が、縁側に対峙《たいじ》する忠相と松波の様子に不審を覚えたのか、歩みを止めて訝しそうな眼差しを寄こした。

二

同じ日の午前四ツすぎの刻限、十一と金五郎、浜吉の三人は、京橋北は南伝馬町三丁目の大通りを西へ入る小路へ折れた。

小路に乾物類卸や紙煙草入問屋、絵具染草問屋、京菓子司などの店が軒をつらねた先の、その辺はもう畳 町《たたみちよう》の路地奥に、町絵師富田《とみた》増右衛門《ますえもん》の店がある。

路地奥の店ではあっても、柘植《つげ》の生垣に囲われ、小庭でそうずが心地よい音を奏でる一軒家だった。

町絵師になる前の絵師富田増右衛門は、鍛冶橋に拝領屋敷を構える幕府奥絵師狩野探船《たんせん》の下で修業を積んだ狩野派の門弟であった。

二十数年前の正徳の終り、その師匠と絵筆をとる考え方の違いから袂を分かち、畳町の店でこの一家を構え、以来、狩野派を修業した絵師でありながら、町絵師としての生業を始めていた。

町絵師は定まった保護者を持たず、また狩野派や土佐派《とさは》など、大和絵の伝統を守り門閥《もんばつ》を張る流派には属さず、世間のはやりに添った時俗風俗を描いて画料を得る生業である。

その町絵師の中で、富田増右衛門は婦女子の姿態に賦彩《ふさい》した肉筆の一枚絵を描き、それが町家の好事家の支持を得ていた。

金五郎は十一に言った。

「まだ読売屋だった七年か八年前、画商と町絵師の画料のもめ事が刃傷沙汰にまで及んで、そいつを読売種に探りましてね。その折り、好事家の間では知られていた町絵師の富田増右衛門の話を聞きに、畳町の店を訪ねたことがありました。画料のもめ事が刃傷沙汰になった話はどうでもいいんですが、お妙さんが、内藤斎樹は京橋北の畳町の往来を行く大鶴小鶴を見つけ、艶やかな比丘尼姿に覚えた感興に任せ絵筆を走らせたと、内藤斎樹が訪ねてきて言った話をなさったとき、ふと、富田増右衛門を思い出しましてね。富田増右衛門も、狩野派の絵の修業は積みましたが、狩野派を出て、美しい婦女子を描く町絵師になったんです。もしかして、内藤斎樹が大鶴小鶴を見つけたのは、畳町の富田増右衛門を訪ねる前かあと、つまり内藤斎樹の絵は我流で師匠はいなかったようですが、富田増右衛門に自分の描いた絵を見せていたんじゃねえかなと、そんな気がしたんです。もしそうなら、富田増右衛門は内藤斎樹がどんな絵師だったか、お妙さんよりもっとよく知ってるんじゃありませんか」

一軒家を囲う柘植の垣根の木戸門をくぐると、富田増右衛門は地味なよろけ縞を琥《こ》珀《はく》の角帯で着流し、庭の木犀《もくせい》の灌木の剪定《せんてい》をやっていた。

「お久しぶりです、富田先生。読売屋の金五郎でございます。もう八年ぐらい前になりますが、銀座町の町絵師と画商がもめて刃傷沙汰になった一件で、先生のお話をうかがいにきたことがございます。あの折り、読売風情に絵師と画商の間柄の面白い話をいろいろ聞かせていただきました。あのころは、宝屋という読売屋に勤めておりました金五郎でございます」

庭で灌木の剪定をしている増右衛門に、金五郎が門内の前庭で声をかけた。

増右衛門は金五郎より年上らしく、剃髪した頭に角頭巾をかぶり、痩せたやや小柄な風体は、夏の午前の日射しの下に佇む芸事の宗匠のように見えた。

増右衛門は剪定の鋏《はさみ》を止め、ああ、とわずかに色白の顔に笑みを刻んで、金五郎から十一と浜吉へぱっちりと見開いた目を向けて言った。

「宝屋の金五郎さんか。そうだったね。覚えているよ。あれからもう八年もたったのかい。早いね。老いぼれるはずだよ。金五郎さん、また読売種を嗅ぎつけてなんぞ訊きにきたのかい」

「じつは、読売屋は二年ほど前に廃業いたしました。今はちょいと事情がございまして、こちらのお侍さまの御用聞を務めさせていただいております。こちらは古風十一さまです。それから、あっしと同じく御用聞の浜吉さんです」

十一と浜吉は、増右衛門へ辞儀をした。

「へえ？　柄の悪い読売屋が、もっと柄の悪い御用聞を始めたのかい」

「仰る通りでございます。というわけで、また富田先生に面白くて役にたつお話をうかがいに、お訪ねした次第でございます」

「あはは。絵のことしか知らない、こっちも柄の悪い町絵師の話が、面白くて御用のお役にたつのならいいよ。話してあげるよ。ただし、ひょっとしたら柄の悪い町絵師でも、話せることと話せないことがあるかもしれないけどね。あはは。面倒だからこっちへ廻ってお上がり」

増右衛門は庭に面した部屋の縁側の沓脱《くつぬぎ》に庭下駄をそろえ、縁側に上がって仕切りの腰付障子を両開きにした。

増右衛門には、まだ三十前と思われる年増の女房がいた。四十近く歳の離れた三人目の女房だった。ふくよかな肉づきの色っぽい女房が嫣然《えんぜん》として、香りのよい煎茶《せんちゃ》を運んできた。

十一は改めて名乗り、「大岡越前守さまよりお指図を受け……」と、寺社役助の書付を増右衛門に差し出した。増右衛門は書付を確かめ、それを十一に戻すと、才槌頭をつくづくと眺めた。

「ほう。お若い古風さんは大岡越前守さまの御用をお務めで。さようでしたか。こう申してはなんですが、ここら辺は江戸開闢《かいびやく》以来の生粋の下町ですから、商人も職人も豆腐屋も大工も棒手振《ぼてふ》りも、むろんわたしら絵描きも男も女も、年寄りから子供まで、ここだけの話、やくざや地廻りだって、みな大岡さま贔屓《びいき》ですのでね。一昨年、大岡さまが南町の御奉行さまから、お大名しか就けない寺社奉行さまにご出世なさったのは、さすがは大岡さまと思う一方で、われらが町奉行さまの大岡さまではなくなっちまったのが寂しいなって気持ちがしましてね。で、古風さま、今日は金五郎さんとこちらの浜吉さんの御用聞お二人を従え、絵描きの富田増右衛門を訪ねてきたのは大岡さまのいかなる御用か、お聞かせ願いましょうかね」

「おうかがいします」

と、十一は言った。

「十五年前の享保八年、旗本の内藤斎樹という侍が、一門の家名を守るため、切腹して果てました。内藤斎樹は当時三十九歳。築地の軽子橋に拝領屋敷のある小普請組の無役でしたが、三十九歳で切腹して果てるおそらく数年前より、誰の手ほどきも受けずに、自身の嗜好のままに絵を描いておりました。本日お訪ねいたしましたのは、先生が絵師としての内藤斎樹をご存じならば、内藤斎樹がどのような絵師であったかをおうかがいできるのではと……」

「なぜ、わたしが内藤斎樹を知っているならと、古風さんはお考えで」

「それはあっしが、畳町の富田先生が絵師の内藤斎樹をご存じかも知れませんと、申し上げました」

金五郎が言うと、増右衛門は金五郎へうす笑いを向けた。

「金五郎さん、なぜそう思ったんだい」

「内藤斎樹が好きに任せて絵筆を執っていたころ、八官町の比丘尼商売で大鶴小鶴と呼ばれて評判だった母娘《おやこ》を、この畳町の往来で偶然見かけ、大鶴小鶴の婀娜《あだ》な姿に感興をかきたてられ、てめえの感興に任せて絵筆を執ったんだそうです。享保八年よりまだ何年か前のことなんですが、昨日それをある方から聞きましてね。ふと、畳町なら富田先生がお住まいだなと気づいて、そうか、内藤斎樹は畳町の富田先生を訪ねて、てめえが好きに任せて描いた絵を見せに行ってたんじゃねえか、先生に自分の絵の良し悪しを訊ねたんじゃねえかと、思ったんです。だってそうじゃありませんか。先生は、奥絵師と言われる格式高い狩野派の画工の修業を積みながら、ご自分の描きたい絵を描くと決めて狩野派とあえて袂を分かち、町絵師になられた。で、町絵師の富田先生が描かれた絵が、あの絵じゃありませんか」

金五郎は、部屋の違い棚がある壁へ手を差した。その壁には、水茶屋の茶汲女と思われる艶姿《あですがた》の肉筆画を表具した一枚絵が、芍薬《しゃくやく》の一輪挿《ざ》しの花活けのわきに、さりげなく掛けられていた。

「内藤斎樹の、まだ小女の小鶴を描いた絵を見ました。あっしの覚えている先生の絵とはまるで違っていたけれど、先生と内藤斎樹の絵には何かしら似た絵師の性根が、感じられてなりませんでした。素人のあっしは上手く言えませんがね。だったらきっと内藤斎樹は、富田先生にてめえの絵を一度見てもらいてえ、できればてめえの絵を判断してもらいてえと、お願いに訪ねてきたんじゃありませんか」

「ふん、そうなのかい。柄の悪い元読売屋に、柄の悪い町絵師の肚の底を見透かされていたようだね。内藤さんに、このことは何とぞご内聞に、と頼まれていたんだけどね。嗅ぎつけられたんじゃあ、仕方がないね。別に悪いことをしてたわけじゃないよ。むしろ内藤さんは優れた絵師で、絵を描かずにはいられなかったんだろうね。お旗本だの、代々続く武門の家名だのと、そういう身分に縛られて、自分の腹の底から湧き上がってあふれる感興を抑えることが、苦しかったんだと思うよ」

増右衛門は、柘植の生垣に囲われた小庭へ目を遊ばせた。生垣や木犀の灌木で飛び交っていた雀が、庭から縁側にまできて囀《さえず》っていた。生垣の外の小路を通る町民の話し声が、のどかに聞こえた。

増右衛門は小庭へ目を遊ばせたまま言った。

「わたしはね、女の姿形の髪形から髪飾り、目鼻と唇、白い肌艶、衣装の模様や着こなし、仕種、何もかもを見たままに写しとるのさ。わたしの描いた絵を見た画商はね、美しいですね、いいですね先生、と言うんだ。けど、内藤さんの絵はね、これが見たままにそんなにはこだわっていないんだよ。絵を見てくれと、内藤さんが初めてうちへ訪ねてきたあの日、わたしは注文の絵にとりかかっていた最中だったから、二つ三つ厳しい指摘をして追いかえすつもりだった。今もはっきり覚えているよ。内藤さんは、二本差しの身形も悪くない侍だった。すっと背が高く、顔だちも姿も悪くなかったが、もう分別盛りの中年じゃないか。わたしはてっきり、若侍だとばかり思っていたもんだから、意外だった」

増右衛門は、うふふっ、と思い出し笑いをもらし、さらに続けた。

「内藤さんの絵を見て、美しいとも、いいとも、画商みたいには言わなかった。なんだいこれはと思ったね。井戸端で洗濯してる裏店の女とか、どっかの神社でお参りをしてる女とか、水茶屋の二階の出格子に腰かけて、団扇《うちわ》を使って夕涼みなんかをしてる茶汲女とか、どれもそんな町家の女の絵ばかりでさ。くっきりとした墨の描線で人物を囲い、それに濃淡のないただ一色で彩色して、眼差しも頬笑みも、衣装の模様も手足の仕種のひとつひとつが、奇妙に息づいているっていうか、生々しいっていうかさ。つまり、わたしのように見たままを写しとるんじゃなくて、内藤さんはちょっと見かけた町家の女の風情に、自分が感じたままを描いているのさ。こういう絵はどうもあまり、とわたしは言いたかった。けど何も言わなかった。ていうか、言えなかったのさ。つい見惚《みと》れて、言う言葉が思いつかなくてさ」

あはは……

増右衛門が笑った。

「わたしと内藤さんは、師匠と門弟じゃない。画業を生業にする十歳ほど年上の絵師と、気ままに絵を描いている中年の侍が、絵描き仲間になった。内藤さんはわたしに絵を見せにきて、何か言ってほしいと言うのさ。わたしが無理矢理、あれこれ批判めいたことを言うとね、ふむふむ、と嬉《うれ》しそうに聞いてるだけさ。画商に売りこんでみないかい、間違いなく売れるよと、一度だけ言ったことがあった。それはできませんと、そのときは眉を曇らせた。まあ、考えてみれば、惜しい才には違いなかったけど、御公儀の旗本という身分が、内藤さんの才の限界だったのかもね。結局、内藤さんは絵師になれず、つまらない侍のまま死んじまったわけだ」

内藤斎樹が畳町の増右衛門の店を訪ねてきたのは、前年の享保七年の極月《きわまりづき》初旬が最後だった。

年が明けて春三月まで、音沙汰は途絶えていたのが、築地の小普請組旗本内藤斎樹が切腹して果て、小普請支配に病死と届けが出されたと読売で知ったのは、その三月の半ばごろだった。

「わたしは内藤さんに何があったのか知らなかったし、今も知らない。知ろうが知るまいが、内藤さんはもういないんだから、どうでもよかった。内藤さんがこの店にいきなり訪ねてきて以来、三日も四日も続けて顔を出すこともあれば、二、三ヵ月音沙汰のないときもあった。だけど、あの前年の冬の終りごろから翌年の春にかけて顔を見せなかった時期は、なぜか気鬱な日が続いてさ。内藤さんがいつものように、ぶらりと顔を出さないかなと思っていた。あとになって内藤さんの切腹がわかって、ひょっとしたらあの気鬱が虫の知らせだったのかいと思えて、泣けたよ。軽子橋の内藤家を訪ねて、奥方さまにお悔やみを申し上げて、焼香したいと思ったけど、内藤さんは、わたしのような町絵師の店に出入りしていたことを、奥方さまに内聞にしていたみたいだったから、やっぱり遠慮したほうがいいかなと思ってさ」

増右衛門は膝にそろえた両掌の指先で、軽く膝を打って調子をとっていた。

「比丘尼商売の八官町の大鶴小鶴や、木挽町七丁目の土田庫之助という隠売女の抱主の噂話などは、聞かれたことはありませんか」

と、十一が訊ねた。

「比丘尼が黒桟留か黒縮緬の投頭巾の法体に比丘簓《びんざさら》を鳴らし、小比丘尼が五色の幣串を提げて勧進を乞うて町家を行く、内藤さんの描いたそういう絵を見た覚えはあるよ。見事だと褒めたら、嬉しそうに笑ってた。たぶん、あの絵の比丘尼が大鶴小鶴だったんだろうね。それから、隠売女商売の土田庫之助の話も、一度か二度、聞いた覚えがある。親子ほど歳が違って、いかがわしい隠売女商売をしていても、土田さんは面白い人だと言ってたな。だが、大鶴小鶴も土田庫之助も、わたしが聞いたのはそれぐらいだった。もっとあったかも知れないけれど、遠い昔のことなので忘れた。このごろは何もかもが曖昧《あいまい》になってきてさ。もう老いぼれだよ……」

そう言ったあとで、増右衛門は膝を打つ掌を止めた。

「そうか。あれがあったな。じつは、内藤さんがわたしに見せにきた絵の中で、今もわたしが持ってる一枚絵があるよ。町家の女じゃなくて、武家の奥方と思われる絵でね。地味な装いながら気位の高そうな器量のいい奥方が、書院の床の間のそばに端座して、花活けに赤いけしの花を活けてるところでさ。白い手のさりげない仕種や、目配りとか風情が上品なんだな。内藤さんが武家の婦女子を描いた絵を初めて見たんで、いい絵だね、奥方かいと訊いたら、違います、身うちの者を描くのは気が引けますのでと、ちょっと気恥ずかしそうだった。ちょうど王朝期の高貴な官女を描いていたときだったんで、手本にしたいからしばらく借りていいかいと頼んだら、どうぞって、恥ずかしそうに笑ってた。やっぱりあの絵の武家の婦女子は、内藤さんの奥方かもしれないね。かえさなきゃあと思ってるうちに、内藤さんがあんなことになってしまったもんだから、かえしそびれた。十六年、いや十七年以上、借りたままになってるよ。古風さん、そいつを見てみるかい」

「お願いします。是非、見せてください」

十一はなぜか、胸に兆す感情を覚えた。

三

翌日、四月二十五日の評定所立会日、評定の場に、寺社奉行、南北町奉行、勘定奉行の三手、及び大目付と目付の立会の下、武州栗橋の関所破りの廉《かど》による浪人土田半左衛門の評定の裁きが下された。

御目見以下の侍は目付が裁きを下すが、浪人土田半左衛門は江戸在住の浪人であったため、南町奉行の松波正春が、土田半左衛門の身柄を武州栗橋へ戻し、かの地にて磔の裁きを下した。

明朝、土田半左衛門は栗橋へ護送され、栗橋に着き次第、明後日か遅くとも明々後日、関所役人と当地の役人の手によって刑が執行されることになった。

その日の夕刻だった。

神田堀南側の広い一帯を占める小伝馬町牢屋敷の、片番所表門の右小門を、五名の侍がひっそりとくぐった。

紺羽織と仙台平の栗色の半袴に山岡頭巾をかぶった長身の侍が、初めに小門を通って屋敷内に入り、胸が分厚く肩幅のある短軀に桑染の羽織と細縞の袴、短軀には長刀に見える二本をずしりと帯びた菅笠の侍が、すぐ後ろに従った。

続いて、花色の単衣に下は小楢色の裁っ着けと黒鞘の小さ刀一本、深編笠の長身痩《そう》軀《く》の脇に木箱を抱えた一名が、黒足袋草鞋掛の長い足を牢屋敷内に踏み入れ、後尾に黒羽織に縞袴の、屈強そうな二名の侍が続いた。

次第に紺色へと染まり、星のまたたき始めた夕空の下、正面の牢屋同心詰所の瓦屋根は黒く沈み、詰所の玄関式台と取次の間を一灯の行灯の明かりが照らしていた。

玄関式台に隣接して土間と板縁が見え、そこは薬調合所になっている。門内左手の内塀を背に、石出《いしで》帯刀《たてわき》の看板を着けた下男《しもおとこ》らが詰めている表門の番所がある。

牢屋奉行の石出帯刀と羽織袴の三名の牢屋同心が、表門を通った一行五名を、詰所の玄関前で出迎えた。

石出帯刀が、山岡頭巾の侍に深々と辞儀をして言った。

「大岡越前守さま、お待ちいたしております。牢屋奉行を相務めます石出帯刀でございます。お役目の支度はすでに整っておりますが、ひとまずは、わが屋敷にてご休息をなされたのち、吟味をお始めなされてはいかがでございましょうか」

牢屋敷内の東南角に、囚獄石出帯刀の拝領屋敷がある。

黙礼をかえした忠相は、石出帯刀に言った。

「石出どの、ご配慮痛み入る。しかし、今宵の土田半左衛門の聞き取りは、寺社奉行の役目のためでも評定所の吟味のためでもないので、そのおつもりに願いたい。土田半左衛門がすでに待機しておるなら、早速、面談いたすゆえ、案内を頼む」

「承知いたしました。大岡さまを揚屋にご案内いたすわけには参りませんので、土田半左衛門は、こちらの同心詰所に、すでに待機させております。わたくしはご指示の通り同座いたさず、わが手の者にも詰所の外に出て、不測の事態に備えるように命じております」

石出帯刀は玄関式台のある同心詰所を手で差した。

「それと今ひとつ、申し上げます。牢屋敷は町奉行さま支配下でございます。わたくしは今宵の大岡さま直々《じきじき》の土田半左衛門のお聞き取りを、明日、両町奉行さまにご報告いたさねばなりません。それをご承知いただきます」

「むろん、それでよろしい。わが手の者がお伝えした通り、土田半左衛門の聞き取りは、栗橋の関所破りの裁きとはかかり合いのない、あくまでわが一個の、内々の疑問を土田半左衛門当人に質《ただ》すためでござる。ご不審ならば、いつなりともお訊ねくだされと、そのように」

「では、わが手の者がご案内いたします。どうぞ」

石出帯刀は三人の牢屋同心に目配せした。

三人は先に立ち、大岡ら五人を同心詰所に案内した。

同心詰所は、玄関式台を上がって廊下を隔てた間仕切の奥に九畳を敷きつめた座敷で、南側と東側に板縁が矩形に廻り、腰付障子が閉じられていた。

その九畳の一隅に、牢屋同心がひとり端座し、座敷のほぼ中央に、評定の場での麻裃ではなく、桑染の上衣に地味な壁色の袴を着けた土田半左衛門が、痩身の背中をやや丸めて南側を向いて着座していた。

むろん、拘束はされていない。

忠相らを導いた三人の牢屋同心と、一遇にいた牢屋同心は、忠相らと入れ替わるように詰所を出た。

忠相は半左衛門の前に進んで、半左衛門と一間ほどを隔てて着座した。

半左衛門は畳に手をつき、平身した。

雄次郎左衛門と十一は、忠相の左右の後ろに笠をわきにおいて半左衛門に相対し、供侍二人は、半左衛門の左右後ろに控えた。

みな佩刀のままで、無腰は半左衛門ひとりである。

「土田半左衛門、大岡忠相だ。手を上げよ」

半左衛門は手を膝へ戻し、白髪混じりの髷を持ち上げた。

だが、目は伏せたままだった。

干からびて白茶けたような肌色が、半左衛門の心境の空虚を表わしていた。

「おぬしに少し、訊きたいことがあってきた。評定の場の寺社奉行の役目としてではないし、おぬしに下された裁きとも違うことだ。わたし自身が半左衛門に訊ね、確かめておかねばならぬと思うことがある。ただそれだけだ。よって、わが配下の者と警備の者しかここにはいない。役目ではないので、囚獄の石出帯刀どのにも遠慮を願った。よいか」

はい、と半左衛門の小声がかえった。

二灯の行灯の火が、小さく震えていた。

夕刻の明るみが、詰所の東側と南側に閉てた腰付障子にまだ映っていた。

初夏にもかかわらず、日が落ちてから少し肌寒さが感じられた。

牢屋敷は寂《しん》と静まっている。

「半左衛門、夕餉《ゆうげ》は済ませたか」

「牢屋敷にての最後の夕餉を、美味しくいただきました」

「そうか。よかった」

　忠相は半左衛門をしばし見つめ、それから続けた。

「この者はわが配下の岡野雄次郎左衛門である。こちらの者は同じくわが配下の古風十一と申す。この両名におぬしの素性を調べさせた。半左衛門、なぜおぬしの素性を調べさせたかわかるか」

　半左衛門は、伏せていた目をさりげなく忠相へ寄こして言った。

「御奉行さまにお答えいたします」

「ふむ。申せ」

「四日前の審理の場にて、御奉行さまはわたくしの肩の古疵をお確かめになり、公儀小普請組旗本の内藤斎樹を知っているかと、お訊ねになられました。御奉行さまがわたくしのことを見覚えておられたのだと気づかされ、いたし方なしと思いつつ、十五年の季《とき》が流れたのだと、少々胸がつまされました」

「おぬしもわたしのことを、覚えていたか」

「南町奉行大岡越前守さまのご尊顔を、忘れるはずがございません。名町奉行大岡さまの評判は耳にしておりました。しかし、初めて対面がかないましたのは、このたびと同じ、十五年前の評定の場でございました。あのとき、大岡越前守さまはやはりこのような方であったかと、なぜか思ったのをおぼえております」

「やはりこのような、とは……」

「定かには申せません。ただなんとなく、やはりわたくしが思っていたような、でございます。四日前の評定の場に再び大岡さまと対面いたし、十五年前のあのときに戻った気がいたしました」

半左衛門は、少し物憂げな笑みを浮かべていた。

忠相は言った。

「土田半左衛門、おぬしを内藤斎樹と呼んでよいな」

「畏れ入ります。どうぞ、そのように」

「古風十一の調べによって、小普請組旗本内藤斎樹が旅の絵師土田半左衛門に成り変わったからくりはほぼわかった。土田半左衛門の父親の、木挽町七丁目で隠売女の抱え主だった土田庫之助が、おぬしが江戸を発った三年後の享保十一年に亡くなったのは知っていたか」

「長逗留をした旅の宿から二度ほど、土田さんに手紙を送りました。いずれも便りはかえってきませんでした。土田さんはわたしとは、二十以上歳が離れておりましたので、もしかして亡くなられたのではと、思っておりました」

「土田庫之助に半左衛門という倅はいない。幼いころに亡くした、可吉という倅はいたらしい。比丘尼商売の大鶴の妙が、深川の亥の堀にいる。もう五十五歳だが、浮浪児の童女を拾って鈴と名づけ、小比丘尼をさせ比丘尼商売をまだ続けている。凄まじいな。大鶴におぬしの描いた小鶴の絵を、借りることができた」

十一……

と忠相が指図し、十一が、木箱の中の一幅の表具した絵をとり出し、内藤斎樹の膝の前へおいて広げた。

「これです」

それは本物の鈴には似ていなかったにもかかわらず、あふれる涙を堪えられなかったと、妙が十一に話したあの内藤斎樹の描いた小比丘尼鈴の一枚絵だった。

内藤斎樹は十一が広げたその絵に、凝っと見入った。

「わたしには、この絵の出来栄えを断ずる才はない。ただ、ここに描かれた小女か娘かの年ごろを揺れ動く小比丘尼の、寂しげな頬笑みに胸がつまされた。なぜ、この小女か娘かは、このように寂しそうな頬笑みをうかべていたのか。それがわかれば、たぶん不才のわたしにも、このような絵が描けるのかもな」

忠相が言った。

「大鶴の名は妙。小鶴の名は鈴。まだ小女も同然の鈴が、倉橋弥八郎に殺害された。汐留橋の倉橋弥八郎斬殺は、鈴の仇討ちだったのだな。おぬしが倉橋弥八郎を討ち果たし、切腹して果て支配役に病死と届ける。それによって、倉橋家と内藤家の対立を収束させ、内藤斎樹は土田半左衛門に成り変わって江戸から消える。そして、十五年前は十二歳の少年だった倅の芳太郎どのが、内藤家の家督を継ぐ。これらの一連のからくりは、大旨、土田庫之助が企てたと、古風は亥の堀の大鶴の妙から、それを教えられたのだ」

内藤斎樹は絵に見入ったまま、いつまでも黙然としていた。

「古風は軽子橋の内藤家を訪ね、和代どのに面談もいたした。あの春、和代どのはどのようなお働きをなさったのかは聞けなかった。だが、あのからくりは、和代どのの同意と手助けがなければ、できることではあるまい。あるいは、内藤家の家中に和代どのの手助けをした心知る者がいたかも知れぬが、今となってはそれを詮索したとしてもどうにもならぬ。内藤家は内藤斎樹の倅の芳太郎どのが継ぎ、ただ今芳太郎どのは小普請抜けを果たし、小十人組頭に就いておられる。妻を娶り、跡継ぎも産まれ、内藤家の家格ならば、芳太郎どのはいずれ、小十人頭を拝命するであろう。内藤家の今の事情は知っていたか」

「いえ。存じません。わたくしはあの日の夜ふけ、内藤家のあとのことはすべてわが妻和代に委ね、町家の町民風体に両刀すら帯びず、裏門の潜戸より軽子橋の内藤家を去ったのでございます。それから先は……」

内藤斎樹は鈴の絵から面《おもて》を上げ、話し始めた。

四

鈴の四十九日の法要を済ませた翌日の午前、内藤斎樹と土田庫之助は、木挽町七丁目から汐留橋を芝口新町へと渡っていた。

人の往来の多い橋の中ほどにきて、庫之助は手摺《てすり》に両肘《りょうひじ》をついて凭《もた》れかかり、宝永《ほうえい》の終りごろまで新橋と呼ばれていた川上の芝口橋へ目を投げた。

東海道へと通ずる街道の日本橋の次が京橋、そして新橋の芝口橋である。

芝口橋を行き交う人波はつきず、橋の袂の河岸場には荷船が何艘も舫《もや》って、船荷を運ぶ河岸場人足の声が賑やかに聞こえてくる。

「昼間はこんなに賑わっているが、夜の五ツをすぎるころには人影が途絶え、うろつき廻っているのは物の怪か夜鷹ぐらいだ。町民はみな朝が早いからな」

庫之助は、汐留橋から芝口橋と周辺の町家を眺めて言った。

「倉橋弥八郎は築地の多沼兵庫之助の道場に通い、そのあとは必ず道場仲間と木挽町四丁目界隈の酒亭で酒盛りを開く。酒盛りのあと、愛宕下の倉橋家の屋敷までの戻りは大抵ひとりだが、真っすぐには戻らず、売女と夜半近くまで戯れることが多い。鈴の一件があってからは、八官町へは用心して行っておらん。行くのは神明の岡場所が多いが、このごろ、うちの売女に気に入ったのができたらしく、よくくるようになった。あれでも武家だから朝帰りはない。必ず夜半までには愛宕下の屋敷に戻る。その戻り、この汐留橋でやるのはどうだ」

「いいだろう。場所はここにしよう」

内藤斎樹が庫之助に並びかけると、庫之助がまた昨日と同じことを言った。

「わたしは還暦を迎えた年寄りだ。十分生きた。おのれの寿命を閉じてよいころだ。相打ちを覚悟で挑めば、若蔵の弥八郎ごとき、討ち果たせぬはずはない。守るべき代々の家がある斎樹さんではなく、やはりこれはわたしがやるべき務めではないか。斎樹さんは、比丘尼の大鶴小鶴を絵に描いた絵師というかかり合いにしかすぎん。わたしは鈴の父親同然の身だ。父親のわたしが、娘の仇を討つのは筋が通っておる」

しかし、斎樹は言った。

「庫之助さん、倉橋弥八郎におのれが犯した罪を償わせる。それが武士の果たす義と人の通す理だ。わたしに任せると決めたではないか」

内藤斎樹は汐留川の景色を眺めて、のどかに言った。

それ以上、庫之助は言わなかった。

汐留橋を芝口新町へ渡り、汐留大河岸に近い吉兵衛《きちべえ》の船宿に入った。

「料理が美味い。昼飯を食いながら話そう」

と、庫之助が斎樹を誘ったのだった。

船宿の二階の部屋の出格子窓から、汐留川と芝口橋から東側の物揚場が見おろせ、汐留橋も見えた。川面を飛び交う鳥影が出格子窓をかすめ、つびい、つびい、と澄んだ鳴き声が聞こえてきた。

「ここからは、汐留橋がよく見える」

斎樹は出格子窓からのぞいて、汐留橋の人通りを数えた。

「大丈夫だ。満月がかかった夜でなければ、真っ暗で何も見わけられん。月のかからぬ、そういうころにすればよい。ただし、芝口一丁目の東側ともやいの自身番が新町にある。汐留橋の騒ぎを聞きつけたら、店番や当番が素早く駆けつけてくるぞ。それまでに済まさねばならん。あまりときはかけられない」

庫之助が言った。

斎樹は、出格子から庫之助へふりかえった。

「わかっている。長くはかからぬ。ひと太刀か二太刀で済ませる」

「やれるか」

「斬り合いをしたことはないが、やるしかない。若いころ、通っていた八丁堀の道場で師範代を務めた。稽古のようにやればできる」

ほどなく、長芋の青味噌田楽、湯葉巻きけんちん、茄子のぬた和え、鯛の焼物、つまみ菜の味噌汁、などの膳が運ばれた。燗《かん》をした提子《ひさげ》と杯が添えられていた。

杯をあげながら、斎樹と庫之助は手順を細かく、あれこれと打ち合わせた。

だが、それでいこう、と決めたのは一番初めに考えた手順だった。

それは偶然だった。去年、八官町の店で起こった小比丘尼の小鶴殺害事件のあと、倉橋弥八郎は八官町へは足を踏み入れなくなり、木挽町七丁目の友三郎店で庫之助が抱える隠売女に、馴染みができていた。

友三郎店の隠売女の抱主が、殺害された小鶴の母親の大鶴と懇ろの間柄とは、弥八郎には思いもよらないことだった。

庫之助は、弥八郎が馴染みにしている売女に、それとなく弥八郎が次にきそうな日を聞いたところ、いつも酔っ払ってるお客さんだからいつくるかわからない、だが、稽古に通っている剣術道場の休みの前日は大抵くると思うと、教えられた。

弥八郎が稽古に通っている多沼兵庫之助の道場の次の休みは、三月三日の上巳《じょうし》の節句であった。

その前日、三月二日の夜半をその日と決めた。

三月二日、宵のうちに斎樹が木挽町七丁目の庫之助の友三郎店を訪ね、弥八郎が馴染みの客になるのを待ち、夜ふけの四ツごろ引き上げる弥八郎を、先に汐留橋へ向かい待ち受ける。

弥八郎を討ったあとは、汐留橋周辺の町家に気づかれずその場をたち去ることができると判断できれば、そのまま軽子橋の屋敷に戻り、何事もなかったように普段通りにふる舞う。

不測の事態が起こった場合は、一旦、庫之助の友三郎店に身をひそめ、機を見計って屋敷に戻る。

そして、その宵から夜半ごろまでは、八官町の比丘尼の大鶴、すなわち妙の店の客になっていたと、大鶴と内藤斎樹の口裏合わせは庫之助が仕切った。

三月二日のその夜ふけは、月も星も見えず、分厚い闇の帳《とばり》が汐留橋両岸の町家を閉ざしていた。町家も橋も、そして、河岸場に舫う荷船も、暗い川面に浮かぶ黒い影にしか見えなかった。

内藤斎樹は、紺無地の越後上布を頬かむりに顔を隠し、紺木綿に黒の細袴を着け、足下は黒足袋に草鞋をつけた。汐留橋の新町側の手摺に寄りかかって、汐留川と三十間堀が合流するあたりの黒い川面を見おろした。

この刻限、通りかかりが提げた提灯の明かりはひとつもなかった。芝口橋より先の難波橋《なんばばし》の袂に、屋台かそれとも河岸場の常夜灯の小さな明かりが、ぽつんと灯っているのが、寂しげに見えるばかりだった。

じゃらん、じゃらん……

どこかの町家の火の番が突く鉄杖の、夜ふけの静寂を破る音が聞こえた。

まだか。斎樹は少し焦《じ》れた。

が、ほどもなく、周囲の暗闇の中にぽっかりと浮かんだ提灯の明かりが羽織袴の輪郭を浮きあがらせつつ、木挽町の往来を汐留橋へと歩みを進め、やがてゆるやかに反った汐留橋に差しかかるのを、斎樹は認めた。

途端、斎樹の胸は高鳴った。

斎樹は寄りかかっていた手摺から離れた。そして、反り橋を上ってくる提灯の明かりへ向かって、ゆっくりと踏み出した。

人影は笠をかぶっておらず、剣術稽古の防具をかけた袋竹刀《ふくろしない》を肩に担いでいた。

小さな提灯の明かりが、その目鼻だちを不気味な影で隈どって、腰に帯びた二刀の柄頭の金具が、提灯の明かりを、きら、と照りかえした。

上等そうな銀鼠の羽織に琥珀の袴、白足袋につけた雪駄を橋板に鳴らしている。

弥八郎の歩みは、夜ふけの汐留橋の南方より明かりも持たず近づいて行く斎樹に、少しも動じる様子を見せなかった。むしろ悠然としていた。

中背の痩身ながら肩幅があって、屈強そうな身体つきに思われた。

こういう男か、と思うと同時に、この男に首を絞められ、鈴はなす術はなかったのだろうと思った。

倉橋弥八郎に間違いないと確信した。

やがて、提灯の明かりが闇の帳を透かし、頬かむりの斎樹の風貌をぼうっと照らすほどに近づいた。

両者の間が二間余になって、どちらからともなく歩みを止めた。

斎樹が先に声をかけた。

「卒爾《そつじ》ながらお訊ねいたす。愛宕下倉橋家の弥八郎どのか」

「この夜ふけに明かりも持たず、胡乱なやつめ。おれと知って待ち受けていたなら、ただの物盗り集《たか》りの輩ではないな。何者だ。名乗れ」

口元を歪め、太々《ふてぶて》しく言った。

「倉橋弥八郎、鈴の仇をかえす」

「なんだと。誰の仇だと」

「八官町の小比丘尼小鶴の、鈴の仇だ。おのれの悪逆無道、忘れたとは言わさん」

言うや否や斎樹は踏み出し、抜刀の構えをとって見る見る弥八郎との間をつめた。

あはっ、とようやく気づいたか、弥八郎は嘲るように顔をしかめた。

「戯《たわ》けが」

弥八郎は吐き捨て、肩の防具と袋竹刀を落とし、斎樹へ提灯を投げつけた。

提灯は斎樹の左肩にあたり、橋板に転がった。提灯の乱れた明かりが、刀の柄に手をかけた弥八郎のしかめた顔ににじむ憎悪や、蔑みや、侮蔑《ぶべつ》を照らした。

ときはかけられない。ひと太刀か、二太刀で斃す……

間をつめた瞬間、斎樹は抜き打ちに弥八郎を斬り上げた。

一刀がうなり、ほぼ同時に抜き放った弥八郎の一刀が、かあん、とそれを撥《は》ねかえした。

斎樹の一刀は闇の空へ流れ、体が乱れた。

「りゃあ」

すかさず、弥八郎の追い打ちの袈裟懸《けさがけ》が、体の乱れた斎樹に浴びせかけられた。

咄嗟、斎樹は乱れた体勢のまま一歩を踏み出し、弥八郎の袈裟懸をかいくぐって胴を斬り抜けたのと、袈裟懸が斎樹の肩口をかすめたのが相打ちになった。

弥八郎は胴を抜かれて、あっ、と発して前へ空足を踏み、斎樹は苦痛を堪えて身体をよじった。

しかし、次の瞬間だった。

体をよじりながらも斎樹がふりかえり様に薙《な》いだ一閃《いっせん》が、同じく空足を踏み堪え、ふりかえり様に再び上段にとった弥八郎のこめかみを割ったのだった。

ばちん、と鈍い音が鳴り、柄を握る斎樹の掌に手応えがかえった。

弥八郎は短く絶命の声を発して顔をそむけ、髷がざんばらに乱れた。

そして上段にとった体勢のまま、仰のけに半円を描き倒れて行った。

それは束の間のことだった。

汐留橋は再び、夜ふけの静寂に包まれていた。ただ、投げ捨てられた提灯が、ゆらゆらと弔いの炎を上げ、弥八郎の死に際の様子を映していた。

新町の住人が、人の喚声と提灯の炎に気づいてあちらこちらから出てきたとき、斎樹の姿はすでに汐留橋にはなかった。


「それが、弥八郎の致命傷になりました。紙一重、いや、両者の執念の差でございました。運が味方をしたと申すしかございません」

内藤斎樹は、忠相に言った。

「凄まじいな」

「しかし、思う通りに事は運ばなかったのでございます。木挽町七丁目まで逃れてきたとき、顔見知りの火の番に見られたことを伝えるためと、肩の疵の手当もしなければならず、庫之助さんの店に一旦身をひそめました。それからの始末は、すべて庫之助さんに助けられたのでございます。その夜、庫之助さんに疵の手当を受け、また庫之助さんの着物に替えて屋敷に戻ったのは、ちょうど夜半ごろでございました。八官町の大鶴の店におり、汐留橋の倉橋弥八郎斬殺の一件にかかり合いがないことにできるはずでございました。ですが、木挽町七丁目の火の番に見られたため、その目論見が齟齬《そご》をきたしたのでございます。倉橋家が弥八郎斬殺の仕返しに一門の者を集め、弥八郎の道場仲間らも加わって内藤家に押しかける勢いだと、不穏な噂が聞こえておりました。のみならず、町方の調べも進められ、小普請支配の聞きとりもございました。もはやこれまでかと、切腹を覚悟いたしましたのは、評定所のお呼び出しを受け、当時は南町の御奉行さまであった大岡さまがご出座なされていた、三手掛の審理に臨んだあとでございます。わたくしが弥八郎斬殺の咎めを受ければ、小普請組ではあっても代々続く千五百石の旗本の内藤家に、咎めが及ばないわけがございません。切腹しか道は残されておりませんでした」

「土田半左衛門に成り変わる手だてを考えたのは、やはり土田庫之助か」

　忠相が訊ね、内藤斎樹は、はい、と首肯した。

「庫之助さんは、倉橋弥八郎はおのれが斃さねばならなかったと、老いた自分がやはりなすべきであったと、負い目を感じておりました。あのころ、わが家には菅谷と申す相談役を務める年寄りがおりました。庫之助さんはわたくしが、内藤家に咎めがおよばぬよう、腹を切ると知り、菅谷と内々に会ってその策を持ちかけたと、江戸を発つ直前に聞かされたのでございます。あのときは驚いたと申しますか、むしろ奇妙な感覚でございました。そもそも、そのような策ができるのか、もしも策が露顕したら内藤家は、わが倅の芳太郎はどうなるのか、第一、妻の和代が何ゆえそんな無謀な策に同意したのか、のみならず、十五年をへた今なおあれが実事であったとは思えぬような、わたくしがただ夢想しているだけのような、定かならぬ心境でございます。その一方でわたくしは間違いなく、土田半左衛門として、あの夜明け前、江戸を発って以来十五年、諸国を放浪する絵師として生き長らえ、生き恥を曝《さら》して参ったのは、まぎれもない実事なのでございます」

「菅谷、と申す相談役か。十一、一昨日、内藤家の和代どのを訪ねた折り、相談役の菅谷どのにも会えたか」

忠相は十一へ向いて言った。

「お会いいたしたのは、和代さまおひとりでございます。ただ、案内の若い家士の方が菅谷と申される方でございました」

十一が答えると、斎樹は目を瞠《みは》って十一を見つめた。

「若い家士。そ、それは菅谷善兵衛《ぜんべえ》の孫でござる。芳太郎より二歳下の、十歳の七《しち》右衛門《えもん》と申す孫がおりました。そうか。孫の七右衛門が今は内藤家に仕えているのか。懐かしい」

斎樹は言った。そして、再び話を続けた。

「庫之助さんが菅谷に、倉橋弥八郎が小比丘尼の鈴を殺害したにもかかわらず罪をまぬがれ、その仇をわたくしが報いた子細をつぶさに語り、公儀の法度には触れても、わたくしの武士としてのふる舞いに間違いはない、むしろなさねばならなかったと。許されるならば、切腹して果てたわたくしを、土田庫之助の倅の半左衛門として生まれ変わらせたい、なんとしても江戸より旅立たせたいと、説いたのでございます。菅谷善兵衛が庫之助さんの無謀とも思える策に同意したのは、わたくしを憐れに思ったのでしょう。そういう男なのでございます。忠実に仕えてくれたよき家臣なのです。妻の和代を説得したのは菅谷だったと、それも庫之助さんに聞かされました。葬儀その他の手筈はすべて菅谷の一存で整え、妻の和代は、切腹の翌早朝、支配役に病により内藤斎樹の急死と届けたのでございます。わたくしがその前夜、わが屋敷をひそかに出たのを知っていたのは妻の和代と菅谷のみにて……」

ふうむ、と忠相はうなった。

「わたくしの病死は受理され、縁者の叔父が後見役にたち、倅の芳太郎が内藤家の跡継ぎに認められたのでございます。対立していた愛宕下の倉橋家は、弥八郎が小比丘尼の鈴の命を奪った無法に気づいていたでしょうから、わたくしの切腹と病死の届けを却って好機と見做《みな》し、倉橋家の面目はたった、これ以上弥八郎の一件には触れるなと、対立の矛を収めるはずだと、庫之助さんは言っておりました。どうやら、庫之助さんの申した通りになったようでございます」

「そうか。おぬしが土田半左衛門であることはわかった」

と、忠相は言った。

「では、土田半左衛門に訊ねる。おぬしは内藤斎樹のふる舞いをどう思う。代々続く内藤家の当主でありながら、十五年前、家を危うくする事態を招きかねぬと承知しつつ倉橋弥八郎を討ち、そうして腹を切った。いや、千五百石の旗本の身分を捨て、侍の道を捨てた。そういう内藤斎樹を、おぬしはどう思っている」

「わたくしが、おのれの絵心に気づいたのは、すでに三十歳をすぎてからでございました。それまでは、侍として生き、学問と剣の修行に励み、内藤家を継いで一門を守り、妻を迎え子の親になり、いずれはわが子につつがなく当主を譲りと、思うことはただそれのみでございました。絵を描くことを好んではおりましたが、思いつきに任せ、戯れに、御用絵師の絵などを真似ておるばかりでございました。あれは町家の草紙売から絵草紙を買い求め、何げなく名も知らぬ町絵師が時俗風俗を描いた墨一色摺《ず》りに彩色した板本挿絵《さしえ》を見たときでございました。わたくしは背中をいきなりどんと打たれたようなそんな感じで、言葉を失ったのでございます。なぜかこれかと思い、わたくしは描かねばならないと、何を描かねばならないのかわかりもせずに、ただ描かねばならないのだと、そう思ったのでございます。なんの千五百石の旗本の身分などと気づきましたのは、そのときでございました。なんと虚しい日々を送ってきたのかと、何をしていたのだと思う、そんな堪らない物覚えでございました」

「千五百石の旗本の身分が、虚しいと思ったのか」

「わが内藤家一門を軽んじたのでも、妻や倅を邪魔に思ったのでもございません。わが覚えを正しく伝える言葉を持ちません。ただ、今わたくしが大岡さまに申せますことは、内藤斎樹が得ていた千五百石の家禄は、内藤斎樹の家禄ではなく、代々続く内藤家の家禄にすぎず、旗本内藤斎樹の家柄は内藤家の家柄にすぎず、内藤斎樹の侍の身分は内藤家に生まれた、ただそれだけにすぎないのでございます。大岡さま、ただ内藤家に生まれただけの内藤斎樹とは、いったい何者なのでございましょうか。先代より継いだ内藤家を倅へ継がせる、ただそれだけの者とは、一体どのような顔をし、何を見て、何をしているのでございましょうか。土田半左衛門に成り変わり、放浪の絵師として生きたこの十五年、間違いなく、わたくしのこの身と心はわたくしのものであり、わたくしにはこの身と心しかございませんでした。旅を続ける一日一日が、街道を行く一歩一歩が、すぎゆく年月が、そして放浪の処々で描いたわが絵が、わたくしひとりのものでございました。つらいことも苦しいことも、寂しさも悲しみも無念も空虚すらもが、わたくしのものでございました。大岡さまに申しあげます。旅の絵師土田半左衛門として生きたこの十五年に、悔いはございません」

斎樹はそう言って、潤んだ目を鈴の絵へ落とした。

詰所の腰付障子に映っていた夕暮れのかすかな明るみはすでに消え、牢屋敷は夜の静寂が固唾《かたず》を呑むかのように、凝っと固まっていた。

五

江戸城本丸の御数寄屋多門を通り、四本戸御門をすぎると、御庭の右手は本丸の白壁が中奥のほうへ連なり、左手は江戸城本丸西側の御宝蔵の御堀を見おろす土塀が続いて、前方を隔てる中奥の土塀との三方で、本丸の広い御庭を囲っていた。

御数寄屋から御庭へ出て、石橋がかけ渡された色鮮やかな錦鯉が放たれた三つの御池に細道がくねり、細道をゆるやかに上った小高い一角に、三方に御池の景色を眺める数寄屋風の茅葺《かやぶき》屋根の茶寮が建てられていた。

午後の日射しはもう夏の気配を匂わせながらも、池面を吹き渡るそよ風はまだ四月の心地よさだった。

身の丈六尺を越える八代将軍吉宗は、蘇芳《すおう》の小袖に媚茶《こびちゃ》の半袴を楽々と着け、白撚《しろねん》糸《し》の柄の小さ刀を帯びただけの軽装で、わざと女用のばら緒をつけさせた京草履《ぞうり》を履き、茶寮の縁側から白い小砂利を敷き詰めた小庭に出ていた。

広い本丸の御庭には、御池の周囲にも、赤松や黒樫の木々の陰にも、御庭を囲う土塀の下の灌木の陰にも、人影はなかった。

吉宗の周囲には、小姓組頭一名と四名の小姓組番衆が控え、小庭を囲う四つ目垣とさつきの灌木のそばへ立った吉宗の背後には、刀持ちがひとりつき従っているだけに見えた。

だが、見えている番衆はそれだけでも、御庭の決められた其処此処《そここ》に、将軍の御庭の散策の邪魔にならぬよう、番衆が身をひそめている。

吉宗の六尺を越える頑健な大柄が垣根のそばに立って、のどかに池面を見おろし、そして、天気のよい空を見上げた。

木々の間を小鳥が飛び廻り、ちっち、ちっち、と鳴き声が聞こえている。

と、そこへ四本戸御門から、納戸色に黒裃を着けた大岡忠相が現れ、茶寮の小庭に立つ吉宗へと、生真面目な速足を運んでくるのが認められた。

膝に手をあて、伏目にしながら、足の運びは速やかだった。

「歳はとっても、変わらんな。そこが越前らしいか」

吉宗は忠相を見遣って呟いた。

すると刀持ちの小姓が言った。

「はい。御用を承ります」

「よいのだ。越前に言うたのだ。暑くなってきた。日陰に入る」

吉宗は、ほっとするほど涼しい茶寮の庇の下に日射しをさけ、座敷の縁側に腰かけた。吉宗を追いかけるように小庭に入った忠相は、小砂利を鳴らして、吉宗の数間手前の日射しの下で片膝をついた。

「上様、お呼びと承り、ただ今参りました」

むろん、目は伏せたままである。

「ふむ。忠相に訊ねることが出来した。ささいなことだと思うが、忠相に子細を聞くまでささいかどうか、確かではない。日射しの下は暑いだろう。ここは構わぬので、近《ちこ》う寄って日陰に入れ」

元文三年のこの春、吉宗は五十五歳になった。頑健な身体つきに比べて、少し下膨れの色白で、優しげな顔つきである。

忠相は目鼻だちのはっきりした、どちらかと言えば精悍な風貌に見える。吉宗の七歳上の六十二歳になって、髷に白髪が大分交じって表情に穏やかさが備わったが、怜《れい》悧《り》で才気走った若侍だったころの面影は残っている。

しかしながら、吉宗の気性の激しさは忠相の比ではない。

吉宗は公の場では忠相を越前と呼ぶ。

が、茶室のような内々に呼びつけ話す際《さい》は、越前ではなく忠相と名指しする。

「畏れ入ります」

忠相は数寄屋風の屋根庇の陰に入った。

「わたしと忠相に茶を……」

茶釜のかかった茶室続きの水屋の茶坊主に、吉宗が命じた。

水屋に控えていた茶坊主が茶室に現われ、早速、茶の支度にかかる。

「上様、御用を承ります」

忠相は言った。

「また苦情がきたぞ。今朝方、本多《ほんだ》の中務大輔《なかつかさのたいふ》忠良《ただよし》に南町の松波正春が、忠相のふる舞いが胡乱だと、御老中さまよりひと言ご下問があって然るべきと思われますと、だいぶ強硬にねじこんできたらしい。北町の稲生正武も一緒だったそうだ。忠相は余ほど嫌われておるのだな」

「わが不徳の至すところでございます」

吉宗は、あは、と笑った。

本多中務大輔忠良は、老中のひとりである。両町奉行は老中支配である。

「本多も由々しき事態というほどのことではないが、と申して、放っておくわけにもいかぬゆえ、念のため忠相に訊いておくと、松波と稲生には言うた。忠相め、相変わらず細々したことをと思うたが、おぬしのことが気になってな。わたしが直に訊く、越前をここに呼べと本多に命じた。忠相、おぬし昨夜、小伝馬町の牢屋敷に手の者を多数率いて押しかけ、土田半左衛門なる関所破りの裁きをすでに下された浪人者に、内々の一件にて、と石出帯刀には申し、手の者以外の余人を交えず何事かを問い質したそうだな。それを聞いて、確かにそれは妙だとわたしも思った。昨日の評定所立会で、おぬしも寺社奉行として出座していたのに、評定の場では訊ねず、わざわざ日が暮れたのちに、手の者を多数引き従え牢屋敷にて内密に問い質すとは、胡乱なと思われても致し方あるまい」

「はい。上様の仰せはごもっともでございます。多数と申された手の者は、二名でございます。この両名に内々の調べ事を申しつけました。ほかに二名を従えましたが、この者らは、わたくしの警固《けいご》の者でございます」

「多数というのは四名か」

「さようでございます」

「そんなことだろうと思うた。まあよい。で、評定の場では訊ねず、暗くなって牢屋敷にわざわざ赴き、訊ねた内々の一件とはなんだ」

「関所破りの裁きとはかかり合いがない、評定所の審理ではおとり上げにならない十五年前の事情を、土田半左衛門に訊ねたのでございます」

ふむ？　と吉宗は御池の景色から庇下に片膝をついた忠相へ苦笑を向けた。

「今さら十五年前の、関所破りの裁きにはかかり合いのない事情をか」

そこへ茶坊主が、鈍い黒紺色の陶器の茶碗を、吉宗と忠相のそばへ運んできた。

吉宗と忠相が器をとり、一服する間があった。やがて、

「聞こう」

と、ただひと言を吉宗が言った。

それからおよそ半刻余、忠相はすべてを語ってきかせた。

その間、吉宗はひと言も口を挟まなかった。

同じころ十一は、表具した一幅の絵を仕舞った桐の木箱を脇に抱え、軽子橋の家禄

千五百石の旗本内藤家の屋敷に、刀自の和代を訪ねていた。

三日前、十一が内藤家を訪ねた折り、寺社奉行大岡忠相が、関所破りの罪で評定所の審理が開かれている旅の絵師土田半左衛門にいかなる疑念を抱き、内藤家に何を訊ねにきたのかを、刀自の和代に問われ、土田半左衛門の裁きが下されたあとならそれをお知らせできます、と十一は答えていた。

昨日、土田半左衛門に武州栗橋の関所破りの罪により、磔の裁きが下った。

十一は和代の三日前の問いに答えるためと、また和代に一幅の絵をわたすため、その昼下がり、再び内藤家を訪ねたのだった。

取次を頼んだ十一を客座敷に案内したのは、先日と同じ若侍の菅谷七右衛門であった。その日の和代の、地味な青朽葉色に熊笹《くまざさ》の文を裾模様に散らした衣装を着け、三筋格子の半幅帯を締めた装いが、潰し島田に似合っていた。

その日は、赤ん坊の泣き声は聞こえなかった。

十一が、内藤斎樹が土田半左衛門に成り変わり、江戸から姿を消し、旅の絵師として十五年の歳月をへた事情を話し終えても、和代は表情も、素ぶり身ぶりの何ひとつも変えなかった。平静を保ったまま、

「お調べ、ご苦労さまでございました」

と言った。和代はそれからほんの少し、物思わしげに小首をかしげ、しばし考える間をおいた。

しかし、和代は内藤斎樹とは言わなかった。

「土田半左衛門さんは、武州栗橋送りになったのでございますね」

「関所破りの罪により、おそらく明日か明後日、栗橋にて処刑が行われます」

「ただ絵を描いて、旅をしていただけなのに、お気の毒に」

和代の小声が呟いた。そうして、縁側先の庭と彼方の夏空へ、やはり物思わしげに眼差しを投げた。

十一は傍らにおいていた桐の木箱を、和代の膝の前に差し出した。

「内藤斎樹どのは、三十歳をすぎてから絵を描き始められました。絵を売って画料を望まれたのではなく、ただ、絵を描かねばと、その一心だったのです。絵を描き始めて何年かがたち、ご自分がどれほどの絵を描いているのか、畳町の町絵師富田増右衛門さんに自身の絵を見せに行かれました。以来、内藤どのと町絵師の富田増右衛門さんは絵師仲間になられ、親交を結ばれました」

これは……

と、十一は木箱の蓋をとって、新しく表具した一幅のひと巻にした絵をとり出し、和代の膝の前に開いた。

そこに描かれた絵は、町家の女ではなく、地味な装いながら気位の高そうな、武家の奥方らしき女性《にょしょう》が、書院の床の間のそばに端座し、花活けに赤いけしの花を活けている、墨の描線内に彩色したうつし絵であった。

女性の白い手のさりげない仕種や、周囲への目配せが、いかにも武家の奥方らしい上品な風情だった。

女性の目配せが、絵師のほうへ向けられ、かすかに頬笑んでいるかに見えた。

十一には、そう見えなくはなかったのだ。

「内藤さんが描かれ、増右衛門さんに見せられた絵の一枚です。増右衛門さんは、内藤さんが武家の婦女子を描いた絵を、初めて見られたそうです。この絵の場所は、このお屋敷の内藤さんが使われていた居室なのですね。おそらく今は、ご当主の芳太郎さんが居室として使われている。増右衛門さんが、いい絵だね、奥方かいと訊ねられると、違います、身うちの者を描くのは気が引けますので、と、ちょっと気恥ずかしそうにお答えになったそうです。絵を描くさいの見本にするため、増右衛門さんが内藤さんから借りておられたのです。ところが、かえす機会がなく、たまたま借りたままになっていたのです。本日、こちらにお戻しするため預かって参りました。なにとぞこれを……」

と、十一が言い終らぬうちに、その絵を見つめる和代の目にあふれる涙が頬を伝って、顎《あご》から止めどなく滴り落ちたのだった。

六

それから、半月余がすぎた五月、南八丁堀四丁目の下り物乾物商の升屋称次郎の店の間に、《御肴、青物、御鷹餌鳥掛》の南町の町方と、紺看板を着け、六尺棒を携えた中間と小者、また町方の御用聞を務める岡っ引とその下っ引ら、総勢十数名が、《升》の字を染め抜いた升屋の長暖簾を払って踏みこんだ。

そのとき店の間と前土間にいた手代らと小僧、また下り物の乾物を求めて升屋にきていた客らは、いきなり踏みこんだ町方に、ある者は「わあ」と声をあげて狼狽《うろた》え、またある者は唖然《あぜん》として固まった。

店の間奥の帳場格子で帳簿をつけていた番頭の久松は、前土間の町方をぼうっと見遣り、声を失っていた。前髪を残した背の高い小僧は町方に怯《おび》え、小柄な中年の手代の陰に隠れてがたがたと震えた。

朱房の十手を手にした町方が、店中に声を響かせた。

「御用だ。騒ぐんじゃねえ。店から出るやつはお縄にかける。みな店の隅に固まれ」

町方が前土間の一角を十手で差し、

「みな言われた通り、行け行け」

と、中間や御用聞らが喚《わめ》いて、升屋の手代と小僧、また客らを一緒に前土間の隅へ固まらせた。

「主人の称次郎はいるか。称次郎を呼べ」

町方が大声を放ち、店の裏手で使用人らの騒然としたざわめきが起こっていた。

帳場格子の番頭の久松が、帳場格子からそわそわと出てきて、店の間の上がり端に手と額をつけてうずくまり、震えつつも言った。

「おお、御役目、ごごご、御苦労さまでございます。ま、升屋の番頭をつつ、勤めます、ひ、久松と申します。ごご、御用を承ります」

狼狽えた番頭は、こういうときの型通りの応対をしただけだったが、町方の怒声を浴びる結果になった。

「主人の称次郎を呼べと言うただろう。番頭、御用が聞けねえのかい。聞けねえなら店の者と一緒に隅へ行ってろ」

町方は上がり端にうずくまった番頭が羽織った、お仕着せの襟首《えりくび》をつかみ、前土間へ引き摺り落とした。前土間に膝をついた番頭を、御用聞が腕をとって立たせ、

「さっさと行けえ」

と、前土間の隅へ追いたてた。

町方は手代の後ろで震えている小僧に命じた。

「小僧、おめえが行って主人の称次郎を呼んでこい。言うことを聞かねえと、こっちが踏みこんでお縄にして、御番所へしょっ引くぜってな」

へ、へえい……

と、小僧が走りかけたところへ、でっぷりと太った升屋の主人の称次郎と女房が慌てて店の間に出てきて、両掌と額を畳につけてうずくまった。

「御役目ご苦労さまでございます。升屋称次郎でございます。御用を承ります」

町方に言った称次郎の声は裏がえっていた。

「おう、おめえが升屋称次郎か。御留場の盗鳥を鳥問屋以外の仲買から密輸し、鳥商売を裏で働いている嫌疑で、町奉行所のお呼び出しだ。女房のさちよ、おめえにもきてもらわなきゃあならねえ。それから番頭の久松、おめえも一緒だ。逆らわねえならお縄は許してやるが、言うことが聞けねえなら、お縄にしてしょっ引くしかねえ。わ

かったかい」

町方の剣幕に、三人は縮み上がった。

それから、町方の指図で中間小者、御用聞らが、升屋店裏の土蔵から、昨夜暗くなってから搬入された、主に、つる、はく鳥、おおかり、がん、かも、などの塩鳥、けり、ばん、かわがらす、うずら、ひばり、など鷹の餌鳥などを大量に押収した。

それらの鳥を、鳥商売を許されていない升屋の土蔵に運び入れたのは、戸田筋御鷹場鳥見役平河民部の仕手方の軍八郎と、高砂新道の水鳥問屋丹兵衛支配下の餌鳥請負人伊蔵とその手下である。

同じころ、小菅陣屋の手附手代が陣屋の足軽中間を率い、戸田筋御鷹場鳥見役平河民部の志村の役宅へ踏みこみ、平河民部の仕手方軍八郎を召し捕った。

「どういうことだ。ここはお鳥見役の平河さま役宅だぞ」

軍八郎は、本来なら鳥見役の役宅には入ってこられないはずの陣屋の手附手代らに声を荒《あら》らげて抵抗した。だが、陣屋の手附手代は、鳥見役支配の若年寄本多伊予守《いよのかみ》の差紙をかざしており、

「軍八郎、御鷹場の盗鳥ならびに密輸の廉《かど》によりしょっ引く。神妙にしろ」

と、容赦なく縄目をかけた。

「平河さま、これは一体いかなることでございますか。このような無礼をお許しになるのでございますか。平河さま、何ゆえでございますか。わたくしは平河さまのお指図に従って参っただけでございますぞ」

平河さま、平河さま……

軍八郎は空しく喚きながら、志村の鳥見役宅から引ったてられた。

そのとき平河民部は、役宅の居室に閉じ籠り、声を殺して一歩も出なかった。平河は、軍八郎の喚き声が志村の野道の彼方に消え去ってから、はあ、とようやく安堵《あんど》の吐息をひとつもらした。

さらに同じ日の同じころ、深川仙台堀端の冬木町の住人で、鳥問屋丹兵衛支配下の餌鳥請負人の伊蔵が、御留場盗鳥の嫌疑によりしょっ引かれた。

南八丁堀の下り物乾物問屋升屋称次郎、戸田筋鳥見役平河民部の仕手方軍八郎、深川の餌鳥請負人伊蔵の三名が結び、御留場の盗鳥ならびに江戸へ密輸と闇の鳥商売に手を染めていると、高砂新道の水鳥問屋の丹兵衛が町奉行所に訴え出た。

じつは、丹兵衛自身もこれまで、支配下の餌鳥請負人の伊蔵が手に入れる盗鳥を売りさばいてきたが、伊蔵は鳥見役仕手方の軍八郎と組んで、水鳥問屋の丹兵衛を通さず闇で売りさばき、もっと大きく儲けようと目論んだ。

闇の鳥商売の取り締まりは、町奉行所に認められた六軒の水鳥問屋が担っている。丹兵衛は自分がお目こぼしになるよう、損は承知で掛の町方に密告した。軍八郎と伊蔵が自分を差しおいて、勝手な真似をするのが我慢ならなかったからだ。

夏が闌《た》けて暑い日が続く五月のその日、十一はもち竿《ざお》を手にし、駒込《こまごめ》の御鷹匠屋敷から駒込村の百姓地を抜け、元は東叡山《とうえいざん》の薪林で、千駄木山《せんだぎやま》とも呼ばれている千駄木御林へ向かった。

御林へと分け入ると、夏の日射しは木々の葉陰から降る木漏れ日となってきらめいて、汗ばむ陽気はたちまちやわらいでいった。色濃く繁る枝葉の切れ目よりのぞく夏の青空には、真っ白な絹のような雲が浮かんでいた。

様々な鳥の声が、十一の行く手を彩るかのように聞こえて、林の奥へ奥へと誘い、その中に、とき折り思い出したように、にいにい蟬《ぜみ》の声がまじった。

十一は才槌頭に編笠をかぶり、紺木綿の単衣にうすい鼠色の裁っ着けだが、素足に草鞋《わらじ》を履いていた。

黒鞘の小さ刀一本を帯び、餌差の小鳥を入れる布袋を腰に下げている。

十一は、千駄木組鷹匠組頭古風昇太左衛門《さきかぜしょうたざえもん》の十一番目の子であり、父親昇太左衛門の郎党である餌差でもあった。

鷹匠組頭の倅として千駄木の御鷹匠屋敷で健やかに育ち、鷹匠の技を身につけた。抜群の身体を天より授かり、千駄木の野に鷹を追ってどこまでも駆け、馬とともに駆けることもできた。

山谷に悠然と、優美に飛翔し、苛烈に羽ばたく鷹が好きであった。

にもかかわらず、十一は鷹匠にならなかった。鷹匠は性に合わない。それしか理由は思いつかない。餌差を始めたのは、何もせずに父親の郎党に甘んじているのは肩身が狭かったからだ。せめてもと思った。ただそれだけである。

十一は、木々の間の細道を彷徨《さまよ》い歩き、夏の木漏れ日と、落葉木や常盤木《ときわぎ》の間を流れるかすかな湿り気を帯びた微風を、長身痩軀の身体一杯に感じていた。

しかし、御林に入ってしばらくして十一は気づいた。ただおのれひとりであることを感じていた。

誰かがつけている。

十一はのどかな歩みを止めず、もち竿を軽々と持ち替え、餌鳥を探すかのような風情で細道を進んだ。

御林の中の細流に、丸木橋が架かっている。

十一は丸木橋を渡り、そこで歩みを止めた。

そして、さり気なく見かえった。

菅笠をかぶった侍風体がひとつ、木漏れ日の降る細道を歩調を変えずに歩みを進めていた。侍風体は、丸木橋の袂に佇んだ十一を、菅笠の下から凝っと見つめている様子だった。

ああ、あのときの……

十一はぽつりと呟いた。

先月、愛宕下の倉橋家を訪ねたときは、長身に銀鼠の上衣に細縞の半袴、黒の長羽織を着けた、倉橋家用人の瀬名弁之助だった。

だが今は、上衣に細袴をともに鈍い黒紺に装い、背の高い痩身に似合う、黒鞘の大小をずっしりと帯びていた。

腕に黒の手甲、細袴の股立ちをやや高くとった長い脛《すね》に黒の脚絆《きゃはん》を巻き、黒足袋に草鞋掛の、なぜか物々しく感じられる身支度だった。

鳥の華やかな囀りの中に、にいにい蟬《ぜみ》の声が混じっている。

十一は御林の中の細流に架けた丸木橋の袂に佇み、編笠を心持ち上げて相手を認めた目礼を投げた。

弁之助は十一の目礼に何も応えず、菅笠で目を隠し細道を歩んでくる。細流がかすかにせせらぎ、鳥の囀りが林の中に飛び交っていた。

やがて、弁之助は丸木橋の数間手前で歩みを止めた。

十一は編笠をとり、丸木橋の向こうの弁之助に辞儀をした。そうして、

「瀬名弁之助さん、先だってはありがとうございました」

と、先に声をかけた。

「古風十一、おまえに用があってきた。おまえは大岡の家臣ではなかったのだな。千駄木組鷹匠組頭の倅と聞いた。先だっては、大岡は何ゆえおまえごとき若蔵を使っておるのかと不審だったが、鷹匠の倅と知ってそれ以上に意外だった。おまえのことを調べた。千駄木組鷹匠組頭古風昇太左衛門の倅で、なぜか鷹匠にはならず、餌差をやっていると知れた。大岡は、餌差ごときおまえがどれほど役にたつと思ったのか、まことに訝《いぶか》しい」

弁之助が寄こした。

「御鷹部屋の番人に、大岡家の奉公人にて、古風十一どのに大岡さまの御用を伝えにきたと言ったら、ぼんさまは千駄木の御林に餌鳥に行かれた、ぼんさまは御林で一日中すごしなさることも珍しくねえと、教えられた。上手い具合に、木々の彼方《かなた》をのど

かに行くおまえを見つけた」

「瀬名さん、ご用件をどうぞ」

「今、城中で窃《ひそか》な流言がささやかれていると、先だって、旦那さまが言われた。流言など埒もないが、捨てておけんのは、それが倉橋家にまつわる流言なのだ。しかも、十五年も前の倉橋家にな。古風、どんな流言か知っているか」

「存じません」

「虚仮《こけ》が。おまえは知っておるではないか。おまえが大岡の犬になって嗅ぎ廻り、大岡がおまえの嗅ぎ廻った流言を城中に流したのだ。犬のおまえが知らぬはずがない。十五年前、汐留橋で倉橋弥八郎さまを斬殺した軽子橋の内藤斎樹が、切腹して果てたのち、支配役に病死と届けられた。倉橋家一門は内藤斎樹を糾弾し、内藤家の対応によっては軽子橋の屋敷に押しかけ、内藤斎樹を斬り捨てる覚悟だったが、内藤斎樹切腹により矛を収めた。ところが、十五年前に切腹したはずの内藤斎樹が、今なお存命しておるという埒もない流言だ。しかももっともらしく、内藤斎樹は土田半左衛門と名を変え、諸国を放浪し、旅の絵師に成りすましておるらしい」

十一は沈黙した。

「迂闊だった。おまえがわざわざ倉橋家を嗅ぎ廻ったのは、内藤斎樹が土田半左衛門と名を変えて旅の絵師になりすまし、江戸から窃《ひそか》に欠け落ちした流言をでっち上げる狙いだったのだな。まだある。おまえは下賤な仲間らとともに、京橋北畳町の町絵師増右衛門を訪ね、十五年前に終ったことを、埒もなく嗅ぎ廻ったそうではないか。余計なふる舞いをしおって。旦那さまは、腹に据えかねる、そんな犬はさっさと排除して、大岡に思い知らせてやれと仰せだ」

「瀬名さん。内藤斎樹は十五年前、腹を切って亡くなりました。旅の絵師土田半左衛門も今はもうこの世にはいないと、わたしは聞いております。それが流言か流言でないか、十五年、いや十六年前、倉橋弥八郎が八官町の小比丘尼の小鶴を殺害した事件から、調べなおしをなさればいいのです。あのとき消し去り、なかったことにした真実が、流言となって甦った。それだけです」

「おのれ、無礼な犬が……」

弁之助が踏み出し、細道の病葉《わくらば》を騒がした。

鳥が囀りわたり、夏の木漏れ日が光と影の模様を細道に描いている。

細流のせせらぎが、かすかに聞こえている。

弁之助の切れ長なひと重の眼差しが、丸木橋の先の十一を捉え瞬きもしなかった。

一歩一歩と進みつつ、弁之助は刀の柄に手をかけた。そして、なおも言った。

「おまえのような、何もわからぬ癖に、わかったふりをする輩を見ていると、まことに苛だたしい。目障りだ」

しかし、十一はやや斜《はす》の体勢ですっと佇み、動かなかった。

丸木橋へ近づく弁之助を、静かに見つめている。

弁之助が一間余の丸木橋の手前にきた。そのとき、

「排除する」

と、弁之助の長身が抜刀しつつ躍動した。

丸木橋を飛び越え、大鳥のように手足を羽ばたかせ、十一に襲いかかった。

「やあ」

中空より大上段に打ち落とした一刀がうなり、細道の病葉を舞い上がらせた。

だが、断ち斬ったのは十一が残した編笠ばかりだった。

瞬時に駆け出した十一の痩軀は、すでに弁之助の一間余先にあった。

弁之助は道を蹴って、十一の背後へ迫って袈裟懸を見舞う。

が、それは再びうなって空を斬り、十一は見る見る離れて行く。

弁之助はいっそうの怒りにかられた。

十一を追って林間の細道をくねり、枯れ枝を踏み、小石や病葉を散らし、細道にか

かる藪の枝をぱきぱきと折った。

風が耳元をごうごうと鳴り、木漏れ日が光の粒となって散乱し、夥しい鳥の声が狂喜の歓声を上げていた。

ただ、敏捷《びんしょう》に軽々と駆ける十一の後ろ姿は、次第に遠ざかって行く。

おのれ、と弁之助が思ったそのときだった。

早や数間先を駆ける十一が、不意に立ち止まった。

そして一瞬、弁之助へ見かえった。

「瀬名さん、真実を知ることが恐いのですか」

と言った。

「虚仮がっ」

弁之助は怒声を投げた。すると、
こい……

と、誘うような一瞥を弁之助に寄こし、細道から分かれて木々の陰のひと筋に姿をくらましたのだつた。

激しい怒りに囚《とら》われた弁之助は、細道から分かれたひと筋へと十一のあとを追った。

だが、ひと筋へと折れた途端、弁之助の足が止まった。

そのひと筋の先にも、周りの木々や藪の間にも、十一の姿は消えていたからだ。

「古風、臆《おく》したか。戦わずして、ただ流言を広めるだけか」

弁之助は嘲《あざけ》った。

四周を見廻した弁之助の目に、木漏れ日がきらめき、一瞬の沈黙が訪れた。

弁之助はまるで、十一の影と戯れているかのような戸惑いを覚えた。

なんだこれは、と思った。

その刹那《せつな》、つむじ風が巻いたかのように木々がざわめいた。

藪がゆれ、木の葉が舞い、影が弁之助の傍らをかすめ、よぎって行く。

途端、十一の小さ刀が弁之助の右袖を裂き、刀が腕を斬り割っていくのがわかった。だが、弁之助は体《たい》を躱すことも、防ぐこともできなかった。

弁之助の踏み締める地面がぐらりと傾いた。

一瞬よぎったその影に、弁之助ははじき飛ばされていた。

弁之助の痩軀が道端の太い椎《しい》の幹にぶつかって、ずるずるとくずれ落ちた。

木の幹に凭《もた》れ懸命にふり仰ぐと、目の前に十一が小さ刀をわきへ下げて立ち、弁之助を見おろしていた。

「それでも侍のつもり……」

弁之助が言いかけたとき、右袖の裂け目から血が噴き、鋭い痛みが走った。刀を落とし、腕を抱えて身をよじった。落とした刀はもう拾えなかった。

「手加減はしましたが、放っておくと命を失います。林を抜けた千駄木町の世尊院《せそんいん》の僧が、疵の手当をしてくれます。手遅れにならぬよう、そこへ行きなさい」

十一は言い残し、細道を去って行った。

「まて。勝負はこれからだ。戦え、古風」

弁之助は、十一の姿が消えた御林の彼方へ叫んだ。

結　旅の空

　先月、狩猟御停止《ごちょうじ》の御鷹場で盗鳥を働いた清吉と、亭主を庇《かば》った女房のまさが、志村の鳥見役平河民部の役宅にしょっ引かれ、その折り、清吉の店はずたずたにされ、清吉の老母と姉娘の佳菜、弟の達、妹のまだ童女の芙実が残された一件は、翌々日、清吉にわずかな過料が申しつけられたものの、夫婦ともに解き放ちとなっていた。

　清吉まさ夫婦は、老母と子供らの元に戻ることができた。

　大岡忠相が鳥見役支配の若年寄本多伊予守に、清吉まさ夫婦の三人の子供らと老母が残され、住居も失った事情を伝え、夫婦への配慮を頼んだ翌日のことだった。

　あれから早やひと月近くがたって、茅葺《かやぶき》屋根と柱とわずかな土壁だけが残っていた店も、元通りというのではないが、村の住人らの助けもあってどうにか修復が終り、土蔵造りの納屋も建てなおすことができていた。

　五月下旬の昼下がり、十一は上戸田村の清吉とまさ夫婦の店を訪ねた。

村ではどの田んぼもほぼ田植が終り、見渡す限りの水田に夏の青空が映え、植えた青い苗が吹き寄せる風にそよぎ、田んぼの水面にさざ波をたてた。

清吉の店の庭先には、前栽物の小松菜が収穫前の青い葉を見せていた。

十一は小松菜の畑の間を通った。

清吉の表戸を開け、うす暗い前庭に声をかけた。

中仕切の縦格子の戸が引かれ、真っ先に飛び出してきたのは姉娘の佳菜、そして弟の達と童女の芙実だった。

「十一さま、おいでなさいまし。父ちゃん、母ちゃん、婆ちゃん、十一さまだよ」

佳菜が竈に小さな火が見えている中仕切の奥へ見かえり、父母と祖母を呼んだ。

達と芙実は、表戸に立った十一のそばにきて、達は十一の手をとり、芙実は十一の裁っ着けにすがって騒いだ。

佳菜のあとから、清吉とまさ夫婦と老母が前庭に出てきた。

清吉が十一に深々と辞儀をした。

「古風十一さま、お会いできるときを、今日か明日かとお待ちしておりました。おらが馬鹿な欲を出したために、女房にも子供らにも婆ちゃんにもつらい目を遭わせ、一家がばらばらになってしまって、これからどうなるんだろうと途方に暮れておりやしたが、思いもかけず解き放ちになって初めは戸惑っておりました。その折り、鳥見役宅のお役人さまに、大岡越前守さまのお力添えがあってこうなった、運がよかったなと言われ、大岡さまと申せば、あの名奉行の大岡越前守さましか知らねえが、あの大岡さまがおらたち貧しい百姓にお力添えをしていただくわけがねえし、女房ともなぜなんだろうと言い合って、わけがわからなかったんでございます」

十一は、清吉に笑みを向け、

「よかったですね。清吉さんとおまささんが解き放ちになったと聞き、ほっとしました。父の命令で、わたしがこちらの店に鳥見役の仕手方や餌鳥請負人らの道案内をいたし、まさかあんな酷いふる舞いをするとは思わず、申しわけないことをしたと思っておりました」

と言って、みなを見廻した。

十三歳のもう娘の佳菜に凝っと見つめられ、十一は少し照れた。

清吉は言わずにはいられないというふうに、続けた。

「いえいえ。古風さまはそれがお役目だったのでございますので、お気になさることではございません。それで、大間木村の親類の店にこの子らと婆ちゃんを迎えに行って、こんなに早く解き放ちになったわけを話しますと、佳菜が古風十一さまが大岡越前守さまに頼んでくださったんだ、あれは本当だったんだと言うではありませんか。おらがそれはどなたのことだと訊ねますと、大岡さまのご家来衆の古風十一さまが大岡さまにお願いするので心配には及ばねえと仰っていたと、しかも、古風さまが佳菜と幼い弟妹と婆ちゃんの身を気遣《きづか》ってくだされ、大間木村の親類の店まで送ってくださったと、申したんでございます」

幼い芙実が十一の膝にすがり、達は十一の腕を放さず、二人ともに十一を見上げてにこにこしている。

「お縄になったときは、気が動転しており、古風さまのご様子はまったく覚えておりませんでした。大岡さまのご家来衆の古風十一と申されるお侍さまを村役人さんに訊ねますと、たぶん、千駄木の鷹匠組頭古風昇太左衛門さまのお身内ではねえかと、教えられたんでございます」

「はい。わたしは古風昇太左衛門の倅です」

「そうだったんで、ございますねえ。ご無礼とは思いましたが、先月の末ごろ、店の修理やら田植の支度の合間に、ひと言でもお礼を申し上げるつもりで、千駄木の御鷹匠屋敷をお訪ねいたしました。そうしますと、昇太左衛門さまにお仕えの平助《へいすけ》と申されます若党の方が、ぼんさまはもち竿を提げて、ご自分が雛鳥からお育てになった斑《まだら》と名づけた隼を放ち、餌差に出かけておられる、今日中には戻ってこられるが、気ままにどこへでも行かれるので、どこへ行かれたかは、十一さまと斑以外わからないと、笑って申されたんでございます」

「暗くなって屋敷に戻り、平助が上戸田村の清吉さんが訪ねて見えたと聞いておりました。つつがなく暮らしておられるのがわかって、安心いたしました」

「あの折り、古風さまが組頭のぼんさまにもかかわらず、将軍さまの御鷹匠にはならず、なぜか餌差をなさっておられ、しかもその一方、寺社奉行の大岡越前守さま直々の御指図を受けられ、外桜田の大岡邸にお出入りを許されている、ぼんさまが少し変わっているのは、鷹匠の器には収まらないお方だからだともうかがい、そういう方だったのかと、つくづく感じ入ったんでございます」

「鷹匠の器に収まらなかったのではなく、ただわたしは鷹匠に向いていないと思いました。兄たちはみな鷹匠になりました。わたしは鷹匠でなくともよいかと思ったのです。父もまあよいと、思っておるようですので」

「さようでございましたか」

清吉はしきりに感心している。すると、

「お前さん、古風さまに入っていただいて……」

と、おまさが清吉を促した。つい自分の話に夢中になった。古風さま、まずはお入りくださ

「おお、そうだった。

い。ちょうど昨日、小百姓の狭い田んぼではございますが田植が済んで、一段落した

ところでございます。これから稲刈りを終えるまで気は抜けませんが、稲の実りを見

るのは百姓の喜びでございます。古風さま、どうぞ中へ。子供らもこの通り喜んでお

ります。どうぞ」

芙実と達が、行こう行こう、と十一の手を引いた。

「じつは、大岡さまのお指図でこれから江戸へ行かねばなりません。今日は、こちら

の様子をうかがってからと思い、立ち寄らせていただきました。わたしは餌差ですの

で、野山を歩き廻る機会がいくらでもあります。その折りに、また」

「あ、大岡さまの御用でございますか」

十一は清吉から佳菜に向いて頷いて見せ、それから、

「達、芙実、またくるからな」

と弟妹に言った。

上戸田村の田んぼ道を戻る十一を、佳菜が芙実の手を引き、達が十一と並んで、荒

川の戸田の渡船場まで見送った。

渡し船に乗った十一を、佳菜と幼い弟妹が土手の上から手をふり、「またね」「きっとね」と、何度も呼びかけていた。白鷺が荒川の川縁を飛び廻り、夏の青空には白い雲がぽかりぽかりと浮かんでいた。

同じころ、野州宇津宮《やしゆううつのみや》から北へ、一文字笠を被った侍がひとり旅を続けていた。侍と言っても、主家に仕える奉公人の御用旅には見えず、縹色《はなだいろ》の小袖の下の襟元に苔色の下着がのぞき、黒茶色の細袴に手甲脚絆草鞋掛の、腰には脇差一本を帯びただけの、いかなる者かともわからない気ままな風体だった。

侍は痩身で背が高く、刺々《とげとげ》しくはないが、鋭い目鼻だちだった。一文字笠の下に白髪は目だったものの、気ままそうな総髪が、侍の痩身に似合っていた。

旅の荷は、柳行李のふり分け荷物に絵筆などの画材道具を仕舞い、懐に挿《さ》した財布にはわずかな金貨銀貨に銭があるだけの、流浪の絵師である。

侍がひとり旅を続ける道は、鬼怒川《きぬがわ》を越え、氏家《うじいえ》、喜連川《きつれがわ》、大田原《おおたわら》をすぎ、奥州白河《おうしゆうしらかわ》へと向かう奥州道である。侍は奥州道をひたすら北へとり、いずれは蝦夷《えぞ》の松前《まつまえ》まで旅をしたいと思っている。

侍の頭上には夏の青空が広がり、白い雲がぽかりぽかりと浮かんでいた。

その白い雲の下を、鳶《とび》が飄 飄《ひょうひょう》と舞っている。

前月の四月二十六日のまだ暗い早朝、土田半左衛門は武州栗橋へと護送され、栗橋の関所に着いたのは、夜半近い刻限だった。

評定所で下された磔の裁きは、当地に着き次第即座に執行され、関所を通る旅人にも目につくように曝される。

だが、その夜は牢として使われている関所の土蔵に収監され、半左衛門は刑が執行される夜明けを待った。

とっくに覚悟は腹に据えていたので、短いがその夜は深く眠り、夜明けの白みが、土蔵の戸の隙間から射すころには目覚め、身支度を整えそのときを待った。

だが、早朝から午前のときがすぎて昼近くなっても、刑は執行されなかった。

小伝馬町の牢屋敷の斬首は、夕刻の六ツに行われる。それに倣《なら》うのだろうと、半左衛門は思った。そうして、心静かに夕刻を待った。

だが、夕刻の刻限がきても、執行の役人は土蔵の戸を開けなかった。

夕餉が調えられた。

半左衛門は、夕餉の膳を運んできた関所雇いの下男に話しかけた。

「どうやら一日生き延びました。ありがたいことです。世話になります」

下男は、はあ、と首をひねって退《さが》って行った。

しかし翌朝も刑は執行されず、半左衛門は、旅人の通行手形を詮議する御定番が端座する面番所に引き出された。縄の縛《いまし》めもなかった。

裃姿の中年の御定番は、半左衛門に言った。

「評定所よりの御指図により、絵師土田半左衛門に、磔の御裁きを改め江戸十里四方追放といたす。即刻立ち退くように。と申しても、栗橋はすでに江戸十里四方の外ゆえ、関所を出て江戸以外のどこへなりとも行くがよろしかろう」

半左衛門は唖然とし、言葉がなかった。

そして、一旦土蔵に戻ると、旅の荷や衣服はこの春の初めに常州若森村で捕縛される前のままに調えられていた。

関所破りの偽《にせ》の往来切手まで、元のままであった。この往来切手でどこへでも行くがよいと、教えているかのようにである。

なんたることだ、と半左衛門は思った。

半左衛門が身づくろいを終えたところに、若い番士と下男が現れた。

「支度が調うたなら、どうぞ、行かれよ」

若い番士が淡々と言った。

「何ゆえでございますか」

半左衛門は、磔がなぜ江戸十里四方追放に改められたのかと訊ねた。

「さあ、評定所よりの御達しなので、わたくしは詳しくは存じません。ただ、どなたさまかの御指図が、土田どののお裁きを江戸十里四方追放に改めるようにと、あったらしいです。御定番がそのように」

若い番士は答えた。

「も、もしかして、それは大岡越前守さまの御指図ではございませんか」

半左衛門は動揺を抑えて、なおも訊ねた。

さあ、と番士は首をひねった。

「けれど、大岡越前守さまではないと思います。たぶん、大岡さまよりもっとご身分の高い、御老中さまか、もしかして、もっと……」

と言いかけた若い番士は、自分の言いかけたことがあり得ないため、まさかそんなわけはないか、というふうに苦笑した。

土田半左衛門は解き放ちとなり、再び関東八州の旅を続けた。

半左衛門が奥州道をとって北へ向かった五月の下旬のその日から四年後の寛保《かんぽう》二年（一七四二）、比丘尼と比丘尼の溜場の中宿は、町奉行所の厳しい取り締まりにあって、江戸から姿を消した。

（了）

本書は文庫書下ろし作品です。

|著者|辻堂 魁　1948年高知県生まれ。早稲田大学第二文学部卒。出版社勤務を経て作家デビュー。「風の市兵衛」シリーズは累計200万部を超え、第5回歴史時代作家クラブ賞シリーズ賞を受賞、ドラマ化でも好評を博した。著書には他に「介錯人別所龍玄始末」シリーズ、「夜叉萬同心」シリーズ、単行本『乱菊』『雇足軽 八州御用』など多数。本書は講談社文庫初登場作品『落暉《ゆうひ》に燃ゆる　大岡裁き再吟味』から始まるシリーズの最新作である。

うつし絵《え》　大岡裁《おおおかさば》き再吟味《さいぎんみ》

辻堂《つじどう》 魁《かい》

講談社文庫

定価はカバーに
表示してあります

2024年1月16日第1刷発行

KODANSHA

発行者──森田浩章
発行所──株式会社　講談社
東京都文京区音羽2-12-21　〒112-8001
電話 出版 (03) 5395-3510
販売 (03) 5395-5817
業務 (03) 5395-3615

デザイン─菊地信義
本文データ制作─講談社デジタル製作
印刷───大日本印刷株式会社
製本───大日本印刷株式会社

Printed in Japan

ISBN978-4-06-534343-2

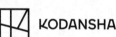

講談社文庫刊行の辞

二十一世紀の到来を目睫に望みながら、われわれはいま、人類史上かつて例を見ない巨大な転換期をむかえようとしている。

世界も、日本も、激動の予兆に対する期待とおののきを内に蔵して、未知の時代に歩み入ろうとしている。このときにあたり、創業の人野間清治の「ナショナル・エデュケイター」への志を現代に甦らせようと意図して、われわれはここに古今の文芸作品はいうまでもなく、ひろく人文・社会・自然の諸科学から東西の名著を網羅する、新しい綜合文庫の発刊を決意した。

激動の転換期はまた断絶の時代である。われわれは戦後二十五年間の出版文化のありかたへの深い反省をこめて、この断絶の時代にあえて人間的な持続を求めようとする。いたずらに浮薄な商業主義のあだ花を追い求めることなく、長期にわたって良書に生命をあたえようとつとめるところにしか、今後の出版文化の真の繁栄はあり得ないと信じるからである。

同時にわれわれはこの綜合文庫の刊行を通じて、人文・社会・自然の諸科学が、結局人間の学にほかならないことを立証しようと願っている。かつて知識とは、「汝自身を知る」ことにつきていた。現代社会の瑣末な情報の氾濫のなかから、力強い知識の源泉を掘り起し、技術文明のただなかに、生きた人間の姿を復活させること。それこそわれわれの切なる希求である。

われわれは権威に盲従せず、俗流に媚びることなく、渾然一体となって日本の「草の根」をかたちづくる若く新しい世代の人々に、心をこめてこの新しい綜合文庫をおくり届けたい。それは知識の泉であるとともに感受性のふるさとであり、もっとも有機的に組織され、社会に開かれた万人のための大学をめざしている。大方の支援と協力を衷心より切望してやまない。

一九七一年七月

野間省一

講談社文庫 最新刊

濱 嘉之　プライド2 捜査手法
警官として脂が乗ってきた三人の幼馴染が挑むのは、「裏社会と政治と新興宗教」の闇の癒着。

辻堂 魁　うつし絵〈大岡裁き再吟味〉
旗本家同士が衝突寸前だったあの事件。大岡越前は忘れていなかった。〈文庫書下ろし〉

島田荘司　網走発遥かなり〈改訂完全版〉
江戸川乱歩の写真を持つ女性の秘密とは？ 二〇二四年春公開映画「乱歩の幻影」収録。

乗代雄介　旅する練習
サッカー少女と小説家の叔父は徒歩でカシマスタジアムを目指す。ロードノベルの傑作！

瀬戸内寂聴　その日まで
私は「その日」をどのように迎えるのだろうか。99歳、最期の自伝的長篇エッセイ！

瀬尾まなほ　寂聴さんに教わったこと
寂聴さんの最晩年をいっしょに過ごした、66歳年下の秘書が描く微笑ましい二人の姿。

講談社文庫 最新刊

絲山秋子
御社のチャラ男
いませんか？　こんなひと。組織に属する「私たち」の実態にせまる会社員小説の傑作！

潮谷験
あらゆる薔薇のために
難病「オスロ昏睡病」患者が次々と襲われる事件が発生。京都府警の八嶋が謎を追う。

大崎梢
バスクル新宿
バスターミナルで起こる小さな事件が、行き交う人たちの人生を思いがけず繋いでゆく。

吉森大祐
蔦重
絵師、戯作者を操り、寛政年間の江戸に流行を生んだ蔦屋重三郎を巡る傑作連作短編集。

講談社タイガ

小田菜摘
帝室宮殿の見習い女官
〈見合い回避で恋を知る!?〉
中年男との見合いを勧める毒親から逃れ、恋の予感と共に宮中女官の新生活が始まった。

講談社文芸文庫

鶴見俊輔
ドグラ・マグラの世界／夢野久作
迷宮の住人
解説＝安藤礼二
つJ2
978-4-06-534268-8
忘れられた長篇『ドグラ・マグラ』再評価のさきがけとなった作品論と夢野久作の来歴ならびにその作品世界の真価に迫る日本推理作家協会賞受賞の作家論を収録。

高橋源一郎
君が代は千代に八千代に
解説＝穂村 弘　年譜＝若杉美智子・編集部
たN5
978-4-06-533910-7
「この日本という国に生きねばならぬすべての人たちについて書くこと」を目指し、ありとあらゆる状況、関係、行動、感情……を描きつくした、渾身の傑作短篇集。

講談社文庫 目録

辻村深月 島はぼくらと
辻村深月 家族シアター
辻村深月 図書室で暮らしたい
辻村深月 噛みあわない会話と、ある過去について
新川直司 漫画 辻村深月 原作 コミック 冷たい校舎の時は止まる(上)(下)
津村記久子 ポトスライムの舟
津村記久子 カソウスキの行方
津村記久子 やりたいことは二度寝だけ
津村記久子 二度寝とは、遠くにありて想うもの
恒川光太郎 竜が最後に帰る場所
月村了衛 神子上《みこがみ》典膳《てんぜん》
月村了衛 悪の五輪
辻堂魁《かい》 落暉《ゆうひ》に燃ゆる〈大岡裁き再吟味〉
辻堂魁 山桜花〈大岡裁き再吟味〉
フランソワ・デュボワ 太極拳が教えてくれた人生の宝物〈中国・武当山90日間修行の記〉
手塚マキと歌舞伎町ホスト80人 from Smappa! Group ホスト万葉集〈文庫スペシャル〉
土居良一 海翁伝
鳥羽亮 金貸し権兵衛〈鶴亀横丁の風来坊〉
鳥羽亮 提《ちょう》灯《ちん》斬り〈鶴亀横丁の風来坊〉
鳥羽亮 お京危うし〈鶴亀横丁の風来坊〉
鳥羽亮 狙われた横丁〈鶴亀横丁の風来坊〉
東郷隆 上田信 絵 【絵解き】雑兵足軽たちの戦い〈歴史・時代小説ファン必携〉
堂場瞬一 八月からの手紙
堂場瞬一 壊れる心〈警視庁犯罪被害者支援課〉
堂場瞬一 邪心〈警視庁犯罪被害者支援課2〉
堂場瞬一 二度泣いた少女〈警視庁犯罪被害者支援課3〉
堂場瞬一 身代わりの空(上)(下)〈警視庁犯罪被害者支援課4〉
堂場瞬一 影の守護者〈警視庁犯罪被害者支援課5〉
堂場瞬一 不信の鎖〈警視庁犯罪被害者支援課6〉
堂場瞬一 空白の家族〈警視庁犯罪被害者支援課7〉
堂場瞬一 チェンジ〈警視庁犯罪被害者支援課8〉
堂場瞬一 誤《あやま》ちの絆〈警視庁総合支援課〉
堂場瞬一 最後の光〈警視庁総合支援課2〉
堂場瞬一 傷
堂場瞬一 埋れた牙
堂場瞬一 Killers(上)(下)
堂場瞬一 虹のふもと
堂場瞬一 ネタ元
堂場瞬一 ピットフォール
堂場瞬一 ラットトラップ
堂場瞬一 焦土の刑事
堂場瞬一 動乱の刑事
堂場瞬一 沃野の刑事
土橋章宏 超高速！参勤交代
土橋章宏 超高速！参勤交代 リターンズ
戸谷洋志 Jポップで考える哲学〈自分を問い直すための15曲〉
富樫倫太郎 信長の二十四時間
富樫倫太郎 スカーフェイス〈警視庁特別捜査第三係・淵神律子〉
富樫倫太郎 スカーフェイスII デッドリミット〈警視庁特別捜査第三係・淵神律子〉
富樫倫太郎 スカーフェイスIII ブラッドライン〈警視庁特別捜査第三係・淵神律子〉
富樫倫太郎 スカーフェイスIV デストラップ〈警視庁特別捜査第三係・淵神律子〉
豊田巧 警視庁鉄道捜査班〈鉄血の警視〉
豊田巧 警視庁鉄道捜査班〈鉄路の牢獄〉
砥《と》上《がみ》裕《ひろ》將《まさ》 線は、僕を描《えが》く
夏樹静子 新装版 二人の夫をもつ女
中井英夫 新装版 虚無への供物(上)(下)
中村敦夫 狙われた羊

講談社文庫　目録

講談社文庫　目録

講談社文庫　目録

早坂　吝　双蛇《そうじゃ》密室
浜口倫太郎　22年目の告白〈―私が殺人犯です―〉
浜口倫太郎　廃校先生
浜口倫太郎　AI崩壊
原田伊織　明治維新という過ち〈日本を滅ぼした吉田松陰と長州テロリスト〉
原田伊織　列強の侵略を防いだ幕臣たち〈続・明治維新という過ち〉
原田伊織　虚像の西郷隆盛　虚構の明治150年〈明治維新という過ち・完結編〉
原田伊織　三流の維新　一流の江戸〈明治は「徳川近代」の模倣に過ぎない〉
葉真中《はまなか》　顕《あき》　ブラック・ドッグ
原　雄一　宿命〈國松警察庁長官を狙撃した男・捜査完結〉
濱野京子　with you《ウィズユー》
橋爪駿輝　スクロール
パリュスあや子　隣人X
平岩弓枝　花嫁の日
平岩弓枝　はやぶさ新八御用旅(一)〈東海道五十三次〉
平岩弓枝　はやぶさ新八御用旅(二)〈中仙道六十九次〉
平岩弓枝　はやぶさ新八御用旅(三)〈日光例幣使道の殺人〉
平岩弓枝　はやぶさ新八御用旅(四)〈北前船の事件〉
平岩弓枝　はやぶさ新八御用旅(五)〈諏訪の妖狐〉
平岩弓枝　はやぶさ新八御用旅(六)〈紅花染め秘帳〉
平岩弓枝　新装版　はやぶさ新八御用帳(一)〈大奥の恋人〉
平岩弓枝　新装版　はやぶさ新八御用帳(二)〈江戸の海賊〉
平岩弓枝　新装版　はやぶさ新八御用帳(三)〈又右衛門の女房〉
平岩弓枝　新装版　はやぶさ新八御用帳(四)〈鬼勘の娘〉
平岩弓枝　新装版　はやぶさ新八御用帳(五)〈御守殿おたき〉
平岩弓枝　新装版　はやぶさ新八御用帳(六)〈春月の雛〉
平岩弓枝　新装版　はやぶさ新八御用帳(七)〈寒椿の寺〉
平岩弓枝　新装版　はやぶさ新八御用帳(八)〈春怨　根津権現〉
平岩弓枝　新装版　はやぶさ新八御用帳(九)〈王子稲荷の女〉
平岩弓枝　新装版　はやぶさ新八御用帳(十)〈幽霊屋敷の女〉
東野圭吾　放課後
東野圭吾　卒業
東野圭吾　学生街の殺人
東野圭吾　魔球
東野圭吾　十字屋敷のピエロ
東野圭吾　眠りの森
東野圭吾　宿命
東野圭吾　変身
東野圭吾　仮面山荘殺人事件
東野圭吾　天使の耳
東野圭吾　ある閉ざされた雪の山荘で
東野圭吾　同級生
東野圭吾　名探偵の呪縛
東野圭吾　むかし僕が死んだ家
東野圭吾　虹を操る少年
東野圭吾　パラレルワールド・ラブストーリー
東野圭吾　天空の蜂
東野圭吾　名探偵の掟
東野圭吾　悪意
東野圭吾　嘘をもうひとつだけ
東野圭吾　赤い指
東野圭吾　流星の絆
東野圭吾　新装版　浪花少年探偵団
東野圭吾　新装版　しのぶセンセにサヨナラ
東野圭吾　新参者
東野圭吾　麒麟の翼
東野圭吾　パラドックス13

東野圭吾 祈りの幕が下りる時
東野圭吾 危険なビーナス
東野圭吾 時《トキ》生《オ》〈新装版〉
東野圭吾 希望の糸
東野圭吾 どちらかが彼女を殺した〈新装版〉
東野圭吾 私が彼を殺した〈新装版〉
東野圭吾作家生活25周年祭り実行委員会 東野圭吾公式ガイド〈読者1万人が選んだ東野作品人気ランキング発表〉
東野圭吾作家生活35周年実行委員会 編 東野圭吾公式ガイド〈作家生活35周年ver.〉
平野啓一郎 高瀬川
平野啓一郎 ドーン
平野啓一郎 空白を満たしなさい(上)(下)
百田尚樹 永遠の0《ゼロ》
百田尚樹 輝く夜
百田尚樹 風の中のマリア
百田尚樹 影法師
百田尚樹 ボックス!(上)(下)
百田尚樹 海賊とよばれた男(上)(下)
平田オリザ 幕が上がる
東 直子 さようなら窓

蛭田亜紗子 凜
樋口卓治 ボクの妻と結婚してください。
樋口卓治 続・ボクの妻と結婚してください。
樋口卓治 喋る男
平山夢明 〈大江戸怪談どたんばたん(土壇場譚)〉魂《たま》豆《どう》腐《ふ》
平山夢明 宇佐美まこと ほか 超怖い物件
東川篤哉 純喫茶「一服堂」の四季
東山彰良 流《りゅう》
東山彰良 女の子のことばかり考えていたら、1年が経っていた。
平田研也 小さな恋のうた
日野 草 ウエディング・マン
平岡陽明 僕が死ぬまでにしたいこと
ビートたけし 浅草キッド
ひろさちや すらすら読める歎異抄《たんにしょう》
藤沢周平 新装版 春秋の檻〈獄医立花登手控え(一)〉
藤沢周平 新装版 風雪の檻〈獄医立花登手控え(二)〉
藤沢周平 新装版 愛憎の檻〈獄医立花登手控え(三)〉
藤沢周平 新装版 人間の檻〈獄医立花登手控え(四)〉
藤沢周平 新装版 闇の歯車

藤沢周平 新装版 市塵(上)(下)
藤沢周平 新装版 決闘の辻
藤沢周平 新装版 雪明かり
藤沢周平 義民が駆ける〈レジェンド歴史時代小説〉
藤沢周平 喜多川歌麿女絵草紙
藤沢周平 闇の梯子
藤沢周平 長門守の陰謀
古井由吉 この道
藤田宜永 樹下の想い
藤田宜永 女系の総督
藤田宜永 女系の教科書
藤田宜永 血の弔旗
藤田宜永 大雪物語
藤 水名子 紅嵐記(上)(中)(下)
藤原伊織 テロリストのパラソル
藤本ひとみ 新・三銃士 少年編・青年編〈ダルタニャンとミラディ〉
藤本ひとみ 皇妃エリザベート
藤本ひとみ 失楽園のイヴ
藤本ひとみ 密室を開ける手

講談社文庫　目録

講談社文庫　目録

松谷みよ子　アカネちゃんの涙の海
眉村　卓　ねらわれた学園
麻耶雄嵩　なぞの転校生
麻耶雄嵩　翼ある闇〈メルカトル鮎最後の事件〉
麻耶雄嵩　痾《あ》
麻耶雄嵩　メルカトルかく語りき
麻耶雄嵩　夏と冬の奏鳴曲《ソナタ》〈新装改訂版〉
麻耶雄嵩　メルカトル悪人狩り
麻耶雄嵩　神様ゲーム
町田　康　耳そぎ饅頭
町田　康　権現の踊り子
町田　康　浄土
町田　康　猫にかまけて
町田　康　猫のあしあと
町田　康　猫とあほんだら
町田　康　猫のよびごえ
町田　康　真実真正日記
町田　康　宿屋めぐり
町田　康　人間小唄
町田　康　スピンク日記
町田　康　スピンク合財帖
町田　康　スピンクの壺
町田　康　スピンクの笑顔
町田　康　ホサナ
町田　康　猫のエルは
町田　康　記憶の盆をどり
舞城王太郎　煙か土か食い物〈Smoke, Soil or Sacrifices〉
舞城王太郎　好き好き大好き超愛してる。
舞城王太郎　私はあなたの瞳の林檎
舞城王太郎　されど私の可愛い檸檬
舞城王太郎　畏《おそ》れ入谷《いりや》の彼女の柘榴《ざくろ》
真山　仁　虚像の砦
真山　仁　新装版 ハゲタカ(上)(下)
真山　仁　新装版 ハゲタカⅡ(上)(下)
真山　仁　レッドゾーン(上)(下)
真山　仁　グリード(上)(下)〈ハゲタカⅣ〉
真山　仁　ハーディ(上)(下)〈ハゲタカ2・5〉
真山　仁　スパイラル〈ハゲタカ4・5〉
真山　仁　シンドローム(上)(下)〈ハゲタカ5〉
真山　仁　そして、星の輝く夜がくる
真梨幸子　孤《こ》虫《ちゅう》症《しょう》
真梨幸子　深く深く、砂に埋めて
真梨幸子　女ともだち
真梨幸子　えんじ色心中
真梨幸子　カンタベリー・テイルズ
真梨幸子　イヤミス短篇集
真梨幸子　人生相談。
真梨幸子　私が失敗した理由は
真梨幸子　三匹の子豚
真梨幸子　まりも日記
松本裕士　兄弟〈追憶のhide〉
円居　挽　原作 福本伸行　カイジ ファイナルゲーム 小説版
松岡圭祐　探偵の探偵
松岡圭祐　探偵の探偵Ⅱ
松岡圭祐　探偵の探偵Ⅲ
松岡圭祐　探偵の探偵Ⅳ
松岡圭祐　水鏡推理

2023年12月15日現在